他像个已经过了吃糖的年纪，却莫名被塞了一把糖的大人，心里骤然升起许多迷茫、尴尬与无措来。可这茫然之中，又分明潜藏着渴望——那是他早抛在脑后，始终不愿回头正视的软弱。

可是谁说软弱就一定不会变成铠甲呢。

"衡哥，你看着我。"

薛青阙望着闻衡的眼睛，斩钉截铁地说："薛青阙等了你四年，阿崔等了你七年，我说了会保护你，只要还有一口气在，从地狱里也能爬回你身边。"

若有来日可期,
还待与你仗剑江湖,浪迹天涯。

春风夏剧 ·终章

苍梧宾白 著
CANGWU BINBAI

图书在版编目（CIP）数据

春风度剑. 终章 / 苍梧宾白著. — 武汉：长江出版社，2024.6
ISBN 978-7-5492-9366-7

Ⅰ.①春… Ⅱ.①苍… Ⅲ.①长篇小说－中国－当代 Ⅳ.①I247.5

中国国家版本馆CIP数据核字（2024）第050559号

春风度剑. 终章 / 苍梧宾白著
CHUNFENG DUJIAN. ZHONGZHANG

出　　版	长江出版社
	（武汉市解放大道1863号）
选题策划	薛天舒
市场发行	长江出版社发行部
网　　址	http://www.cjpress.cn
责任编辑	陈　辉
特约编辑	薛天舒
印　　刷	湖南天闻新华印务有限公司
版　　次	2024年6月第1版
印　　次	2024年6月第1次印刷
开　　本	880mm×1230mm　1/32
印　　张	9.5
字　　数	237千字
书　　号	ISBN 978-7-5492-9366-7
定　　价	45.80元

版权所有　盗版必究，如有质量问题，请联系本社退换
电话：027-82926557(总编室)　027-82926806(市场营销部)

目录

- 第一章 图圄 001
- 第二章 解围 028
- 第三章 绸缪 053
- 第四章 得剑 073
- 第五章 长老 098
- 第六章 旧恨 125
- 第七章 悬赏 148

目录

- 第八章　青澜　177
- 第九章　阿雀　204
- 第十章　姓氏　221
- 第十一章　春风　249
- 番外一　『此生长』　290
- 番外二　『同载酒』　294

CHUNFENGDUJIAN

第一章
囹圄

◆

刑城,古称邢城,地处天守西北,距京城只有半日路程。

前朝皇帝暴戾嗜杀,滥用酷刑,以至后来天牢都装不下死囚,于是这位昏君就近选择了邢城,在此地修建了十二座监牢,以十二月命名,用来关押全国的要犯、重犯。每年秋天时,全国死囚都汇集于此,人数逾千,几乎快赶上本地居民的半数了。

罪犯多,死的人也多,城外刑台动不动就杀得血流成河。久而久之,人们提起邢城,首先想到的是那十二座死牢,往往误把"邢"字当作"刑"字,"刑城"之名由此流传于天下,到本朝时,干脆就以"刑城"为正名。

本朝自开国来便崇尚宽刑省法,刑城渐渐没落,只用来圈禁幽囚一些不能杀的犯人,许多监狱空置着。但这地方毕竟死过很多人,城内阴风斜吹,乌鸦盘旋,哪怕到了三伏天,烈日暴晒,也难以彻底驱散那股幽凉之意。

闻衡和聂影隐匿身形,藏在临街店铺的屋顶上,目送着车队渐次驶入"始月狱",两扇大门在他们眼前轰然关闭。

两个人这一路追踪下来,此刻总算可以暂时松一口气了。聂影愤然道:"这回错不了了,不是官府中人,决计进不了刑城大牢!"

闻衡转了个身,坐在屋檐上沉思,疑惑自语道:"官府捉了这么多人,究竟要干什么?"

"还能干什么?"聂影毫不犹豫地说,"当然是拿他们当人质来要挟各大门派,令中原武林向他们低头了。"

"江湖与朝廷,向来互不相涉,各大门派有什么东西,值得他们如此大动干戈?"闻衡道,"而且不止一家,他们这一得罪,就是半个中原武林。朝廷真承受得了这么大的代价吗?"

聂影无法回答他的后一个问题,但对前一个问题有许多话可说:"兄弟,你有没有算过,供养一个宗门需要多少银子?"

见闻衡面露茫然之色,聂影在他身边盘膝坐下,娓娓道来:"诸如褚家剑派、招摇山庄这样的大门派,从掌门到最底下的小弟子,多不过几百人,不足一村之户数。但你看这些门派,哪个不是占据百里山川为自家门户,这些地方一年物产能有多少?更别提还有山下的田庄、城中的商铺。

"说是江湖与朝廷两不相干,又怎么真能画出一条线,大家各自守住一边?远的不说,连州但凡有战事,还雁门必然要派人支援,地方官府就是看在几百个练武大汉的分上,也不敢同还雁门交恶。但京城里的贵人可不管这些,巴不得各大门派都死干净了,好把这些田地山林都扒拉到自己的钱袋子里。"

闻衡:"大哥这么说,朝廷这几年已有动作了?"

"岂止是'有动作',根本就是没断过。"聂影道,"我记得从前还雁门在彭延山脚有一片草场,养的膘肥体壮的好马,前年被朝廷派人连地带马全给强征走了。近来朝廷又变着法儿地加田税丁税,就差拿把刀架在我们的脖子上，逼我们往外掏银子了。听说这些年各大门派多少被这么打压过，只不过大家根基深厚，权当花钱消灾了，实在不值当为一点儿小利同朝廷闹翻。"

闻衡眉头微皱起来，似乎被他提醒了什么，面色说不出地冷峻沉郁，片刻后闻衡才低声道："大哥见事分明，正中关窍，小弟自愧弗如。"

聂影冷不丁地让他给夸了，耳根红透，连连摆手道："好兄弟，哥哥明白你的一片好意，你万万不用费心替我瞎吹。我哪里懂这些，不过是偶然听人说起，拿来现炒现卖罢了。"

闻衡还正疑惑。就他对纯钧派弟子的观察，这些沉迷武学的人通常不怎么理会身外之物。别说年轻弟子，就是一些长老都未必十分清楚门派私产有多少，又是如何运转的。聂影一看就是个仗义疏财、不拘小节的大宗门弟子，这些天他言谈中展露出的性情和处事风格，实难叫人相信他竟有这么细致通透的心思。

"是哪位高人的洞见？"

聂影"嗐"了一声，不怎么痛快地道："什么高人，是龙境那道貌岸然的小子……他这人肚子里的弯弯绕绕一向比别人多。"

闻衡："行吧，也算是合情合理。"

高墙巍巍，遮挡了他们的视线，始月狱中情形如何难以窥探。聂影望向屋顶下人迹稀少的街道，因为逼近敌人老巢，他好不容易平定下来的心绪又翻涌起来，一时觉得大好时机就在眼前，一时又担忧以自身武功，绝难抵挡大牢守卫。他愈思量愈忐忑，一股躁郁之气充塞心胸，令他神思混乱，恨不得立时拔刀劈开牢狱大门，冲进去杀它个痛快。

他正焦灼不安，背心忽然被人轻轻拍了一下，一股温和纯正的内力顺着要穴透入五内，强势地镇压了他横冲直撞的内息，犹如黄钟大吕在耳畔敲响，令他骤然从昏乱状态中清醒过来，微微一呛，唇边溢出一丝淡红血迹。

"凝神静心。"闻衡单手抵着他背部的要穴，替他压制走岔的真气，淡淡道，"聂兄，你是他们获救的希望，不要自乱阵脚。"

他的声音如水击碎冰，令人闻之立静。聂影被这一记警钟敲醒，明白过来自己方才险些走火入魔，心中既惊且惭，连忙道："好兄弟，多谢你又救了我一回。"

"小事而已，何必见外。"闻衡收掌，问道，"大哥觉得，龙境公子在不在被囚之列？"

聂影毫不迟疑，斩钉截铁地道："我在司幽山下等了两日，没见到招摇山庄的半个人影，他必然已为人所擒。"

闻衡道："营救一事还需从长计议，待我想清楚法子再告诉大哥。眼下首要之事，是要想办法寻一条混进大狱的路子，弄明白里面究竟是什么情形。"

聂影见他形容镇定，条理分明，也被他这冷静的样子感染，潜下心来思索片刻，忽然轻轻一合掌，喜道："有了！狱中关着上百人，还有牢头、守卫，这么多人总不能不吃不喝，必然要在外采买蔬果米面，而且往常的定量肯定不够，得寻些新的卖主，这不就是咱们的机会吗？"

这法子细思有理，与闻衡所想不谋而合。

两个人便兵分两路，一个守前门，一个绕后，盯着在始月狱出入的众人。到中午时，果然有一对老夫妻拉着空板车走出大狱后门。闻衡悄无声息地跟上，绕到街口时，又叫上聂影，两个人悄悄地从城西一路尾随到城南一条破烂胡同里，才在老夫妇二人进院落锁后现身相见。

刑城本来就阴气重，他们二人平白无故地出现在别人家的院子里，宛如白日见鬼，险些把老人家吓得当场厥过去。

好在两个人装扮得憨厚朴实，看起来不像坏人，出手又大方，好歹稳住了这对老夫妻，问明了每日送菜进出的情形，并许以重金，请他们答允明日带着假扮成远房侄孙的闻、聂二人一道去大狱中送菜。

闻衡有薛青澜留下来的盘缠，再加上聂影身上带的钱，拿出一小部分，就是老夫妻辛劳了一辈子也没见过的金银。聂影怕他们不安，复又保证道："二老放心，我们并非恶人，此举实在是迫于无奈。不管事成与不成，一定尽力保你们平安。"

闻衡听了这话，只微微一笑，并不插言。

议定此事后，聂影便留在小院中，名为歇脚，实则监视，怕这对老夫妻偷偷溜出去告密。但他这个人生性赤诚宽厚，扮凶神恶煞的样子也是纸老虎，跟门神似的在门口戳了一会儿，实在闲不下来，不知不觉地就上手帮老婆婆张罗起明日要用的衣帽鞋袜来。待收拾妥当，他又去帮老公公松土种菜，劈柴挑水，在院子里忙得热火朝天，不亦乐乎。

闻衡出得门来，先去始月狱附近转了一圈，不见异动，又到街上的药铺里配了几味药材，买了一把匕首防身，一直磨蹭到傍晚才返回那对老夫妻家中。

聂影帮着人家干了一下午的活，颇得赞许，那对老夫妻看他的眼神竟然有点儿和蔼的意思。闻衡将街上买的一方酱肉、一只烧鸡交给老妇拿去厨下料理，当晚四个人饱餐一顿，待吃得碗干盘净，他从袖中摸出一只小瓷瓶，搁在聂影手中，向对面二人道："明日筹划之事，对我来说至关重要，不容有失。我这位大哥是个良善人，所以小人只好由我来做。"

老夫妻没听懂他的意思，面面相觑，等着他的下文。

闻衡将碗底亮出，轻描淡写地道："你们二位的饭菜里被我下了'断魂飞魄散'，五日内不服下解药，毒药发作，二位立时会肠穿肚烂而死。"

只听板凳"扑通"一声翻倒，聂影悚然起立，大惊道："你这是要干什么？！"

闻衡端坐不动，也不看他，径自对两个吓呆了的老人道："两位擦亮眼睛看清楚，解药我放在他这里，只要他活着，你们就能活下来。

若我们俩陷在里面,你们也别想活了。"

他这话说得十分不祥,聂影心头重重一跳,一把扯住闻衡,厉声问:"你什么意思?"

老夫妻只是生活在刑城的普通百姓,几时听过什么"断魂飞魄散",吓得六神无主,慌忙跪地泣告求饶。闻衡却真正是心如铁石,面对两个老人家哀哀哭求也毫不动容,冷酷且无情地说道:"不必求我,咱们无冤无仇,我也不是非要你们死,这么做只是为防万一,怕被背刺而已。"

老夫妻连称不敢,闻衡脸上也瞧不出满不满意,淡淡道:"那最好。"说罢起身转向聂影,道:"大哥且随我来,明日该如何行事,我大致有了个计划,你帮我参详参详。"

一进里屋,聂影就急得上蹿下跳。他与闻衡虽相识不久,心中却对闻衡信赖有加,真是打死也想不到闻衡手段竟然如此狠辣。这行径完全不像个名门正派教出来的弟子,更有违侠义之道。

"兄弟,我明白你是力求稳妥,可是也用不着这么……这么残忍。"聂影眉头皱得死紧,道,"两个老人碍不着咱们救人,何必牵连无辜?"

"哦?"闻衡漫不经心地道,"为救百人而杀一人,为大义而舍小利,我以为这是大家公认的做法,有什么可指摘的?"

"说得轻巧!"聂影面现怒容,大声道,"谁的命不是命?人命关天,怎么能称斤论两地比较?你这想法,同那些杀人利己的魔头又有什么分别?!"

他讷于口舌,读书不多,有好些规劝辩驳的话在胸中翻腾,却难以一一详述,愣是把自己憋得脸色通红,吭哧吭哧地磕巴道:"岳持,我不是说你是恶人……不管有什么理由,我不能眼睁睁地看着你害人。救人固然重要,可咱们做事得讲良心,大不了……大不了我回去找还雁门的人来帮忙,咱们明天不去冒险了。"

闻衡定定地看着他，忽然"哧"地笑了笑。

他无奈地摇了摇头，恢复了惯常的语气，叹息道："聂兄，我若真要害人，就不会把解药给你了。"

聂影怔怔地顺着他的视线低头，看见了自己手中紧攥的白胎瓷瓶。

他胸中鼓荡的激愤情绪迅速消退下去，他迟疑道："你……"

闻衡又问："你听说过'断魂飞魄散'这味药吗？"

聂影茫然地摇头："没有。"

闻衡笑道："这就对了。世上根本没有什么'断魂飞魄散'，是我编出来骗人的。"

聂影头疼道："你这是要唱哪一出？"

"害人之心不可有，防人之心不可无。我虽然不会下毒，但是很会吓人，效果都是一样的。"闻衡语重心长地道，"大哥，你我是拿命在赌，容不得一点儿闪失。哪怕他们是十世善人，也得留个心眼。"

"不过你方才劝我的话，我听进去了。"他似乎有点儿出神，目光在灯光下显得异常幽深，"当初我要是有你一半坚持……"

他的声音低了下去，渐至不闻，聂影没听清："什么？"

"没什么。"闻衡醒过神来，正色道，"大哥这份胸襟，实在叫我钦佩得紧，小弟今日受教了。"

聂影忙摆手叫他打住："快别取笑你大哥了，咱们兄弟何须说这些见外的话？正事要紧，你到底有什么打算，说来听听。"

闻衡道："明日进去探查情况，我们暂时不动手，先摸清牢房位置、守卫巡逻如何换班。如果我们能混进牢里，最好找到一两个自己人，看看他们中的是什么毒，弄明白官府抓人到底有什么图谋。"他将一粒纸包的药丸递给聂影，道，"这是复生丹，材料难得，今天下午只得了这么一粒，你带在身上，万一不幸陷进去了，可以用此药解化功散。"

聂影托着那小小的纸包，只觉一粒药丸有如千钧之重，几乎要端不住:"那你怎么办?"

"用不着它,我没有内力也应付得了,你放心。"闻衡道,"记住,明日混进去后,你先想办法找这个人——"

次日早晨,两辆满载蔬果米面的板车停在了始月狱的后角门处,老丈指着身后两个人高马大的年轻人,战战兢兢地朝守门士卒介绍:"官爷,这两个人是小老儿的远房侄孙,此人叫王岳,这个叫王景。今日菜比平时多一车,我们两个搬不动,所以叫他们来帮忙卸货。"

这两个老人是他们狱中用惯了的菜户,军士早就认识,听老人这么说,便走上前来,道:"把头抬起来,手伸出来。"

两个年轻人一个脸色蜡黄,一个满脸络腮胡,虽然个子高,却总无意识地佝偻着背,不光手上结着粗茧,指缝里还有洗不干净的泥土,乍一看去,的确像是常年务农的村汉。

那军士见他们躲闪畏缩,大气都不敢喘的样子,只当是乡下人对官兵天生畏惧,未生疑心,挥手放行道:"进去吧。"又对那老头笑道:"王叔,你明日再来,记得捎上些好果子,天气越来越热,兄弟们守门守得口渴。"

"哎,哎。一定记得。"老头连声答应。闻衡和聂影默不作声地拉着板车进门,跟着老妪绕到后厨,将车上的菜筐一个一个地搬进院子。

虽还不到正午,后厨却格外忙碌。这大狱中只有一个厨子,平日里给几十个人做饭足够,突然要照管两百多人的饮食,就有些忙不过来,一见王公、王婆带人来送菜,立马招呼道:"来得好!快,快,快,我这儿正缺人搭把手!"

闻衡与聂影对望一眼,闻衡主动上前,用浓重乡音道:"大哥有什么吩咐?"

厨子一见来的是个不认识的小伙子,"哟"了一声,问:"王叔,这是……"

老头连忙道:"是我侄孙,叫王岳。"

"哦，王岳小兄弟，会煮粥吗？"厨子指向旁边空着的灶台，"去把锅涮了，舀几碗米煮一锅稀粥，再随便摘点儿菜叶子放进去就行。"

闻衡把"老实巴交"四个字贯彻到底，一句话都不敢多问，低头走向灶台。聂影在一旁搬米面，状似困惑无知地问道："官爷们咋也喝稀粥呢？俺们种地的，一天中午还有一顿干饭哩。"

厨子笑他没见识，嗤笑道："你懂什么？这是做给牢里那些贼囚吃的。昨日足足来了八车犯人，还有十几个京城来的官爷，我要周全这么些人，不就忙不过来了吗？"

他也知道这牢中的事情不能多说，但人总有好奇心和虚荣心，忍不住不显摆。恰在此时，闻衡往锅里加满了水，嘀咕道："这粥太稀了，喝进肚里连个响儿都听不见。这些人犯了什么大罪？怪可怜的。"

"哈哈，他们还可怜？有口饭吃就不赖了。"厨子随口道，"我昨儿个帮牢头送饭，看见那些人个个穿着绸缎衣裳，平日里不知吃了多少山珍海味，且饿不死呢。"

闻衡问："照这么说，敢情是哪个贪官赃吏被抄家了吗？"

厨子摇头道："不是。听说是一伙十分凶恶的江湖贼人，不使点儿手段都制不住他们。"他朝闻衡正在煮的米汤努了努嘴，悄声说，"要是给他们吃饱了饭，有了力气，这伙人还不把房子拆了？"

聂影和闻衡肃然起敬，郑重地望着这锅米汤，厨子的虚荣心获得了极大满足，他故作淡然地说："你们俩干活还挺利索，过来帮我把脏水拎出去倒了。"

他常年自己一个人忙活，好不容易来了两个打杂的，使唤人使唤得非常起劲儿。闻衡和聂影被他支使得团团转，待粥快熟时，外面传来脚步声，一个高壮结实的黑衣汉子径直走进厨房，四下环顾一遭，皱眉道："怎么这么多人？"

此人脚步声沉稳有力，太阳穴高高鼓起，举止利落，目露精光，显然武功不弱。闻衡与聂影对视一眼，立刻各自低头收敛气息，装作惧怕的样子，避免与他对视。那厨子连忙擦着手迎上前来，赔笑道："大人息怒，这是每日给大狱送菜的老王夫妇，都是用熟的老人，小的这里腾不开手，这才叫他们来帮小的干些杂活。"

那男人也是第一次来始月狱，对这些厨工杂役不了解，只冷冷地问："给囚犯的粥准备好了？"

厨子连忙引他到灶边，道："已经得了。"

闻衡沉默地让到一边，余光看到那男人从怀中掏出一大包药粉抖入了粥锅中，随后将那张油纸团成一团，顺手丢向了灶膛——

闻衡借着衣袖遮掩，右手暗自运劲，屈指一弹，一道细细的气流直打出去，将那团纸弹飞，使其落在了火苗烧不到的土灶角落里。

那男人没注意到他的小动作，从灶台前退开，转头吩咐道："把粥盛好，拎到牢房去。"

厨子手里还忙活着给牢头等人的饭食，嘴上应着，却一时难以脱身，忙轻声喊道："王岳！"同时使眼色叫他过去帮忙。

闻衡和聂影正求之不得，忙战战兢兢地上前来。闻衡趁人不察，飞速将灶膛里的纸团摸出来塞进了聂影手中，低声嘱咐道："出去后找人验方配药。"

两个人合力装了满满两大桶粥，有几十斤重。那男人绝不肯主动出手做这些低贱活计，见这二人做得周全细致，便道："你们拎上粥，随我来。"

从厨房去牢房需要绕过一段矮墙，看似很远，其实相去不过百步。门口守卫见男人走来，齐声见礼道："方大人。"

姓方的男人以下巴点了点身后的二人，对守卫道："把粥拿进去，兄弟们换班吃饭。"

那守卫闻言面露难色，走过来低声回禀："方大人，那群人闹得越发厉害了,昨晚就把粥泼了弟兄们一身,扬言要绝食,宁可饿死也不受这份羞辱。"

姓方的男人城府不深,闻言冷笑道:"那就让他们饿着,怕了他们不成?我倒要看看这群人的骨头有多硬。"

守卫嗫嚅道:"可是有几个人看样子好像快要不行了……九大人吩咐过,暂时还不能让他们死。"

姓方的男人眉头蹙起,咒骂道:"真是麻烦!"

闻衡和聂影站得远,照理说听不到他们的悄悄话,但习武之人耳力何其敏锐,那守卫的低语一字不落地落入二人耳中。过了片刻,那男人悻悻转头,对闻衡道:"你们把桶放下,回去吧。"

二人应了声"是",情知今日无望入内,正待离去,房屋背阴处忽然转出来一道身影,有人扬声问:"发生什么事了?"

他的声音非常清朗悦耳,如珠玉相击,带着一股泠泠之意。但野兽般的直觉令闻衡脑海里有根弦倏地绷紧。

他敏锐地感觉到了某种近在咫尺的危险气息,甚至在炎炎夏日里止不住地遍体生寒。

"参见大人!"

所有守卫一齐向那人行礼,姓方的男人也迎上去,恭敬道:"九大人,您来了。"

闻衡听见一个"九"字,心中已然如晴天霹雳打过十万八千响,但觉脚步声渐近,绣着银纹的青色袍角翻飞,最终落在几步开外。

那位九大人淡淡地问:"远卓是带人来送饭的,怎么不进去?"

方远卓连忙将狱中情形跟他说了,九大人听罢,点头道:"这个简单。"他向闻、聂二人招了招手:"那两个人是狱中的伙夫?你们跟我进来。"

闻衡出于谨慎，根本没指望第一日就能混进大狱里，打算在后厨混熟了再徐徐图之。谁知时机来得这样好，简直是刚打瞌睡就有人送枕头，都不用他费心想计策，始月狱的大门就自动朝他打开了。

两个人低眉垂首，佝偻着背，不敢多看一眼、多说一句话，拎着桶亦步亦趋地跟在九大人后头，穿过三层铁门、重重守卫，来到了始月狱深处的牢房里。

始月狱占地宽敞，牢里没有太多弯道，一条路直通牢房尽头，两边是铁栅栏围困的囚室，看起来还算宽敞。每间房顶上都有个窄窄的天窗，因此这里虽然光线昏暗，却不是完全黑暗，不借助灯烛，外面的人也能大致看清楚囚室中的人。

借着走路的工夫，闻衡迅速地抬头扫了一眼两边的牢房，第一眼看过去心神剧震，吓得差点儿没把桶扔出去。

上百个苍白得像鬼一样的人静静地坐在牢房中，既不动弹，也不说话，要不是还有均匀的呼吸声传来，简直就像一屋子死人。

九大人在通道中间停下来，示意二人打开桶盖，让热粥的米香飘散出来，和善地道："诸位已经一整天水米未进了，不如来喝碗热粥吧。"

牢房中一片死寂，回声隐隐，却无人应答。

闻衡站在梁柱投下的阴影中，此时才有机会正眼看九大人。

这位官居众人之上的九大人居然是个英俊潇洒的玉面公子，眉目天生带笑，嘴角也是微翘的，神态显得十分温柔可亲。若非方才看见门外守卫们都对他如此尊敬，恐怕没人会把他同"大奸大恶""心思叵测"这些字眼联想在一处。

他见无人应声，幽幽地叹了一口气："我每日供吃供喝，你们却如此不给面子，这可叫在下好生为难。"

他徐徐道："好教诸位知晓，在下绝无害人之意，只是请各位在此处暂留一段时间，给自己的师门写几封信罢了，这难道是什么过分的要求？各位何必一副苦大仇深、准备慷慨赴死的模样呢？"

仍是无人应答。

牢房里关的大多是各派年轻精锐弟子，这些人多是同辈中的佼佼者，自负傲骨，从前在师门里都没吃过什么苦头。按理说被人如此折辱，早该有人按捺不住地愤怒，或者陷入恐惧崩溃状态，可是经受了连日苛待，面对敌人的挑衅言语，此刻居然没有一个人动摇屈服，都做充耳不闻之状。

这些人打定了主意死猪不怕开水烫，那位九大人也不恼，维持着绝佳的涵养，慢悠悠道："我从前总觉得你们这些名门正道是惺惺作态，嘴上说着侠义，背地里却行龌龊事，今日却大有改观。诸位的确是正人君子，我真是拿你们一点儿办法都没有——"

"唰"的一声长剑出鞘，九大人抬袖一卷，巨力袭来，闻衡强忍着没动真气，毫无抵抗地被他抓在了手中。

寒凉如水的剑架在他的脖子上，闻衡被迫抬头，聂影在旁边吓了一大跳，哆嗦道："这……这是干什么？……"

"呵呵呵。"

冷笑声像毒蛇一样缓缓地爬上耳际，九大人用剑身拍了拍闻衡的脖子，轻声细语地说道："对不住了。要怪啊，就怪你们不走运，遇到了这么一群宁为玉碎，不为瓦全的英雄。"

"你们可要看好了，"他笑吟吟地道，"这两个人是城中百姓，今日来给你们送饭，可是你们竟然不识好歹，一口也不肯吃。我现在很生气，但又不能杀了你们，所以只好委屈这个人替你们死一死了。"

闻衡："……"

这都是什么丧心病狂的人？！

让他喊救命他是万万喊不出来的，他只好装成害怕得说不出话的样子，不住地在剑下发抖。

这一招非常有用，牢里所有的人再也装不了无知无觉，都睁开眼睛看向这一边。

不得不说九大人够狠也够阴损。他要是随便从牢里抓个人来威胁，说不定江湖人性烈，怕连累同伴，索性一头撞死在他的剑上。但他找了两个不知事的平头百姓，两个人既无辜又怕死，断然不会为别人牺牲，以此来威胁这群有良心的名门正道人士——他们就是再固执、再把生死置之度外，也承受不了"我不杀伯仁，伯仁却因我而死"的愧疚感。

九大人阴恻恻地道："我杀不得你们，却可以杀别人。刑城成千上万的百姓，一顿饭杀一个，可以杀好久呢。又或者——"

剑锋下移，停在闻衡的右臂上，轻轻一拉就是一道鲜红的血印，闻衡"嗞"地倒抽一口凉气，咬牙忍痛，没有吭声。

九大人在他的伤口上轻轻一抹，指尖拈弄着新鲜的猩红血迹，微笑道："百十来个人，一个人不吃饭，我就在他身上划一下。一天三顿，三百多剑，在你们面前活剐了他也不是什么难事。这样的下酒菜，不知诸君满意否？"

此人心狠手辣的程度远超常人想象，这群年轻人哪里见过这种阵仗，根本斗不过他。闻衡的右臂被豁了一道，血流不止，情知再这么耗下去不是办法，正犹豫着要不要动手，旁边的牢房中忽然有人出声，冷冷地道："阁下身为朝廷命官，却视百姓如草芥，不忠不义，令人不齿。"

九大人一听这话，便知威胁奏效，反而笑了："不愧是招摇山庄的高徒，龙境少侠，你果然是位正人君子。"

龙境在囚室中端然静坐，仪容一丝不乱，亦无惊惶愤恨之色，像一尊玉人。他起初一直闭着眼，此刻也不过半抬眼皮，自有一股睥睨之意，淡然答道："只是守住一点儿做人的良心罢了，不敢当阁下谬赞。"

"你，"九大人不以为忤，用剑指着聂影，命令道，"去给他盛一碗粥。"

他有人质在手,聂影不敢违拗,只得奉命行事。聂影拿了一只木碗,回身揭开桶盖,哆哆嗦嗦地盛好了粥,又小心翼翼地从铁栅栏缝隙中将粥递过去。

龙境伸手去接木碗。

双手相交的瞬间,温热粗糙的手指忽然轻轻地捏了一下他的指尖,一个圆滚滚的小球借着碗底的遮掩被塞进了手心。龙境仓促地抬起目光,却只看见那人满脸浓密的络腮胡,肤色黝黑,唯有眼中一点儿精光似曾相识,却又很快低头掩去。

他心中剧震,端着木碗的手却丝毫不晃,神色一如往常,甚至冷冷地瞥了九大人一眼,才仰头将已经变温的米汤一饮而尽。

九大人满意地笑道:"早这么听话不就好了吗?敬酒不吃吃罚酒,非要闹别扭,还连累得这位小兄弟平白无故地挨了一剑。接着分粥,给他们每人一碗,都给我乖乖喝下去。"

除了被关着的人,囚室外只有九大人和两个"不会武功"的平头百姓,外面还有十来个守卫,以九大人的本事,他要杀人不过是一抬手的工夫。所以他很宽心地将闻衡松开了,叫闻衡去跟聂影一起打饭,自己站在旁边监工。待所有人都灌下一碗化功散后,他才悠闲地收了剑,对闻衡以及聂影道:"走吧,晚上继续来送饭。"

就在他转身的那一刹,电光石火之间,闻衡骤然出手点中九大人背后的四处要穴,匕首滑进手中,刀锋映着一缕天光,准确无误地架在了九大人的颈侧。

闻衡鬼魅一般出现在九大人身后,轻声道:"别动,劝你最好老实点儿。"

他出手如电,干脆利索,九大人只是转了个身、眨了眨眼,牢中瞬间就变成了另一番情势。

九大人周身受制,动弹不得,似乎还没从震惊中回过神来,问道:

"你是谁?"

"无名小卒,不足挂齿。"闻衡并没有制住他的哑穴,匕首尖十分危险地压着他的喉头,"解药和牢房的钥匙在哪里?"

"劝你不要白费心思。"九大人道,"他们连服了好几天的化功散,纵使给你解药,他们一时半会儿也难恢复,你能带着他们跑到哪儿去?"

"少说废话,用不着你替我操心。"闻衡对聂影使了个眼色,示意他上来搜身,果然从此人怀中摸出数个药瓶,只是钥匙不在此人身上。

闻衡收紧了勒着他的脖子的手,逼问道:"哪个是解药?钥匙在谁手里?"

九大人宁死不屈,哼笑道:"我偏不告诉你,有种你就杀了我,到时候你们谁也逃不出去,都要下来给我陪葬!"

闻衡听了这话,也笑了一声,将匕首下压,在九大人的脖颈上擦出一条细细的血线:"想让一个人生不如死,好像也不是很难。"

九大人傲然道:"你就只有这么点儿招数?要杀要剐随便你来,若喊一声痛,我把这牢头的位置让给你。"

闻衡冷声嗤笑,压在匕首上的力道更重,九大人以为他的手段无非是在自己身上划两刀,放点儿血,却不防闻衡左手忽然抵住他背后的某一点,将一股强横尖锐的真气推了进去。

剧痛毫无预兆地从那一点炸开,好似有人拿着一把重锤,将他全身的骨骼一截一截地敲碎,五脏六腑被长刀绞成一团,清晰鲜明的锐痛直达脑髓,比皮肉之苦重了何止千倍万倍。九大人就是个铁打的人,此刻也忍不住闷哼出声,冷汗像流水一样滚滚落下,顷刻湿透了里外两层衣裳。

换作旁人,此时只怕要痛得狂哭哀号,遍地打滚,恨不得以头抢地地求他停手。没想到九大人虽然生得文气,倒是个铁骨铮铮的硬汉,咬牙咬得都满口鲜血了，居然还真只发出刚才那一声呻吟。

闻衡面不改色地发问："还接着来吗？"

这一点其实是人背上的一处奇穴，以内力相激会突然剧痛，那痛苦才是真正叫人求生不得，求死不能。若非闻衡右手还钳着九大人的脖子，令他勉强站住，只怕他这会儿早像烂泥一样瘫倒在地了。

九大人好些年没吃过这样的苦头了，眼前一片昏黑，双耳嗡鸣不止，好半天才从一片濒死的空白中醒过神来，尝到了自己的舌尖浓厚的血腥味。

"钥匙、解药，"闻衡冷峻地道，"不要逼我再重复一遍。"

九大人周身汗湿得像刚从水里捞出来的，他是个识时务的聪明人，明白自己斗不过闻衡，再来一次他恐怕就真死了，于是不再嘴硬，哑声道："解药在青色瓶子里，钥匙在方远卓那里……我可以叫他进来给你们开门。"

"有劳。"闻衡将原话送还给他，"敬酒不吃吃罚酒，早这么听话不就好了吗？"

九大人："……"

他深吸几口气，平复体内翻涌不息的余痛，对闻衡道："带我出去。"

被闻衡挟持了顶头上司，方远卓不得不交出钥匙，令守卫退开。聂影拿到一串铜钥匙，不敢稍懈，飞快地逐一打开牢门，将解药分给了众人服下。

直至此时，被九大人强掳来的各派弟子才敢放松呼吸，猛掐自己的大腿，有了绝处逢生的实感。

"别慌，别慌！"聂影高声喊道，"大家互相搀扶，不急着恢复武功，先出去再说！"

释放百余人需要一点儿时间，闻衡只负责看住九大人，分神关照着聂影那边的动作。他们今日动手不是提前商量好的，但种种因缘巧合之下，此刻反而成了最好的时机，只要他们抓住机会，就能一举成功。

但是——

闻衡心中总隐隐约约觉得不踏实，不知是不是他太多疑的缘故，从他们两个人乔装混入始月狱，到踏入牢房见到被关押的众人，再到劫持九大人拿到钥匙，这一路好像都有点儿顺当得过头了。

运道真的在他们这一边吗？

等牢房被开到约莫一半的时候，一直没吭气的九大人忽然开口问："当日在官道上冲撞车驾的是不是你们？"

闻衡没料到他竟能联想到这一节上去，心中不由得惊了惊，直觉此人之敏锐机警，实远在常人之上。但事已至此，他亦无遮掩的必要，索性大大方方地认了，道："是。"

九大人点头，竟然还笑得出来，连声道："好，好。"

闻衡问道："好什么？"

九大人背对着闻衡，闻衡没看见他脸上的表情忽然变得诡异，只听他幽幽地说道："时间也差不多了。"

"嗯？"

话音方落，闻衡眼前突然一黑，只觉天旋地转，周遭人影颠倒错乱，声音渐渐像潮水般退去，五脏六腑却灼热如火，一口血气横冲直撞地涌上喉头。

这是中毒的症状。

他头晕目眩，心下倒还清明，强撑着垂头去看自己右臂的伤口，只见血色黑紫，显然毒素侵入肌肤已深："你……"

九大人的穴道未解，他却能感觉到闻衡扼着自己的咽喉的手指渐渐虚弱无力，心知毒药起效，此人马上要栽在自己手中，忍不住嘲弄道："剑刃带毒，只要一动内力便会毒发，我早说过你救不了他们，这下连自己也要一并搭进来。"

这毒药越到后面发作得越快，短短一句话的工夫，闻衡已至强弩之末，脑子里一片糨糊，无数念头如烟花般飞速闪过，最终只有一个被他攫住。他立刻扭头，朝聂影厉声喝道："有埋伏！大哥快走！"

九大人与他同时喝道："方远卓，动手！"

霎时喊杀声四起，闻衡眼前所有光彩在这一瞬暗淡下去。方远卓抢到近前欲夺回九大人，闻衡右手短匕"呛啷"落地，左掌却运劲前推，一股巨力如垂死挣扎的苍龙，山呼海啸地喷薄而出。背对着他的九大人，连同一只手搭在九大人肩上的方远卓，正好迎面当此一击，登时被拍飞数丈，鲜血狂喷，死人一般摔落在牢房另一头。

无论是被囚弟子还是守卫，全被这开山裂石的一掌吓住了。在场众人无不骇然，甚至停下了争斗，齐齐注目闻衡所立之处。

他站在牢门不远处的阴影当中，右臂衣袖已完全被黑血浸透，滴滴答答地落个不停。任谁都能看出他毒伤甚重，可那身影仍如孤松萧萧肃立，凛然不可侵犯。

他单凭一掌便重伤此间两位领头的大人物，余下的守卫群龙无首，竟没有一个人敢上前捉拿他，生怕他是假意示弱，伺机再度暴起伤人。

双方僵持良久，倒是人群中的温长卿越看越觉得此人眼熟，越眼熟便越是心惊，怔立半晌，终于越众而出奔到近前，一把抓住他的左臂，惊声急问："岳师弟？你是不是岳师弟？"

闻衡早已力竭神危，被他这么一晃，蓦然呛咳出一大口鲜血，仰面朝后倒了下去。

"岳持！"

一梦昏昏沉沉，好似过了百年那么长，闻衡终于逐渐恢复意识，五感陆续归位。他屏息内视，感觉四肢虽然沉重，体内却有一股醇厚真气盘旋，温养着气海，已将他当日因中毒所淤积的暗伤修复得七七八八。

闻衡闭眼不动，仔细回想前事，心知自己筹划落空，反而落入敌人的圈套。此番虽栽了个大跟头，却也不得不佩服那位九大人的心机智谋。

只是不知道他这一掌下去，那两个人会不会死。

耳边传来窸窸窣窣的动静，温长卿愁得叹气："这都晕了一天一夜了，牢里缺医少药，到底还能不能醒？"

另一个陌生的声音好脾气地道："温少侠放心，岳公子脉象平稳有力，是精疲力竭才会昏迷不醒，将养两天，自然会好。"

闻衡手指抽动，勉力睁开眼皮，用嘶哑的气音唤道："四师兄……"

此时此刻，这一声于温长卿而言不亚于天籁。他又惊又喜，忙将闻衡扶起靠墙坐好，身边马上有人递上一碗清水。闻衡也来不及管里头有没有化功散，端过来一气干了，喉咙中的灼人的干渴感方稍解。

自他醒来，不论是这间牢房还是别的牢房，所有人都瞪着眼睛竖着耳朵听他的动静，异常专注。那模样仿佛闻衡是什么不世出的宝贝疙瘩，连呼吸都小心翼翼，生怕气喘粗了把他吹走。

顶着众人殷切的目光，他轻轻舒了一口气，道："在下无能，中了对方的奸计，反而连累大伙儿空欢喜一场，心中实在愧疚。"

众人连忙道："岳公子说哪里的话，你肯仗义出手，我等已足感深恩，公子万勿自责。"

温长卿问："师弟，前几日赶驴冲撞车队的是不是你？"

闻衡道："不错。我与一位朋友在司幽山下会合，发现许多门派弟子不知所终，经过一番探查，才追上了车队，当时不知对方深浅，只好以此法一试。没想到还是被那贼首看破了形迹。"

他们二人尽管进城后又刻意改变了形容，但在对方已经留心的情况下，始月狱里突然多出两个送菜的汉子还是太显眼了。从他们混进狱中的那一刻起，他们就已经踏入了九大人布设的陷阱。此后九大人又是让他们送粥，又是带他们入狱，其用意无非是想引二人入套，将他们也一并扣在牢中。

现在想来，连九大人往闻衡的手臂上划的那一剑恐怕都是事先计划好的。闻衡一旦动手，毒药立刻发作，自然插翅难逃；他若不动手，九大人也不会放他归家，势必要将闻衡和聂影留下来，好继续威胁旁人。

要怪就怪他不够警觉，急于求成，贸然动手，才会折在九大人手中。

温长卿听了他的一番详述，不由得感叹道："此人来势汹汹，早有准备，我们没有防人之心，中计也是无可奈何的事。现在只盼逃出去的人能向门派传信，等前辈长老们设法营救。"

闻衡这才想起来问他："都有谁逃出去了？"

温长卿道："当时情形混乱，大伙儿武功又都未尽复，也只有你那位朋友拼死抢了龙境少侠，杀开一条血路冲了出去。"

闻衡点了点头，欣慰道："总算派出两个送信的人。龙少侠和我那位大哥都是重义守信之人，知道咱们身陷囹圄，必然会想办法四处求援，纠集人马来救大伙儿。"

众人听了这话，虽一时脱身无望，倒也大感安慰，再度谢过闻衡，各自回原处休息养神不提。

闻衡环顾这间囚室，只见除了温长卿外，还有招摇山庄、褚家剑派等门派的五六个弟子。他拉了拉温长卿的衣袖，低声问道："四师兄，那个领头人将你们捉来，有没有要你们做什么事？"

温长卿答道："路上什么都没说，昨晚刚在这里安顿下来，他便表明了身份，要我们给师门写信，言明各派掌门人退位，将所占山川土地归还朝廷，他才肯放人。这种无理要求，我们除非是疯了才会答应他。"

闻衡："他叫什么名字？是什么来头？"

"姓名不清楚，听旁人都叫他'九大人'。"温长卿道，"至于身份……他自称是宫廷内卫。"

之前听见"九大人"这个称呼闻衡就有预感，眼下果然预料成真。

他们此番遭遇的敌人，必然就是赫赫有名的大内九大高手中排在最后的那一位。

"怎么了？"温长卿见他神色沉重，担忧道，"此人是谁？很难对付吗？"

他怕引起其他人恐慌，将声音压得很低。

闻衡同样低声答道："差不多。师兄，你听没听说过大内九大高手？"

温长卿不是没想过，只是这猜测太可怕，他刻意回避了，没想到闻衡比他直白，毫不犹豫地捅破了窗户纸。

"是朝廷的人？"

闻衡道："不错，还是朝廷最精锐的那一批人。"

温长卿想不明白："纯钧派一向安分守己，以行侠仗义为训，好端端的，朝廷为什么要朝我们下手？"

闻衡心道侠以武犯禁，事关己身，当然觉得自己不曾得罪人，别人可未必会这么想。只是这话不好明说，他不答反问道："一个排行第九的内卫就绑了这么多人，师兄就没想过前面的一、二、三、四的高手都在干什么吗？"

温长卿悚然道："你是说……？"

闻衡朝他比了个噤声的手势："光抓一群人养着有什么用？浪费粮食罢了。再等两天，看看他们要拿你们威胁谁，有什么动作，提什么要求，这就是前面所有问题的答案。"

"可是——"

"师兄，"闻衡半闭着眼睛，比了个噤声的手势，轻声道，"平白担心无用，反而会打草惊蛇。"

闻衡虽重伤未愈，却神思清明，不慌不乱，显然是心中早料到此节，已经安排下应对之法。温长卿不是蠢人，见状不由得心下稍定，跟着点了点头，道："好。你才刚刚醒来，还是少费些神，静养为宜。"

闻衡的右臂上的伤口已被人用心包扎过，伤痕不长却很深，至今仍未愈合，还在缓慢渗血。他在角落里坐定调息，静心内视，原以为自己早就中了化功散，不想一股真气仍在体内自发运行，畅通无阻，反而是手臂上的毒素更霸道，他一动内力就气血上涌，眼前金星乱冒，不住发黑。

先前那一掌用尽了他的内力，眼下内力却已恢复了三成，就是他不能行功，再过几天也可复原如初。

自从练了《凌霄真经》，他也与寻常人一般有了内力，虽然内力运转方式不同，但使出来的效果并无差异。然而今日看来，他的内力似乎同别人的还是不大一样，不知道是不是体质的缘故。这股莫名其妙的护体真气从他不会武功时就一直盘旋在体内，好像是先天内力，但后来他得到顾垂芳的内力，习得《凌霄真经》，它又与这些后来的内力毫不冲突，相融甚深。

而他这次中毒，全身内力受制，唯独这股真气丝毫不受影响，其醇厚程度甚至更胜往昔。

可它是从哪里来的？

《凌霄真经》已是独步天下的上乘武学，闻衡不记得自己还练过什么比《凌霄真经》更精深的功法。

他收功吐息，缓缓睁开眼睛。温长卿听见动静，在一旁关心地问："如何？"

闻衡言简意赅道："中毒已深，内力受制。"

温长卿虽早预料到是这个结果，还是忍不住叹息一声，又马上安慰他道，"没事，你就当吃了一服化功散。等咱们出去了，师兄就是掘地三尺也一定给你找到解药。"

闻衡听罢笑了笑，蓦然想起昔年刚入门与人争斗时，温长卿替他出头直言的情形。他虽算不得纯钧派的正经弟子，这份同门情谊却历久弥笃，教人敢在危难之际以生死相托。

他换了个舒服一些的坐姿，温和地道："那就仰仗四师兄了。"

"对了，我还没问你，"温长卿道，"你这些年究竟跑到哪里去了？这身武功又是怎么回事？"

狱中无事，闻衡索性将这些年的遭际一一告知，两个人交换过各自的经历，又问起玉泉峰诸人，不免提及薛青澜与本门的恩怨。这些事闻衡只从聂影那里听了个大概，却不知个中详情，也没仔细问过薛青澜，温长卿却一清二楚，正要找闻衡诉苦，这下借着闲聊的机会，一字不漏地全给抖搂了出来。

当年闻衡失踪快一个月时，纯钧派才从下面执事长老的汇报中得知消息，但拖延了这些时候，再想寻人也难了。当时唯有廖长星一力主张追查，可惜他人微言轻，只能靠自己的人脉寻访，最终一无所获。等众人以为这事已经彻底过去时，两个月后的某一天，薛青澜忽然来到越影山山门外，点名要见闻衡。

那天恰好四个大弟子都不在山上，出来待客的是秦陵新收的记名弟子。据说那时薛青澜的状态很奇怪，那弟子听他问起"岳持"，弟子对玉泉峰还不熟悉，便直接告诉薛青澜"我们这里没有这个人"。

就因为这一句话，薛青澜当场发疯打断了这弟子的三根肋骨。守山门的弟子赶来劝阻，五六个人被他打成轻伤，最后终于惊动了秦陵，两个人话不投机，薛青澜又对秦陵十分不客气，竟然当场动起手来。薛青澜与秦陵过了十几招，伤重落败，万幸他还没疯到一心求死，挣扎着设法逃离了越影山。

哪怕温长卿叙述得十分简略，毫不跌宕，但闻衡听到此处，仍是心如刀绞。

那时薛青澜的武功刚有起色，进境再快也不是秦陵的对手，他分明比谁都清楚这一点，却仍然要与秦陵硬碰硬。一个人到底是伤心绝望到了什么程度,才会疯得连自己的性命都不顾了?

"后来呢?"他忍不住插言,"他伤得怎么样?痊愈了吗?"

温长卿微妙地瞥了他一眼,答道:"我也不大清楚,反正后来再见他他都是活蹦乱跳的,想来应该好利索了。"

他那时正在外办事,对越影山下发生的争斗一无所知,但在半路听到了一个惊天消息——明州神医"留仙圣手"薛慈当月身故,杀人真凶正是他唯一的徒弟薛青澜。

温长卿风闻此事,忙赶回纯钩派向秦陵报信,这才得知薛青澜曾来过越影山。此时闻衡失踪,薛慈身死,薛青澜得罪了纯钩派,这几桩事缠在一起,令两方仇怨越发激烈。秦陵派人往明州查证,确认好友死讯后勃然大怒,亲自率领弟子们下山追缉薛青澜,扬言要为薛慈报仇雪恨。

可那时薛青澜早已脱身,逃得无影无踪,江湖上谁也找不到他。又过了半年,纯钩派弟子在下山游历途中被垂星宗截住,对方并没有要杀人的意思,更像是纯粹找麻烦,把这群人收拾了一顿就放走了。然而巧就巧在这群弟子中,还有个女扮男装跟着出来见世面的韩紫绮,她记性极佳,正好认出了这伙人中领头的薛青澜,回去对韩南甫一说,这下全纯钩派的人都知道薛青澜转投了垂星宗。

秦陵闻知此信,二话不说,径直带人杀上了穆州陆危山垂星宗,要与薛青澜清算新仇旧恨。垂星宗也不是那种会护着自己人的门派,谁惹的祸谁收拾烂摊子,所以薛青澜就一个人站了出来,孤身迎战秦陵和他的八名弟子。

闻衡险些一口血呕出来,质问温长卿,道:"你们那么多人,欺负他一个?"

"别用这种眼神看我,你的胳膊肘到底往哪边拐?我没欺负过他,论剑大会上分明是他在欺负我。"温长卿无奈道,"我也没办法,那是我师父啊,他老人家有命,我这当弟子的难道还能不从?但那一战薛青澜真没吃亏……不对,也不算没吃亏,还是受了一点儿小伤。"他瞥见闻衡越来越阴的脸色,忙补救道:"他打伤了师父、大师兄和三师兄,还有好几个小弟子,这要是还能毫发无伤全身而退,垂星宗的宗主早该由他来做了。"

闻衡未置可否,脸色依然没有缓和,问道:"廖师兄呢?"

从前在纯钧派,闻衡与二师兄廖长星、四师兄温长卿相处得都不错。不过温长卿性格跳脱,因此闻衡跟廖长星要更亲近一些,廖长星对他的事情知道得也更清楚一些。温长卿是直到薛青澜打上门才知道他们二人关系好,廖长星却是一开始就见证了他们二人交好。薛青澜和纯钧派结了这么大的梁子,不知道廖长星在其中又是何反应。

温长卿道:"二师兄负责按住我,没空跟他动手,薛青澜也没到他跟前找麻烦,应当是看在你的面子上。但这人好生不讲道理,明明跟他解释了十万八千遍你失踪不关纯钧派的事,他死活不信。师父闭关后,纯钧派弟子行走江湖,隔三岔五就要被垂星宗刁难,亏得你现下回来了,否则再这么下去,两派迟早要结成死仇。"

闻衡想起薛青澜那发起疯来不认人的性子,心中百味杂陈,微微叹息:"所以这回你们上司幽山前中毒,该不会也是他所为?"

"八九不离十。薛青澜是薛慈的弟子,医毒双精,武功又高,给我们下个药还不是手到擒来的事?"温长卿道,"而且你看他行事,不用致死的毒药,只叫人身体虚弱,明摆着是要羞辱纯钧派的人,而非有意要害哪一个人——这手笔我们太熟悉了,除了他没别人。"

"若非你及时救场,又给了解毒方子,纯钧派今年恐怕要在论剑大会上栽个大跟头。"他感叹道,"只可惜咱们半途被人捉了,否则这会儿早该回越影山,好生答谢你一番。"

"不用谢我,"闻衡摇了摇头,"应该的。"

温长卿下意识地想问"什么应该的",一看闻衡垂眸沉思的侧脸,忽然了悟了他的未竟之意。

既然薛青澜是因为他才屡屡针对纯钧派的人,那么如今收拾烂摊子做人情还旧债,也是他应当应分之事。

温长卿本来还为闻衡闯狱救人而深受感动,认定他是个重情重义的好孩子,此刻却感觉这"同门情谊"索然无味,他这个师兄不过是讲故事的工具,闻衡和薛青澜分明才是铁打的兄弟情深。

"对了,还有一件事,"温长卿突然想起来,凑到闻衡附近,压低了声音道,"论剑大会结束当晚,我在褚家剑派见到了一个人。"

闻衡:"谁?"

"李直。"温长卿道,"就是那个跟你斗殴,被逐出纯钧派的记名弟子。我那日见他,他似乎已经做了褚家剑派内门弟子。"

闻衡仔细回想了片刻,才想起当年那段往事。他记得李直似乎是褚家剑派外门的弟子,但既然被送来了纯钧派,就说明资质平平,不够格被褚家剑派收入内门。而且他后来被赶出纯钧派,也算是耻辱了,没想到李直回到司幽山后,竟还能成为内门弟子,这其中情由,倒令人十分好奇。

"他有什么问题吗?"

温长卿犹疑片刻,最终道:"当年他在本派时,还是个只有表面功夫的愣头青,我如今再见他,却觉得此人邪气甚重。"

CHUNFENGDUJIAN

第二章
解围

又是褚家剑派？

闻衡心里虽然转过了几个念头，面上却不动声色，问道："他也被捉来了？"

温长卿道："正是。我前天进牢房时隐隐约约瞥了一眼，他似乎与招摇山庄的龙境被分在了同一间囚室。"

闻衡环视周遭，片刻后不知想到什么，忽然极轻地笑了一声："有意思。"

"什么？"

"人与人之间的缘分，真是很有意思。"

他只感叹了一句，就不肯往下细说。温长卿一头雾水，觉得闻衡越发让人捉摸不定了，他这四年怕不是拜了个神棍当师父，一开口就是江湖骗子那个味儿。

夏日昼长，直到酉末夜色才姗姗来迟，牢中失去天光，也没人点灯，很快变成一片伸手不见五指的黑暗。

牢里的囚徒们久服化功散,身体虚弱,加上为了防止有人逃跑,晚间粥里又故意加重了蒙汗药,所以每当往常这个时候,所有人差不多都已睡沉了,温长卿亦不例外。只是白日里闻衡说过的话令他触动颇深,哪怕沉睡时心头也蒙着一层阴云般的忧思,被梦魇到半夜,他竟然迷迷糊糊地醒了过来。

他头痛欲裂,在夏夜里闷出了一层薄汗,无意间伸手往旁边一摸,被支棱的稻草扎了一下掌心。

旁边是空的?

温长卿神思昏蒙,甚至不知道自己是醒着还是在梦中,心里觉得似乎不对,师弟应当在他旁边,又被困意拉扯着眼皮,做不出第二个动作,整个人就在这样的恍惚状态中再度睡了过去。

次日一早,他终于清醒过来,回忆起了昨夜的梦境,转头一看,却见闻衡坐在离他一臂之遥处,微微垂头,背倚着墙,还在无知无觉地闭目沉睡。

温长卿下意识地松了一口气,但心里又总觉得疑惑,自己也说不清是哪里不对。

就这样又熬过了三五日,始月狱内外皆是一片风平浪静。九大人不曾踏足囚室,倒是方远卓亲自来巡视,吊着胳膊好不狼狈,看闻衡的眼神犹如饿狼猛虎,恨不得将闻衡活活扒皮抽筋。

温长卿嘀咕道:"他主子呢?怕不是被打成了重伤,连床都下不来了吧。"

方远卓闻言气得额角青筋猛跳,目光如电如刀,冷冷地扫视过来。

闻衡坦然地回视方远卓,嘴角甚至噙着一丝若有若无的笑意,端的是嚣张狂妄,仿佛笃定了他纵然有心报复,也心存忌惮,不敢随意动手。

方远卓与他目光相接片刻,愤然转身,大声吩咐狱卒:"看好他们,若有人胆敢反抗，就地诛杀，不必留情！"

他在余光里注意到闻衡嘴角一勾，仍是什么都没说，可笑意更深，像是对他色厉内荏的无声嘲讽。

方远卓正生着气，外头匆匆跑来一个人，低声附耳禀告了些什么，方远卓眉头一松，面上乍现喜色，随即掩去，急声道："果真来了？快随我去回禀大人。"

所有支着耳朵细听动静的人，都因这"来了"二字心头一震，浮想联翩。

实在是他们在这黑牢中被囚禁得太久，经历了平生未有的艰苦滋味，出去的愿望越发急切，听见外头的只言片语，便忍不住揣测是不是师门派人来救他们逃出生天。

方远卓一踏出始月狱，便听见前门处远远传来喧哗声，九大人正在侍从的搀扶下缓缓踱出正堂。

他这些天里因伤清减了不少，始月狱中一应事务都只能交给手下操办，显得憔悴荏弱，像个风吹就倒的小白脸，没有任何威慑力。方远卓却不敢有丝毫怠慢的态度，忙赶上前去，恭敬道："大人，都安排好了。"

"你随我去前面，众将听令行事。"九大人吩咐道，"叫人严守大牢，防着他们从后面绕过来劫狱。"

方远卓道："属下明白。"

始月狱门口一条街已被堵得水泄不通，全是持刀仗剑的江湖人，服饰倒还鲜明，粗粗看去，来了有七八个门派。打头的却是两个年轻人，其中一个身着还雁门武袍的男人站在阶下，高声叫骂道："无耻狗贼挟持了我们百十来名兄弟，爷爷今日带人上门讨账。识相的就乖乖把人还回来，否则别怪爷爷拆了你这破马棚，将你们这群人一个一个挂在旗杆上喂秃鹰！"

他的声音带着内力远远散开，传遍了整个庭院，连街上百姓也听得清楚,九大人却仍不紧不慢地迈着步子,随口问方远卓:"这个声音有些熟悉,难道是当日劫狱逃走的那个同伙?"

方远卓道:"或许是,记得那人是个大个子,功夫不弱,他还抢走了一个招摇山庄的弟子。"

"一群乌合之众,不足为虑。"九大人似乎嫌阳光晃眼,微微眯起眼睛,望着高飞的檐角,轻声道,"海浪打下来,一个人纵然有通天彻地的本事,也只能独善其身,救不了旁的臭鱼烂虾。"

聂影骂得声震全城,甚至带领其他人一起叫骂,始月狱的两扇大门却始终岿然不动。最后龙境实在听不下去了,无奈地规劝道:"收声,省着些力气对付正主吧。再骂下去,人没出来,你们要先中暑了。"

聂影扭过头去清了清嗓子,调门降了下来,嘀咕道:"就会说风凉话,不骂人你倒是给我想个办法出来。"

龙境道:"也不难。"

"什么?"

龙境走上前去,握着兽首铜环叩了几下门,礼数做足,朗声道:"中原武林六派人士,前来拜会此间主人,万盼一见。"

聂影好笑道:"还是这么文绉绉的。他若能被你说动,早便出来了,还用我费这半天口舌——"

话音未落,只听"吱呀"两声涩响,两扇沉重的大铁门缓缓向左右打开,九大人并方远卓,连同二十几个侍卫一道站在院中,云淡风轻地朝众人颔首致意。

聂影:"……"

这群人八成是故意的。

龙境倒是很给面子,向他见礼,温言道:"今日群侠齐来贵地,多有叨扰,还望主人见谅。"

九大人咳了两声,微笑着还礼道:"好大的阵仗。龙少侠别来无恙?"

"离开此处，自然一切都好。"龙境问，"倒是阁下似乎尊体欠安，形容消瘦，看起来大不如前。"

九大人笑意不改，道："多谢龙少侠挂心，鄙人真是受宠若惊。"

"不敢。"龙境道，"前日里蒙阁下盛情相邀，在这大狱里住了两天，在下才是真正受宠若惊。是以在下今日前来领走敝派另外八位弟子，免教他们受惊更甚。"

聂影一听他们说酸话就脑仁疼，但就算他再不学无术，也能听出二人你来我往的寒暄不是客气，全是阴阳怪气。现下龙境已经将来意直白地摊开来，聂影立刻接上："还有我们还雁门的人！"

门外众人纷纷叫道："还有我们纯钩派！"

"还有我们博山派！"

"放人！否则今天跟你们拼了！"

九大人抬手压了压，止住众人喧哗，带笑的嘴角落了下来，变成冷冷的嘲弄。方远卓厉声喝道："放肆！你们好大的胆子，敢在朝廷大狱门前聚众闹事！"

有人忍不住争辩道："要不是你们绑了我们的人，我们也不会来这儿！你们只要把人放了，我们自然散去！"

"放人？"九大人慢悠悠地问道，"放哪门子人，我捉了谁？你有证据吗？"

聂影险些被他这句话气死，怒从心头起，暴喝道："还敢狡辩！你是怎么被人打成这副样子的，还用我再给你重复一遍吗？！"

"听听，"九大人冷然道，"一群江湖草莽，不好好地夹着尾巴做人，竟然还跑到我面前乱吠。"

他个头虽没有聂影高，可一副居高临下的睥睨之态："几日前本官遇刺，是你伙同他人所为，今日又率众冲击大狱，你这是要造反吗？"

"胡说八道！"聂影怒目而视，"少红口白牙地诬蔑人了，我和岳兄弟闯狱,是为了救走被你偷偷抓来的百十来人!各派失踪的弟子都被关在这大牢里,龙境可以做证,你别想抵赖!"

"人证?"九大人目光扫过龙境与聂影,淡淡地问,"他与你是一伙的,凭什么能做人证?"

"你!"

龙境抬手拦住聂影,低声劝道:"算了。"

聂影气得要杀人:"什么叫算了?!"

"口舌之争无益,更何况你辩不过这位大人。"龙境转向九大人,无论是神情还是语气,在一众义愤填膺的侠士里都显得极为克制:"阁下打定主意咬死不认,是要逼我们动武硬闯了?"

九大人点头认可道:"你大可以试试。"

"试就试,老子还怕你个小白脸吗?"聂影"唰"地抽刀,指向庭院之中,怒喝道:"哪个先来受死?!"

龙境突然叫道:"聂影!"

他克制的表情终于改变,露出了一点儿惊惶和难以置信之色。

聂影被他喊得怔了怔,回身看去,只见高墙屋顶上、沿街的每个窗口乃至街巷前后两个出口处,悄无声息地冒出早已埋伏多时的弓箭手。无数箭尖闪着寒光,堪堪对准了壅塞在始月狱门前的众人。

庭院里的九大人自始至终一步未动,可今日的局面,尽在他的掌握之中——此人心机之深,实在已经到了可怕的地步。

"这牢里关的都是重犯、要犯,岂容尔等放肆?尔等再有擅动犯上之举,视同谋逆,就地格杀勿论。"

到了这一步,就算迟钝如聂影,也看出了事情不对。他们纠集了大批人马上门讨债,却正好中了对方的计策,被人来了个瓮中捉鳖。明明他与闻衡尾随车队进入刑城时还没见到这么多官兵,救了龙境逃出城时也没遭到盘查，当时还道是侥幸，原来正主在这里等着他。

"你这条毒蛇，原来是我小瞧了你。"聂影握紧了手中的刀柄，咬牙发狠道，"泱泱百人，今日说不得拼上性命，绝不教你奸计得逞！"

"这位还雁门的聂公子，劝你话不要说得太满。"见他急躁，九大人心情越发舒畅，微笑道，"你自己不要命，可别拉扯上其他人。你敢踏出一步，立时万箭齐发。诸位虽都是江湖高手，在这种狭窄的地方舞刀弄剑，还要顾及自己人，恐怕施展不开吧？到时候伤了碰了、逃不脱的，都要沦为阶下囚，跟你们的师兄弟住到一块儿去——刑城别的不缺，牢狱倒是管够。"

龙境知道聂影说不过他，抢先接话道："这话也要原样奉还给阁下。擒贼先擒王的道理谁都知道，我们抵挡不了千军万马，只抓一个人总还是能做到的。为自身安危计，阁下还是少说两句吧。"

九大人却道："错了。龙少侠，不要以为只有你们江湖人才讲道义。倘若今日一举能令全功告成，我是死是活有什么要紧？"他环视周遭，眼中带着轻蔑的笑意，徐徐道，"况且，拿这些虾兵蟹将来威胁我，你未免也太小瞧我了。"

聂影冷笑道："大伙儿别听他妖言惑众，此人早已身负重伤，全凭一张嘴支撑着，不足为——"

一个"惧"字还没说完，颊边忽然一凉，一缕轻风从身旁掠过，他只来得及看到青袍上的银绣纹在阳光下微微闪烁，那身影随即远去落地，亮出掌中一把错金的精巧匕首。

周围人"啊"地齐声惊呼，龙境抢到近前，却晚了一步，眉头蹙得极深。聂影在万千视线里，怔怔地抬手一抹，蹭了半掌血红痕迹，这才后知后觉地感到面上刺痛。

他面上被划了一道约有两寸的细长伤口，对方下刀时尚算留情，伤口只渗了点儿血，不至于毁容。可即便如此已足以叫人对行凶者产生恐惧心：众目睽睽之下，这个人像鬼一样来去如风，随便抬手就在聂影的脸上划了一道，快得所有人都没看清他是如何出手的，更别说格挡反击。

这一时这一刻，所有人都在想：倘若这一刀落在我的脸上呢？

谁敢说自己一定躲得过？

此人要是没受重伤，武功高深到如此程度，在场众人加起来也未必是他的对手；他要是受了重伤还能如此行动，此人武功之高，足以登顶中原武林之巅，那大家还打什么？乖乖放下刀剑认命算了。

聂影也惊愕得无从言语，伤是小伤，他堂堂男儿，也不大计较相貌，可这被人玩弄于股掌之间、踩在脚下的羞辱感，令他半天都没缓过这口气来。

他恨得眼睛都烧红了，场中诸人一时陷入凝滞状态。

有人忍不住低声提议道："要不然我们还是……先退回城外，再做打算？"

九大人手中把玩着短匕，听了这话，头也不抬地笑了一声："走？你们来了刑城，敲开了始月狱的大门，还想走到哪里去？"

龙境倏然抬头道："阁下这话是什么意思？"

九大人抽出匕首，薄刃在阳光下近于无色，他轻描淡写地答道："意思是你们走了一步错棋，这回要把自己也交待进去。你们二位带着一群不成器的人在门前套话、拖延时间，让另一队人绕到后面劫狱——算盘打得倒是精明，可也要看本官买不买账。"

龙境脸色骤变，似乎极大地吃了一惊。

九大人自得地笑道："看来龙少侠骗人的功夫还是不到家——"

头顶忽然飘来另一人笑声，九大人蓦地回首望去，只见正厅房顶上不知何时多出一个人，那人斜坐在屋脊旁，夷然不惧的散漫姿态像一把利剑，笔直地钉向九大人的眼底。

"是——你。"

这两个字几乎是从九大人的牙缝中强行挤出来的,在六月天里散发着不同寻常的寒意。任谁都能听出其中饱含着的刻骨恨意,聂影那头却已欢呼起来:"岳兄弟,你好啊!"

闻衡笑道:"聂兄、龙少侠,二位别来无恙?"

龙境端立在旁,亦浅浅颔首向他致意。聂影先前被九大人好一顿奚落,此刻终于等来了能给自己撑腰的人,不由得扬眉吐气,欣悦非常。方远卓和其他侍卫如临大敌,立马拔刀在手,怒喝道:"你好大的胆子,竟敢越狱!"

闻衡悠然答道:"我是依样画葫芦,学你家大人行事,不足为奇。"

九大人没理他的挑衅言语,招手唤了一个侍卫过来,低声吩咐:"去后头看看是怎么回事。"

闻衡在房上听得一清二楚,不见外地接话道:"何必麻烦?你们在此稍候,片刻后自然能见分晓。"

方远卓没听明白:"什么?"

后院蓦然爆开三声巨响,脚下地面剧震,房梁颤动不已,浓烟滚滚冲天而起,霎时间惊呼、惨叫、碎裂声连成一片。这下不用方远卓再探,纷至沓来的脚步声足以回答他的所有疑问。伴随着一阵地动山摇,始月狱中被押的上百个囚犯互相搀扶着从后院奔出,形容极其狼狈,却带着一种冲破牢笼重见天日、野兽一般的凶狠劲儿,不少人奔逃之中亦不忘盯准九大人,眼中仇恨如火,恨不得当场将他焚为灰烬。

"你还敢说你没有抓人?!"

"三师兄!小师弟!原来你们都在这里!"

门里门外呼声此起彼伏,各派弟子互相认亲,有空的人则扯着嗓子痛骂九大人。不多时又有一队人马从后院绕到前方,为首的是个留着短髭的壮年汉子,手下清一色玄色武袍,腰配刀剑,十分精干。那人抬首朝房顶上的闻衡喊:"公子,人都已经救出来了!接下来该当如何,还请公子示下！"

这群人好似凭空出现，却是有备而来，非但九大人一系不认得，连被他们救出来的各派弟子也不认得。

闻衡从屋顶上一跃而下，飘然落在那汉子身旁，视一旁的官兵如无物，朝聂影、龙境等人介绍道："这位是湛川城鹿鸣镖局的范总镖头，身后各位都是鹿鸣镖局的镖师。"

范扬朝院中诸人抱拳为礼，众人亦站直还礼，齐声道："多谢范镖头相救！"

范扬连忙辞让道："不敢，在下也是听命行事，全仗公子筹谋，方能一举功成。"

闻衡先是在论剑大会上力克垂星宗诸人，后来又与聂影孤身闯狱、重伤贼首，原本就是众人逃生的希望，此刻听范扬这么说，对他钦佩之意更甚，都高声道："岳公子活命之恩，在下没齿难忘！"

九大人忽然冷冷开口道："尔等还没走出这道大门，便先卖弄起恩情来了。岳公子，你未免也太心急了一些。"

闻衡抬眼瞥去，见九大人脸色铁青，显然是气得不轻，心情便越发舒畅，和颜悦色地道："我不心急，该急的是大人才对。牢房已经烧起来了，后头的守卫被我们打得不成气候，你若再不撤兵救火，这座大狱迟早被烧成一片白地——我猜大人还不想陪我们这群江湖草莽一道去死吧？"

范扬立在他身后，颇为不屑地小声道："一个见不得光的鹰犬，算哪门子大人？还真拿自己当个人物了。"

"是我小看了你。"九大人死盯着闻衡，沉声问，"救走龙境，让他们带人来牵制我，你自己假意被俘，潜伏在大狱里，里应外合地联系其他人来劫狱，除了这些，还有什么？你算到了哪一步？"

"没什么了。"闻衡坦然道，"我一个人势单力薄，能做的事有限，只不过是托人给几位朋友捎信，提醒他们小心'调虎离山'。"

这两句话说得没头没脑，余者皆一副茫然之态，唯有九大人怔立半晌，突然像犯了失心风一般大笑道："好，好，好！"

那笑声说不出地惨然，叫人怀疑他下一刻是不是要呕出血来。

"枉那老头子筹谋多时，到头来竟栽在你手上，可笑！可笑！"九大人在越来越灼热的烟气里审视着闻衡，沉默良久，忽然问，"你到底是谁？"

闻衡站在三步开外，沉静地与他对视，不紧不慢地答道："江湖上寂寂无闻之辈，不必问了。"

"我倒是很好奇，是什么人能教出你这种徒弟。"九大人忽然拔剑暴起，闪电般出手朝闻衡攻来，"接招！"

他的动作实在太快，根本毫无预兆，令人防不胜防，上一个字余音还没落下，剑锋已逼近了闻衡的面门。有聂影的前车之鉴，这回九大人故技重施，众人惊得连喊叫声都发不出来，却见闻衡轻轻巧巧地一侧身，避让锋芒，右手以指做剑，飞速点向他的喉头水突穴。

这一下闪避动作拿捏得十足巧妙，闻衡还有余裕反击，反应和速度都堪称巅峰。范扬还不知道他练就了这等本事，喜得不住赞叹。九大人一击不中，收剑也快，第二剑做了个"倒挽金钩"式。闻衡身子一矮，闪过此剑，左手劈出，竟如料敌之先，分毫不差地切中了九大人的手腕，将他挥来的剑锋阻在半空中。

范扬先喝了声彩："好身手！"

下一刻九大人后撤两步，剑势急变，抖开漫天剑影，如暴雨般狂涌向闻衡，剑光过处，风声如啸。这一招当真是攻守具备，势不可当，连闻衡也不敢正面相抗，只得在剑影中不断后退躲闪，寻隙反击。

有道是"一寸长一寸强"，闻衡赤手空拳地与持剑的九大人搏斗，双方距离远时自然是没兵器的吃亏。九大人第一剑奔着取闻衡的性命去的,过了两招发现近身不利,立刻改变策略,退到三步之外。

这一下正合了"以退为进"的要诀,九大人挺剑刺向闻衡,厉声道:"想出这道门,让我看看你的能耐!"

闻衡向右急闪,九大人回手一剑砍下,这两剑衔接极密,几乎没有空隙,就是闻衡也来不及再退。眼看着长剑要落在他的头上,闻衡手中却无寸铁可以招架,围观众人都替他抽了一口气。闻衡脑子转得飞快,当即伸手入怀,摸出宿游风留给他的那块黑金令牌,但听"铿"的一声响,双方气劲相激,俱向外弹开数步。

正宗的《天河宝卷》对上正宗的《凌霄真经》,当世两大绝顶内功相争,竟难分伯仲,旗鼓相当。

两个人在漫天风烟中遥遥对峙,心中俱念头百转。

两个人都有内伤,能发挥出的功力都不过五六成,单以内功论,两个人最多打个平手,但九大人手中有剑,这是个绝大的优势,只要拼一个速战速决,百招以内他胜过闻衡绝不是问题!

九大人想通这一节,心中霍然清明,身随意动,剑尖破空疾刺,直取闻衡的前胸。正当情势凶险之际,天外一道黑影风驰电掣地向闻衡激射而来,有人在屋顶上急喝道:"衡哥接剑!"

闻衡听声辨位,连头都没回,凭空一挽将长剑接在手中,举剑招架,但听"当当"两声,九大人被剑上气劲弹开。闻衡再不留手,当下反守为攻,挺剑向九大人刺去。他在剑术上的造诣已到了一个绝高的境地。这一剑去势清楚明白,看着似乎是再普通不过的一剑,可等闻衡逼近九大人身前时,对方倒像是不会应对一样,手中长剑颤动不休,仿佛要护心口,又像是要护喉头,最终"刺"的一声,却是剑中右臂,霎时血流如注。

九大人神色变幻莫测,他是身在其中的人,最知道这一剑有多凶险。闻衡只刺出一剑,他眼前却分明有两柄清晰无比的长剑,仅凭肉眼,根本难以分辨哪个是真，哪个是假。他只能凭着直觉护住要害之一，可真正的剑居然不是两柄中的任何一柄。

当日他在狱中一剑划破闻衡的右臂，今日这小子便以牙还牙，在同样的位置给了他一模一样的一剑。

聪明人可怕，记仇的聪明人最好有多远离多远，千万别去招惹。

不知道范扬他们在后面弄了什么鬼，大火越烧越烈，浓烟直入云霄，身在前院的人已能感觉到热浪滚滚袭来，如被架在火上炙烤一般。此时不管是武林人士还是守卫官兵，都撤出院子退到了街上，只剩九大人和闻衡两个不怕死的人还在火场里对峙。

九大人捂住流血不止的右臂，目光落在闻衡手中的乌金令牌上，右眼十分轻微地眯了起来，表情似乎有点儿耐人寻味："你明明中了万象蛰罗散，是怎么逃出牢房、联系外人的？"

闻衡从袖中摸出一枚指头大的钢珠，从一端拉开，竟然牵出一段长长的钢丝锯齿来。这下不用他说九大人也明白了，他就是用这锯子锯开了牢房铁栏，趁夜偷偷溜出牢房，再在天亮前赶回来，装作一直被困的样子，以此来麻痹守卫和九大人，使他们放松警惕之心，不曾对他严加防范。

"内藏秘药万象蛰罗散，虽然没达到阁下想要的结果，也让在下吃足了苦头，不算白费。"闻衡道，"如此兴师动众、大费周折，看来朝廷要瓦解中原武林，确实让大内高手们费尽了心思。"

九大人拎着剑，却似无意再与他交手，只站在原地闲叙道："你既已猜到端倪，就该知道朝廷与中原武林之间积怨颇深，迟早要有一番大动作，你阻拦得了这一次，未必阻拦得了下一次。与其多管闲事赔上性命，你不如睁一只眼闭一只眼，关起门来过好你自己的日子。"

他先前对闻衡不假辞色，形容冷淡，这一句话却说得非常温和，甚至有几分拳拳劝诫之意。不知道是他突然转性，还是他想以缓兵之计拖延时间。

闻衡徐徐道："江湖之中，谁不想逍遥快活？可朝廷行事要赶尽杀绝，连立足之地都不给人留一块。在下只怕明日归隐山林，后日在阁下口中就变成了啸聚山林，再后日便要叫人视作心腹大患，恨不得斩草除根才好。"

九大人道："这么说，你是一定要与朝廷作对了？"

闻衡心想：我这逆党余孽的身份，便是什么也不做，都是在和朝廷作对。

他嘴上答道："今日无奈之举，实是出于自保，并无对朝廷不敬的意思。只要大人别找麻烦，我们必然安分守己，做清清白白的好百姓。"

九大人望向他的目光中再度浮现出审视之意，闻衡武功高妙、心思机敏，在一票江湖豪杰中固然十分突出，但也不是多难得一见；少见的是此人通透练达、不落一丝话柄，全不似一个初涉江湖的年轻人。

"你……到底是谁？"

"聊完没有？火快烧过来了。"屋顶上的人朝下头喊道，"废话那么多，就不能出去再说吗？！"

九大人惊讶地发现就因为这一句话，闻衡坚冰似的冷峻神色如被春风拂过，霎时冰消雪融。他倏地抬眼向上望去，试图看清那究竟是何方神圣，却只捕捉到一个修长身影站在屋顶上招手。闻衡眼角一弯，扬声喊道："这就来。"

他又对九大人道："就此别过，后会有期！"

说罢闻衡再不恋战，足下一点，飞身上去追寻那人，赶在大火蔓延之前，两个人双双跃下了屋顶，消失在院墙之外。

他走得干脆利落，九大人也没空再去拦他。

火势乘风而起，顷刻间已成燎原之势，两边偏厢已烧塌了好几间，前厅也摇摇欲坠，到处都是浓烟飞灰。聂影和龙境率领的前军以及放出去牵制侍卫的后军、范扬带领的鹿鸣镖局众人，还有从牢中被救出来的各派弟子，都早早撤到了一条街之外，在原地休整等待。方远卓早被聂影一鞭卷过来当人质，始月狱的侍卫和各处埋伏的弓箭手却无令不能擅动，忌惮着陷在他们手中的方远卓和陷在火场里的九大人，只得守在另外一头，眼巴巴地盯着这些闹事的人。

不多时，闻衡携着一个陌生少年从天而降。他一现身，众人立时大声欢呼起来，显然将他当作此行最大的功臣，闻衡忙抬手压下喧嚣声，朗声道："眼下还松懈不得，大伙儿先移步城外，以免被人杀回马枪。"

他瞥了一眼快要被聂影勒断气的方远卓，转头对畏葸不前的官兵道："横竖今日已奈何我们不得，有这盯梢的工夫，你们不如回去救火。这位大人暂且借来一用，待我们安全了，自然放他回去。"

九大人迟迟不来，官兵群龙失首，不敢贸然跟三百多人动手，只得眼睁睁地看着他们挟持着方远卓扬长而去。

同日正午，越影山山门外，眼见掌门韩南甫与三大长老同时在列，各峰年轻弟子以廖长星为首，浩浩百人结阵相迎。白眉长髯的老者被围困阵中，想要速战速决显然已绝无可能，看来纯钧派早有防备。他心中疑窦丛生，不知是哪里出了问题，但再纠缠下去不是明智之举，遂示意部下停手，遥遥对韩南甫道："当世第一剑宗果然声势不凡，比之一城驻军，亦不遑多让。"

韩南甫道："阁下来势汹汹，不知有何指教？"

老者道："尔等以武犯禁，窃据一方，致使四野扰攘，天家威令难行，事君尚不能尽忠，安敢妄称侠义？我今日来，自是替天行道。"

韩南甫摇头道："欲加之罪，何患无辞？纯钧派的忠义，自有天地日月可鉴，不劳阁下费心评判。"

老者冷然道："天威降临之日，便是你纯钧派全派覆灭之时，劝贵派好自为之,不要执迷不悟!"

韩南甫洒然答道:"纯钧派传承百年,行得正坐得直,谁来质问都是一样的答案,阁下不必在这里妖言惑众,还请速速离去!"

"究竟是我说错了,还是你们自取灭亡,来日便见分晓。"老者朝后打了个手势,"再多说也是浪费口舌,走吧!"

左右的人立时上前,簇拥着他一道下山去。直到他们走得不见人影,纯钧派众人方松了一口大气。各峰长老聚在一处,犹自惊疑不定,议论道:"他竟就这么走了?还是他安排下了别的计策?"

"这群人狡诈奸猾,不能不小心。"韩南甫道,"长星,你带些弟子在山门处严加巡守,提防他们卷土重来。"

廖长星应了声"是",韩南甫心中一块大石落地,不讲究地扯着袖子擦了擦汗,朝众人叹道:"这次多亏岳持报信,拆穿了敌人的阴谋,否则本派今日危矣。眼下只盼那边一切顺利,能早日救得孟师弟他们脱身。"

廖长星闻言望向东方天际,思及前事种种,心中不知是后怕多,还是侥幸更多,低声道:"一定会的。"

刑城城外,群侠幕天席地而坐,有那因久困而精疲力竭之人,便倚着树桩,由龙境带来的招摇山庄弟子分发医药口粮,鹿鸣镖局和还雁门众人则在外围巡逻护卫。闻衡与那布衣少年偕行,趁旁人都不注意,低头轻声问他:"你怎么来了?"

薛青澜乔装改容,扮成了一个面目普通的少年,穿着窄袖衣裳,头发高高束起,显得年纪越发小,此刻却殊无热络颜色,只说道:"出了这么大的事,我若再不来,以后都不用来了。"

闻衡见他脸色微冷,知他着恼,遂笑着捏了捏他的后颈,温言安慰道:"都是在你眼皮底下布置的,你还有什么好不放心的?你看,这不是顺顺当当地脱身了吗？"

薛青澜摇了摇头，心头发苦，道："衡哥，你一向智计卓绝，又身负绝世神功，自然不把这些险境放在眼里。但我是个庸人，纵然知道，还是担心，这是没法子的事。"

他说的不仅是眼前这一桩事，更是四年前的刻骨分别场景。

闻衡一听便明白他的难过，又想起在狱里温长卿的一番话，心道：我还没找你算账，你倒会先发制人。

闻衡不由得叹了一声，无奈道："小祖宗，你还不如直接说几句重话。在这儿拿软刀子刺人，于你有什么好处？"

薛青澜只要看到他好好的，心也就落地了，方才那句话不过是情急之言，叫他说更重的也说不出来。此刻闻衡安好，他那点儿忧惧情绪便顷刻间烟消云散了，反倒不愿勾起二人的伤心事，于是笑道："岂敢。我千里迢迢地送了一把剑来，还不许人说句话吗？"

恰在此时，旁边有人忽然叫道："褚家剑派有名有姓的人我每一个都认得，从未见过你，你不是本派弟子，为什么穿着褚家剑派的服饰？"

众人都循声望去，聂影连忙过去劝解道："兄弟莫怕，今日赶来的只有纯钧派、还雁门和招摇山庄的人，别的门派并没人来，这些弟子都是我们找人假扮的。"

他这说法更叫人迷惑，褚家弟子愕然道："什么叫'别的门派并没人来'？难道师门还不知道我们落难的消息？这……这究竟是怎么一回事？！"

聂影讷于言辞，况且有些布置他自己尚未完全弄明白，更别提给他人细说，遂破罐破摔地指向闻衡："我就是个跑腿出力的人，弄不清这里头的门道，还是让岳兄弟来给你们解惑吧。"

他这一招祸水东引，让站在边缘的闻衡瞬间成了新的瞩目焦点。百十来个人都目光灼灼地盯着闻衡和他身边的少年。

薛青澜便在闻衡背后轻轻一推,压着声音道:"过去吧,那边还等着你主持大局呢。"

闻衡带着他走向人群,在树下空地上盘膝而坐,摆出了一个讲故事的架势。薛青澜也在他身边坐下,听他道:"此事说来话长,敌人虽然一举擒住了各派高徒,其用意却不在挟持勒索,而是调虎离山,想用人质引得各派精锐尽出,趁其内部空虚,分而击之。大内有九大高手,今日在刑城牵制住咱们的是最末一位,余下的那八个,此时恐怕正率兵与各派纠缠。"

这番话细思极恐,众人稍一反思,不禁毛骨悚然,林中一时间寂静无声。

他们原以为囚禁、挟持、劫狱、大火……这些已是险象环生,九大人与闻衡斗智斗勇,在他们成功逃脱时胜负就已见分晓,却没想到背后竟还藏着这样的惊天阴谋。

百十来人的性命尚且不够,这些人图谋的,乃是颠覆中原武林,彻底清洗江湖势力。

良久,有人喃喃道:"这些人竟然如此歹毒……照这么说,师门岂不是危险了?"

闻衡道:"诸位且放宽心,我早给纯钧派各位长辈递了信,还有聂兄和龙少侠从中斡旋,想来各派声气相通,俱已有防备。"

许多人至今还蒙着,不明白这是怎么回事。闻衡便将他与聂影从司幽山下一路追踪至刑城、买通送菜夫妇混入大狱等前情从头细细说起。初至刑城那天下午,聂影在小院里给人家帮手干活,闻衡则去药铺里配药。复生丹是庆王府家传的解毒方子,材料珍稀,闻衡花了大价钱才砸出了小小一粒。至于金创药、解毒散之类常见易得的药,怕多了累赘,他也只能备下少许,以防不测。

路过木匠铺时,他又进去淘了一把精致丝锯。那木匠铺正对着始月狱大牢，闻衡盯着门匾发呆时忽然想到：敌人将百余人扣押在刑城大狱里，看似行踪隐秘，但实际上只要褚家剑派发现不对，着人向各派报信，几大门派立刻会联手组织营救，到时候刑城必将成为群豪围攻之地，敌人又能讨到什么好处？

他心念电转，忽然想起上午聂影的那一番话，脑海里浮现出一个石破天惊的念头。

闻衡心中有了计较。他要验证自己的猜想，必得深入狱中一探究竟，但聂影独自一人在外头替他布置，又难免势单力薄，接应不上。于是当晚他与聂影商议，约定两个人进入始月狱后，不管三七二十一，先把龙境抢出来。此人目光长远，头脑聪明，又是招摇山庄的大师兄，与聂影关系还不错，帮得上忙，填补闻衡离去的空缺；闻衡则想办法留在狱中，伺机里应外合，试着救出其他被困的同道。

他既有此打算，始月狱中突发的变故，便有一半是他顺水推舟做成的，剩下那一半，却是他没想到九大人会给他用上万象蛰罗散，到头来他因毒发在狱中昏了一天。好在龙境顺利逃脱，聂影转交给了龙境一封闻衡提前写好的书信，上面提醒他当心调虎离山之计，甚至写好了破局的大致计划。

论见识才干，龙境不输闻衡，正是他昔日对聂影说过的话给了闻衡启发。而被俘的这些时日里，龙境目睹九大人的行径，揣测对方的动机同闻衡的猜想几乎一模一样。二人虽缘悭一面，想法却不谋而合。

闻衡动身前留下了两封书信，一封是给龙境的，另一封则是送给远在越影山的廖长星的。他一个人牵动了纯钧派、还雁门、招摇山庄三大势力，又有龙境、聂影二人在其中帮忙周全，将计就计，令弟子被俘的几大门派故意装出倾巢而出的假象，实则将精锐力量埋伏在暗处，以应对来势汹汹的大内高手。刑城这边，则按照九大人的期望，三大派找了许多外门和执事弟子假扮各派高手，由聂影、龙境二人率领，一路上大造声势，浩浩荡荡地赶来营救。

如此一来，九大人自以为在刑城牵制住了各大门派的精锐高手，实则是被障眼法拖住了脚，落进了三大派联手布置好的陷阱中。

龙境叹道："岳公子料敌于先、深谋远虑，手腕、智计、魄力无一不美，我等难望项背，实在是佩服。"

众人听得目瞪口呆，绝难想到这令百余人获救、各家得以保全的庞大计划，竟出自闻衡的一念之间。

此人到底是吃什么长大的，能生出这么一颗聪明脑袋？

有人出声追问："鹿鸣镖局又是怎么回事？"

闻衡朝那个方向投去一瞥，答道："范总镖头是在下的故交。我入狱后，曾趁夜溜出大狱给他传信，请他赶来襄助。今日用雷火珠炸开大牢、与官兵守卫搏斗，都是鹿鸣镖局的各位朋友出力。"

温长卿恍然大悟，拍着大腿叫道："你那晚果真不在！我还当是我做梦做痴了，闹了半天，打从一开始你就没被大牢困住！"

他这样说，众人复又朝范扬等人致谢。闻衡却在这空隙里扭头看向薛青澜，目光含笑，用只有两个人能听到的音量道："更该多谢咱们薛护法，要不是你那安平当铺的谢三掌柜，我也叫不来这么多帮手。"

《凌霄真经》有一章专讲如何通过周天行功逼出体内毒素，闻衡醒来之后，凭着一股先天真气将体内余毒化去后，当夜便恢复如初。他用怀中藏的钢丝锯子锯断了囚室的铁栏，趁夜黑无人发现，悄悄地溜出了始月狱，连夜找到安平当铺，借薛青澜的路子给范扬传了信，叫他即刻带人前来接应。

范扬是他安排下的另一步棋，需要避人耳目，却不怕薛青澜知道。只不过闻衡原以为薛青澜看过那些书信安排，自当放心，不承想还是惊动了他。薛青澜竟为此放下了垂星宗的事务，千里迢迢地亲自跑来刑城。

薛青澜撇嘴道："你我之间还提这个做什么？说些正事，眼下最要紧的是赶快打发他们各回各家,这么扎堆地聚在城外,小心一会儿敌人休整好了再杀过来,你们带着一堆老弱病残,躲都没地方躲去。"

闻衡点头笑道:"小薛公子教训得是。"

他便请龙境、聂影、温长卿及范扬一道过来,叮嘱道:"这里离刑城太近,追兵转瞬便至,恐怕夜长梦多,我对这些门派不熟悉,有劳兄长们主持局面,抓紧分派人手,尽快安排他们回程。"又对范扬道:"且从镖局借些人马,沿途护送,免得再出岔子。"

几人议定,各自分头行事。闻衡扶着树干起身,薛青澜扑了扑身上沾的碎草叶,问他:"你呢?接下来是随他们回纯钧派,还是有别的打算?"

闻衡将目光越过他的头顶,望向遥远的东方天际,却是答非所问:"青澜,这里离京城,只有半日的路程。"

薛青澜道:"你要去京城。"

这话不是疑问,而是笃定的陈述语气。

闻衡点头,又问他:"你放下垂星宗赶过来,如今此间事了,差不多也该回去了?"

薛青澜闻言深深蹙眉,想也不想便答:"我跟着你。"

"你都不问我要做什么,就要跟着我,万一让你陪我去闯龙潭虎穴呢?"闻衡凝视着他,低声道,"再说之前在客栈里不是跑得挺快吗?怎么这回你又不跑了?"

薛青澜就知道上次的事肯定要被闻衡拿来数落,倒也不如何心虚害怕。他对旁人都没有这种底气,偏仗着闻衡疼他,近乎无理取闹一般道:"不管。我要去,龙潭虎穴也要去。"

闻衡差点儿没绷住笑出声来,好悬忍住了,屈指在他的额头上轻轻敲了敲:"好好说话,别耍无赖。"

薛青澜仰着头,声音却放得极低:"你要去禁宫取纯钧剑,孤身一人太危险了,我帮不上什么大忙,总能在旁边照应你。这跟上次不一样,衡哥,你就是执意赶我走,我也一定会跟过去。"

闻衡与薛青澜站得近,个子又高,只消微微垂头就能看清身前人的面容。薛青澜那张脸经过易容,脸型眉眼都有变化,原本肤色看不大出来,眼下疲倦的青黑痕迹和眼底的血丝却遮不住。穆州与天守相去千里,他得风餐露宿、披星戴月地赶路,才能在今日及时赶到——就为了亲眼看一看闻衡是否安全。

这样一个人,别说是硬着心肠把他赶走,就是放在眼皮底下寸步不离地陪着,闻衡都觉得不够放心。

"好,那你就跟着我。"闻衡叹了一声,目光是那种拿他没什么办法的无奈包容,抬手在他的眉心上戳了戳,道,"小小年纪,少这么皱眉头,也不怕老得快。"

薛青澜就像被他一指头定住了,忽然觉得连日来所有的担忧劳累都在这一刻冰消雪融,取而代之的是更绵长而温和的疲倦,犹如倦鸟终于找到了可以落脚的枝头。

"怎么傻了?"闻衡见他怔怔出神不说话,眼中茫然似蒙着一层水雾,不由得失笑,问道,"是不是累了?"

薛青澜被他唤得打了一个激灵,回神道:"嗯?什么?"

"我说,你多久没合眼了?困得整个人都呆呆的。"闻衡抬眼朝人堆里望去,恰好对上一个褚家弟子看过来的视线,两个人目光交错,俱微微一怔。闻衡觉得那人的面容有些眼熟,却记不起在哪里见过。对方很快转过脸去,闻衡也收回了目光,对薛青澜道:"在这儿略等一等我。"

他转身朝范扬走去,两个人交谈了几句,范扬招手找来一个镖师,打发人去牵了两匹马来。闻衡同温长卿等人交代了一声,便与薛青澜一人一骑,跃马扬鞭,朝京城方向疾驰而去。

至黄昏时两个人方到京城，自西面毓胜门入，沿着大街找了家客栈住下。薛青澜这几天拢共睡了不到五个时辰，吃饭时困得几乎都握不住筷子，疲倦得可怜。闻衡看不得他难受强撑，早早打发他去睡下，自己则在隔壁屋子里安顿下来，盘膝在榻上调息入定。

　　此前的毒伤还剩了个尾巴没好利索，今日闻衡跟九大人动手时又被牵扯，伤势有复发的苗头，需及时疗伤。过两天入宫盗剑，不容半点儿闪失，万一遭遇内卫，免不了有一场恶战，到时候他不光得赔上自己，还要连累薛青澜。

　　好在他的《凌霄真经》已练得纯熟，又有先天真气辅助，运功一个时辰后，胸口便觉松快，体内暗伤痊愈大半。待又一个时辰过去，闻衡的内力已恢复了八九成。经此一番淬炼，他的气海比之前拓宽不少，真气运转也更圆融流畅，自己隐约觉得不独武功，连心境亦有所提升，又窥见了一层新境界。

　　待功行圆满，五感逐一回归，他睁眼就看到了一片沉沉黑暗。闻衡进屋时天色尚微明，便没有点灯，此刻已值深夜，屋中全无烛火，显得异常昏黑。视线不清，反而使人听觉更加敏锐：窗外的"哗哗"雨声、楼下桌椅板凳的摩擦声、脚步人语……还有隔壁的人翻来覆去床板发出的细微"吱呀"声。

　　闻衡起身取火点着了灯，又侧耳细听，果然是薛青澜那边的声音。他心道这才两个时辰，薛青澜总不至于睡这么一会儿就醒了，难道是被梦魇着了？

　　他与薛青澜只有一墙之隔，这墙壁是板壁，完全不隔音。闻衡想了想，伸手在床侧墙上试探着敲了三下，那头瞬时静了静，随即有人回了清晰的三下敲击。

　　得了，薛青澜果然是睡不着。

　　闻衡索性抬高声音，扬声对隔壁道："过来吧。"

过得片刻，薛青澜敲门进来。他身上装束如旧，头发也没拆，在床上滚得微乱，脸色苍白中隐隐泛青，看着好像不但没休息过来，反而更疲倦了。

"怎么没睡？"闻衡让他坐下，给他倒了杯茶，"先润润喉，是不是饿了？"

薛青澜睡到一半被活生生冻醒的，此刻头痛欲裂，四肢发冷，那滋味简直如在冰窟中煎熬，胃里像是坠了一块冰，看着那盏凉茶就犯恶心，连说话的力气都提不起来，只恹恹地摇头。

闻衡何其敏锐，伸手将他拉过来，试了试额头的温度，知道他难受，声音就放得十分轻柔："身上冷不冷？又是老毛病？"

薛青澜此时感受到一些暖意，那种肺腑要被冻透的感觉稍微缓解了一些，低低"嗯"了一声，算是回答。

闻衡上午才说过他，这会儿自己的眉头就拧成了一个疙瘩。

闻衡将薛青澜的身子转了半圈，变成背对自己的姿势，单掌按在他的背上，将一股醇厚的真气顺着背心要穴送入了薛青澜体内，沿经脉运转一周天，助他活络血脉，逼出体内阴寒之气。

薛青澜浑浑噩噩地任他动作，随着真气游走四肢百骸，如附骨之疽的寒意逐渐消融，他灌了铅似的双腿缓慢地恢复了知觉，整个人就像刚刚从冰中解冻，自肺腑深处咳出一口经年不散的凉气。

闻衡引导着他运功驱寒，前面都还顺利，唯独真气行至心脉时，不知碰到了哪里，薛青澜猛地往前栽倒，额头瞬间见汗，连肩膀带脊背都颤抖着蜷缩起来，忍痛道："那里不行……疼。"

闻衡见状不对，马上撤了真气，问道："碰着哪儿了？还疼不疼？"

薛青澜摁着胸口，缓过一阵刻心之痛，摇头道："不疼了。"

等气息渐定，他努力坐直身体，感觉手脚回温，头疼稍减，可见方才那番行功确实有用。他一转脸看见闻衡满面忧色，便打起精神强笑道：

"刚才吓着你了吧？现在好多了……这毛病就是看着吓人，其实不管它，明天自己也能好。"

"这叫'看着吓人'？"闻衡将他被汗水打湿的乱发拨开，眼神又沉又深，"你要糊弄人也找个像样的借口。"

薛青澜不答他的话，忽然倾身向前，在他的右臂上拂了拂："这里是不是在渗血？你的手臂上有伤？"

"小伤，不用管它。"闻衡看都没看那伤一眼，不依不饶道，"你这病到底是怎么回事？都四五年了，非但一点儿好转的迹象都没有，反而比从前更严重了？"

薛青澜只看着他，笑而不语。

闻衡被笑得莫名其妙，花了一会儿工夫才反应过来薛青澜是笑他刚说完别人自己就故态复萌，气得作势要去拧薛青澜的脸："我跟你说正事，你在这儿消遣你哥？"

薛青澜往旁边躲闪，笑着起身道："说了不要紧就是不要紧，我心中有数。你等一等，我去叫人准备热水和白布上来。"

闻衡打不得骂不得，拿他是一点儿办法也没有，最终用力一拉，将他拽回圆凳上，自己站起来往外走，顺手在他的头顶上按了按："给我在这里老实坐着，我去。"

第三章
绸缪

这家客店规模不大，人倒是勤快麻利。闻衡上楼时，身后的伙计捧着铜盆、手巾等物，他自己手里则拎着个漆盒，打开来，里头是一碗热腾腾的鸡汤面和几碟小菜。薛青澜一见便知是何人手笔，心中熨帖，却还是忍不住道："大晚上的，何苦这么麻烦？"

"好说。"闻衡拿了双筷子给他，"你要是能老实一点儿，就什么都不麻烦了。"

薛青澜晚饭没吃两口，闻衡怕他饿着，于是叫后厨在灶上煨着鸡汤，预备他夜间醒来能吃上一口热饭。面是现下的，热汤鲜美醇和，能从喉管一直暖到胃里，多少沉积不去的寒意都被冲散。虽然时过境迁，季节、地点都不一样，可当薛青澜隔着朦胧热气看着灯下静坐的人时，那却仿佛还是当年越影山上的少年剪影。

"看我做什么？"闻衡抬起眼皮，懒懒道，"好好吃饭，别走神。"

薛青澜有时候怀疑闻衡是被关得太久，忘了世事流变，还把他当十几岁的小孩看待，每天都像个老父亲一样有操不完的心。

他在暖意融融的烛光里喝掉了最后一口汤，将餐具归拢到盒里，自去净手，拿来白布和烈酒为闻衡包扎伤口。

闻衡解了衣服，将肩头的伤口露了出来。那里的剑伤原本已开始收口，今日因为闻衡与九大人动手，又迸裂开来。薛青澜用水打湿旧布带，小心揭开，见底下一片鲜红肿胀的样子，登时轻轻抽了一口气，皱着眉道："天气热，伤口收得不好，有些化脓了。这几天切记不能再拉扯它，否则伤口坏死，这条胳膊能不能保得住都难说。"

闻衡眉头舒展，好像那伤不是在他身上一样，还有闲心故意逗他："是，谨遵薛公子教诲。"

薛青澜没空理他，神色凝重地盯着伤口，像是遇上了棘手难题，踌躇道："你这伤……得重新划开伤口，挤干净脓血，才能重新包扎。"

"那就划开。"闻衡浑不在意道，"我又不怕疼，你尽管放手施展就是了。"

薛青澜瞥了他一眼，想说什么又忍住了，思索片刻，说："得罪了。"

半杯烈酒浇在伤口上，闻衡的右臂瞬间剧痛，烧得他半边身体几乎快要失去知觉，他又觉得淡淡酒香如影随形地浮在空气里，随着吐息间侵入肺腑，令人心驰神荡，恍惚忘了今夕何夕。

薛青澜不愧是薛慈的徒弟，动作又快又稳，不管是划破伤口还是挤出脓血都相当利索，并没有因为对方是闻衡就磨磨蹭蹭地下不去手。他的目标非常明确，就是让闻衡少受罪，因此他全神贯注到了堪称冷漠的程度，直到包扎完毕，才虚脱般长出了一口气。

闻衡偶然一错眼，发现他的冷汗出得比自己这个病人还多，忍不住抬起左手，安慰地拍了拍薛青澜清瘦微弓的脊背。

薛青澜勉强地笑了一下，大概是为了缓解此刻的情绪，随手摸过桌上的杯子，也不看里面是什么，端起来就闷了一口。

"青澜！"

烧酒劲大，薛青澜一口下去只觉得一股酒意直冲天灵，烧得眼角都红了。他本来以为见惯生死后就不会再被受伤流血的情形动摇心绪，但果然还是高估了自己，要是被人知道薛慈的弟子给人治伤能吓成这样，只怕他那便宜师父会气得从地下重新活过来。

闻衡将衣服拢好，把酒杯从他手里收走，换了一杯茶，嗤笑道："脸都红了，就这样还学人喝酒？"

他没有郑重道谢，也没有往深里追问，态度自然得就像嘲笑弟弟酒量不行的兄长，用一种润物细无声的方式妥帖又亲近地替薛青澜收了场。

薛青澜喝了一口茶，接着闻衡的话笑道："喝酒不醉，岂不是跟喝白水一样，有什么趣味？待你伤口痊愈了，我陪你痛痛快快地喝上一场，你就懂了。"说着收拾好了桌面上的杂物，告辞道，"我不多扰了，衡哥早些歇息，夜里翻身小心些，不要压到伤口。"

闻衡却问："你回去还睡得着吗？"

薛青澜怔了怔，才想起自己来这边的缘由。他每到夜中熟睡之时，身上的寒气便发作起来，直冻得手足抽筋，全身痉挛，好的时候能自己清醒过来，若碰上他身体虚弱，无声无息地睡死过去也有可能。因此睡觉对常人来说是休憩，对薛青澜而言却不亚于在悬崖边走钢索，他需时时提防。

这些年里他的病症愈见严重，但他不想让闻衡担心，于是含糊地"嗯"了一声，佯装无事道："刚才你不是已经用真气帮我梳理过一回？应当好了。"

闻衡才不吃他这套，冷哼道："信你的'应当'还不如信鬼。今晚先留在这边，没事了明天再回去。"

薛青澜失笑："这怎么行？"

闻衡道："怕什么？你睡床上，我睡在外面的榻上，去把你屋里的枕头和被子抱过来。"

薛青澜拗不过他，只能依言行事。没过多久，伙计又上楼送了一回热水，两个人洗漱方罢，先后安寝。

帘外烛影摇曳，窗外雨声淅沥，室内呼吸悠长，满屋都是柔软如绸缎的安宁气氛。夜色里终于不再潜伏着噬人的野兽，慵倦地笼罩下来。

薛青澜偷偷将眼皮睁开一道缝，在昏暗的光影里看到了他隐约的轮廓。

闻衡是修眉凤目、高鼻菱唇的长相，轮廓线条太锋利，因此面无表情时格外冷峻，但薛青澜一想起他来，脑海中总是先浮现出这个人垂眸注视人时的温和神情。

除了闻衡，这世上没有第二个人能给他这样厚重而宁静的平和感。

可他对闻衡而言算什么呢？

薛青澜重新合上眼睛，微不可察地轻轻吐出一口气，那动静小得几近于无声，闻衡却听见了，闭着眼问："趁我睡觉偷偷叹气是什么意思？我哪里让薛公子不满意了？"

薛青澜当即破功而笑。

闻衡半睁开眼，包容地透过夜色看着他："还不睡？"

薛青澜懒懒道："方才走了困，现下睡不着。"

闻衡叹道："阁下今年贵庚，还得想法子哄着才能睡觉吗？"

薛青澜想了想，因为从没被人哄过，一时也想不出什么，只道："还像小时候那样，衡哥，你随便说几句话。"

"说什么？"

"你心里想什么就说什么。"

闻衡低笑一声，道："我正想刑城的事，说出来只怕你就烦得不想睡了，要么给你背一段内功心法？这个见效必定快。"

薛青澜猛地用被子捂住头，说道："不听！"

闻衡慢悠悠地道："或者干脆一头磕晕算了，就怕明日脑门上顶个鸡蛋大的包，不好出门见人。"

他挤对起人来也很有一套，薛青澜忍不住还嘴，两个人有一搭没一搭地说着闲话，没过多久，困意便油然而生，飞速占据了薛青澜的心神。闻衡这边还说着话，那边的薛青澜已是昏昏欲睡。

闻衡话音刚一停，薛青澜却似有所觉，迷迷糊糊地问："衡哥？"

闻衡轻缓地应道："在呢。"

薛青澜困得连眼睛都睁不开了，仍坚持着含混不清呓语："你不要走……"

"好，不走。"闻衡柔和地应着，"我陪着你呢，睡吧。"

这一梦沉酣绵长，薛青澜足足睡了六个时辰，一直到中午才醒。这期间他的全身始终松弛而和暖，过去那些痉挛僵痛的记忆像是终于远去的噩梦，哪怕他沉睡着，心里也知道自己是安全的。

当他清醒过来时，他还没睁眼就感觉到一股温暖的内息在周身经脉里游走，闻衡一手扶着他，引导着真气在他体内游走，不知道已持续了多久。

薛青澜只稍微一动，闻衡便发觉了："醒了？睡得还好？有没有哪里难受？"

薛青澜整个人被懒洋洋的睡意环绕，连话都不愿开口说，把脸往枕头深处埋了埋。

闻衡也不恼，温和地问，"还睡？还吃不吃饭了？"

薛青澜少年时被他当小孩宠，长大后没人管，每当生出软弱的念头时，自己就会告诫自己要有个大人的样子，却没想到闻衡对他的纵容竟然一如既往，从未因隔年不见而减少一分。

闻衡能在万众瞩目的论剑大会上现身相见，也能在黑夜里给他一个安眠的栖息之所。

"几时了？"

闻衡道："还好意思问，已经睡过了中饭时间。"

薛青澜闻言不由得怔了一怔，说道："我竟睡了这么久？连我自己都不知道。"

闻衡想也知道他睡得不错，早晨自己先醒后就开始替薛青澜活络经脉，折腾了好几次他都没醒，看样子是疲倦极了。

四年没睡过一个安稳觉，这些天又奔波劳累，薛青澜虽然不说，闻衡也能大致猜到。

"没关系。"闻衡一本正经地道，"能吃能睡是好事，像这样再精心养上几个月，刚好过年。"

此言一出，薛青澜蓦然笑倒，缓了一会儿，瞌睡彻底醒了，坐起来望着闻衡问道："我是睡够了，倒是你昨夜为了看顾我，没怎么睡吧？"

闻衡不甚在意地道："我又不像你这么缺觉。"

薛青澜伸了个懒腰，衣袖随着动作被扯上去一截，清瘦的腕上戴着两个精巧银镯，过了这么多年银镯也没变色，依旧光洁如新，可知是时常擦拭保养的缘故。

闻衡随手拨了一下镯子上的白玉珊瑚拼花，忽然问道："青澜，这些年里，你都是这么过来的？"

薛青澜："嗯？"

闻衡犹记得当年他为薛青澜戴上这一对银镯时，薛青澜的手比现在还小一点儿，也没有这么多伤疤和茧痕。过去的岁月终究是过去了，错过的也终究是一片空白。有些改变，不是他不听不看，就能当作不存在、没发生过。

闻衡目光沉沉，声音却很轻，像是怕惊吓着谁："寒气发作时就自己一个人忍着,为什么不找人帮帮你?"

薛青澜手下动作一滞,垂着头想了很久,才惜字如金地挤出一句话:"不行。"

"人不行,猫猫狗狗也不行吗?"闻衡光是看他都觉得心疼,"有个活物在旁边暖着,你起码能睡个安稳觉。"

薛青澜却不说话了,只是摇了摇头。动物受不了他身上的寒意,他也不能接受其他人近身。

他在无数个漫长黑夜里忍受着冰冷,固执地等待着,宁可葬身于无边寒冬中,也不肯让自己妥协哪怕一刻。

薛青澜肩上只挂着一层白单衣,交叠的领口下是清晰的锁骨,乌黑长发流水一般披散下来,分明是个明珠美玉一般的人物,合该被繁华世界簇拥,却生生将自己活成了绝境风雪。如果等的人永远不来,他恐怕一辈子也不会向凡尘投来一瞥。

"独一无二"这个词的分量太重了,任谁乍闻此语,都得掂量一下能不能接住。

薛青澜见闻衡默然不语,还当是自己冒失叫他为难了,岔开话头道:"不说这个,衡哥,咱们下去吃饭——"

"既然如此,"闻衡忽然按住他的肩,决然地道,"那就说好了,从今往后,只要我在一日,就不会再让你孤身一人。"

薛青澜一直到下楼出门,在饭庄中坐定时都是蒙的。

闻衡点完了菜,倒好茶水推到他面前,一看薛青澜还在发呆,不由得好笑,抬手在他眼前挥了挥:"回神了。"

薛青澜惊得往后仰,闻衡眼底笑意更甚:"这一惊一乍的,小心点儿,别掉到凳子底下去。"

"还不是——"

闻衡道："是什么？"

薛青澜深深地看了他一眼，手指险些捏爆茶杯："你……"

"公子！"

门外一声招呼声打断了两个人之间微妙的氛围，闻衡笑道："范扬来了，坐。"

范扬是跟在他们后脚到的京城，独身一人按闻衡的指示过来的，手下镖师全被打发出去护送被囚的各派弟子了。这还是四年来两个人第一次相见，范扬不知道闻衡这些年的奇遇，先恭喜了一番他武功大成，又仔细叙了过往之事。两个人原是一道从生死险境中走出来的主仆，到如今身份变化，不似从前，情谊深厚却一如往昔。

叙罢旧事，闻衡问了两句那边的情形，范扬俱道安好，叫他放心。薛青澜在一旁听了半晌，此刻方插言问道："衡哥，你安排下范先生这一着，是怀疑那些人当中有内鬼？"

范扬茫然地"啊"了一声，没听懂他在说什么，闻衡赞许地看了薛青澜一眼，笑道："果然机警。你猜是谁？"

薛青澜沉思片刻，用指尖蘸了点儿茶水，在案桌上写了个"褚"字。

闻衡点了点头，道："不错。"

范扬此刻终于跟上了他们二人的思绪，却仍不解其中深意，纳罕道："这内鬼与他们有什么干系？我看被抓走的也有他们家的人哪？"

"就是这样才蹊跷。"闻衡道，"这些人不是在回程路上被抓的，而是在饯别宴上喝了有迷药的酒，醒来就已经被关在了铁囚车里。第一个疑点，褚家开宴，酒水中有迷药，是谁下的手？谁能在满是高手的山庄里神不知鬼不觉地下毒？

"第二个疑点，连纯钧派随行的长老都中毒被囚，那晚同样在席上的褚家高手们为什么没被一并捉来，反而只有十几个普通弟子倒霉了？而且劫持的事就发生在司幽山上，他们要带走这么多人，这么大的动作，褚家为什么一点儿都没有察觉到？

"第三个疑点，各派弟子饮酒后回到住处休息，按理说在别人的地界上动手，自然是越快越好，为了方便，直接将同门派的人一股脑地关进一辆囚车里最省事，可他们捉人的时候分得很细，每辆车里正好有各派弟子一名，因此在刑城大狱中，褚家那十几个人顺理成章地被均匀分散在每个囚室里。"

薛青澜会意道："防止囚犯越狱，所以在囚犯里安插眼线，一旦有异动，立刻报告上头的人镇压。"

"不错。"闻衡道，"昨天的计划能成功，打的就是出其不意，把那位大人牢牢牵制在刑城里。他也知道聂影、龙境是放出去的诱饵，反而没有多加阻挠，一直盯着始月狱。多亏了你们二位，我们才能在他的眼皮子底下暗度陈仓。"

闻衡在进去之前，心中就定下了里应外合的计划，有些事他可以托付给聂影和龙境，但这种极关键的要紧之处，能让他放心倚仗的人，唯有薛青澜和多年亲信范扬。要不是有这两张底牌在手，他也无法孤身犯险，操纵这决人生死的棋局。

三个人各自举杯，以茶代酒碰了一下。范扬消化了一会儿，又道："可是倘若褚家剑派真是那个内鬼，纯钧派接到报信，同其他几派商议，只要跟褚家剑派一提，褚家剑派不就知道咱们已经提前知晓他们的计划了吗？"

闻衡拈着杯子道："放心，纯钧派接信的是廖师兄，我早叫他不拘用什么理由，想办法把褚家剑派排在外头。"

薛青澜替他斟满茶水，随口问："万一不是褚家呢？或者褚家是被别人栽赃陷害的呢？"

"不无可能。方才说的那些疑点，迟早有别人想到，将来若问到褚家剑派脸上去，他们应当也有话来圆。"闻衡道，"我对如今的江湖局势不大了解,这一路看下来,觉得褚家剑派嫌疑略重,所以格外提防他们一些。至于栽赃陷害,这也难说,若真有此等手笔,那敌人可难缠得紧。"

范扬想起旧事,嗤笑道:"要说巴结当官的,姓褚的人不是一向爱摆弄这些事吗?当年跟着建王世子那个褚什么龄,没等露头就被公子打回去了,也不知道这些年又弄出了什么新花样。"

"不要小看褚家。当年他们搭上的是区区建王府,现在投效的却是内卫,这中间差别大了。"闻衡低声道,"朝廷对中原武林的态度可见一斑,这回内卫做出头椽子,吃了一个大亏,下次行事必定更加隐秘,叫人防不胜防。"

范扬问:"那依公子之见,朝廷接下来会有什么动作?"

闻衡道:"这次的幕后黑手筹谋的是调虎离山、逐个击破,一开始就用硬碰硬的法子,是打着杀鸡儆猴的主意,几大派里他随便拿下哪一派,都会对其他门派形成震慑效果,在气势上先压人一头。

"但是这个计策失败,不光他们的身份和意图暴露,而且令中原武林人士心生警惕,他们再想对哪一派出手,势必会被群起攻之。若叫我来想办法,最好是假装偃旗息鼓,在暗地里挑动中原武林内斗,让武林自己人打自己人去,到时候朝廷自然坐收渔翁之利。"

薛青澜道:"明白了,接下来只要盯紧各大门派,谁挑事,谁就是朝廷的奸细。"

闻衡含笑睨了他一眼。外面毕竟人多眼杂,他不欲说得太深,只道:"罢了,这些事有的是人犯愁,原本轮不到咱们来操心。都吃饱了?我七年没回过京城了,好不容易得空,陪我去转一转?"

薛青澜和范扬都知道他的身世,自然不会拒绝。三个人便会了账,出门向东大街走去。

他们住在西城,原庆王府却在东北边,正好经过宫城前。闻衡与范扬都见惯了重门宫殿，薛青澜却是第一次来京城，虽对京城风景没多好奇，闻衡有意让他多看一看，开阔心境，他便刻意放慢了脚步。三个人沿着一条长街慢慢地走着，范扬在旁边偶尔介绍几句，就如三五好友结伴游览京城一般，当真是一点儿也看不出他们心里打的竟是入宫盗剑这种胆大包天的主意。

待他们走过了宫城，再过一条街就是庆王府了。闻衡越走步子越慢，范扬越走越沉默，连薛青澜也不自觉地被他们两个带得满脸凝重之色。这也许就是古人说的"近乡情更怯"，哪怕这个"家乡"对他们而言，是犹如惊碎的美梦一般的意象。

三个人转过另一户的院墙，庆王府的飞檐斗拱、碧瓦朱甍，骤然毫无遮掩地展露在他们面前，丝毫不给人喘息的余地。这一刻，多年的悲喜情绪如高墙轰然倒塌，碎砖瓦砾滚滚而下，每一粒都闪烁着微光，沾着殷红的血——

闻衡踩在一块青石地砖上，再也无法往前迈出一步。

他以为心里装着别的事，假作顺便路过，逃避正面相对，就可以不那么痛苦。但是他全错了，真正刻骨铭心的过去，甚至不需要亲身走入其中，哪怕只是遥遥望一眼，也足以引得天崩地陷。

七年过去了，他饱尝了风霜变故，血海深仇也能不动声色地一笔带过，可眼前的庆王府不是被他仇恨的对象，这里的每一处亭台楼阁，甚至一扇门、一条街，都承载着他的人生中前十五年里关于"家"的全部记忆。

所有失去的东西都烙在了心里面，闻衡学会了与恨相处，却无论如何也学不会与过去作别。

范扬难抑痛苦，害怕失态引人注意，快步走到一边背阴处去擦眼泪。独留闻衡近乎自虐般站在那里一动不动。太阳高高地挂在天上，夏风炽热，他却被十五年如海的悲恸从头浇下，遍体生寒，溃不成军。

一只微冷的手小心翼翼地扶住他。

他下意识地抓住了那只手臂,好似借由这个动作,就能在无尽的海浪中抓住一块浮板,让他重新镇定下来。

薛青澜任由他攥紧自己的手臂,感觉不到疼似的,轻声问:"衡哥,这里是你长大的地方,对不对?"

闻衡涩声道:"是。"

"我一直想,什么样的地方才能养出你这样的人。"薛青澜低声道,"绮阁金门、锦衣玉食尚且不够,还要一对慈爱的父母、许多忠仆义婢,这些人教养你,陪伴你,将你变成了如今的模样。

"衡哥,你很好。"薛青澜一字一顿、郑重地道,"你远行归来,他们见到你,必定也觉得喜悦欣慰。"

他说得真诚直白,毫无矫饰,其实细究起来,也不过是很平常的几句家常闲话,可闻衡忽然像被什么打碎了,深吸一口气,强忍着酸涩闭上了眼睛。

七年前他没有哭出的眼泪,终于姗姗来迟。

"青澜。"他喃喃地说,"我没有家了。"

薛青澜用无人能听到的声音许诺道:"有的。一定有的。"

过了许久,除去眼底微红,闻衡脸上已不大看得出哭过的模样,恢复了一贯的镇定沉静样子。薛青澜小心地低声问:"好些了?还要进去瞧一瞧吗?"闻衡却摇头说"不必",深深地看了故宅旧居最后一眼,便携薛青澜转身向外走去。

范扬还在那里哭,看两个人走远,连忙叫道"等等",一边胡乱擦去面上的泪水,一边赶上来。薛青澜作为一个外人,目睹他们主仆二人难得的失态样子,心里也过意不去,因此口气格外温和:"方才走得太急了,对不住。"

范扬连忙道:"没事,没事。"

闻衡瞥了他一眼,没多话,问薛青澜道:"好不容易来京城一趟,还有什么想逛想玩的去处?明日可就没空了。"

薛青澜本想说回客栈,转念一想闻衡重游故地,眼下面上虽然平静,只怕心里还很是郁结,于是道:"在日头下走了半天,不如找个风光好的地方歇脚,喝口茶去去暑气,免得晒伤了。"

闻衡从前觉得他心思太少,小小年纪就无欲无求的,恐怕他被薛慈拘束了天性,没想到薛青澜长大后,反而入了垂星宗,瞧着是要走邪门歪道,可惜两次照面下来,除了学会喝酒,也没见他放浪形骸到哪里去。

薛青澜到底还是少不更事,且在他面前仍有些拘束。

闻衡略一思索,问范扬道:"我记得芳昼池旁有个金卮羽觞楼,若是还开着,咱们便去坐一坐。"

范扬笑道:"我去岁押镖到京城时还听人提起过,可惜当日走得匆忙,没来得及去喝一杯,既然公子有雅兴,我少不了要凑个热闹。"

三个人向皇城东面走了六七里路,但闻歌声隐隐,一股熏风裹着清凉水汽扑面而来,待行得近了,便见一片浩瀚的水面,近岸处堆着翠叶菡萏,十里红香。一道长桥卧波,如白龙悬脊,连接两岸,湖中三座沙洲并立,杨柳绿荫里掩映着亭台楼阁。景色虽不比南边那样精巧,亦有动人之处,足堪赏玩。

夏日里池边游人不少,多是来纳凉游玩。三个人经浮桥上沙洲,见桥头立着一块湖石,上书"瀛洲仙境"四个大字,薛青澜奇道:"这是什么说法?"

闻衡解释道:"传说东海上有仙山五座,其中二山漂流无踪,唯余蓬莱、瀛洲、方丈,是仙家居处,又说'瀛洲有玉膏如酒,饮之令人长生',那金卮羽觞楼开在此处,也是为了借这个意头。"

三个人分花拂柳,穿过曲折小径,果然见一座红楼拔地而起,门匾上写着"金卮羽觞楼",笔意萧疏纵横,狂醉之气几欲飞出。

这楼是个"回"字形,共有三层,团团围绕着大堂。流水环绕的高台上,有一班乐伎在那里弹琴唱曲,台前有个半丈深的池子,里面注满了美酒,底下沉着许多亮闪闪的银片,当中一棵一人粗的银树拔地而起,直指天顶。那树约有三丈高,以碧玉为叶,黄金做鸟,枝上共铸有百十来朵银花,每朵花中都盛着一汪酒,在日光照耀下熠熠生辉,端的是光华灿烂,豪奢无比。

三个人在二楼窗边的雅座坐定,伙计上来听吩咐,却不报酒名,亦无水牌,只摊手要银子。范扬给了十两整银,说道:"干鲜攒盒,四样点心,一壶清茶,再拿三个牌子来。"伙计见他娴熟,知是熟客,笑容满面地应下了。

不多时菜肴备齐,伙计捧着一个小托盘送到桌上,说道:"请客官选酒。"

闻衡坐在薛青澜旁边,解释道:"他们家楼下那棵花树,每朵花里盛着一种酒,客人想喝哪一种,便需将这盘中的银蝴蝶刚刚好地掷进花朵里,掷中了就送上酒来。"

薛青澜问:"那要是掷不中呢?"

伙计在旁边笑着接口道:"若掷偏了,落进池子里,本店也有次一等的好酒送上,若是落到他处,就只好喝清茶了。"

所谓的"银蝴蝶"是用轻飘飘的银片镂雕出来的,小巧玲珑,要不偏不倚地弹进杯口大的花朵里,手上非有点儿功夫不行。一只蝴蝶就要二两银子,但这店既然开在这里,自然多的是舍得花钱的人来凑热闹,凭它杯里是什么名酿好酒,店家也只稳赚不赔。

薛青澜起先见这酒楼装饰风雅,还道是文人雅士汇聚之地,没想到竟是论功夫见真章。他不怵这个,点头笑道:"有点儿意思。"

那伙计侍立一旁,道:"客官请。"

范扬先让闻衡,薛青澜忙按住他的手,提醒道:"衡哥,你臂上的伤还没好,暂且不宜饮酒。"

闻衡自然不肯拂了他的好意,挑眉向范扬道:"看见了?我得遵医嘱,你们俩自己喝去吧。"

范扬心痒,忙拈起一片银蝶站到栏杆前,上下扫视一番,看准了离他最近的东侧一朵花,屈指弹出银片,道声"着",果然中了。那伙计立时高声报道:"二十年'玉团春'一壶!"

这已算是难得,同楼其他客人见此情景,纷纷看向他们这一桌。薛青澜也取了一片,放眼看去,只见花朵底部用小字錾着酒名。他于此道所知不多,便回首问闻衡:"'荷花蕊'好不好?"

闻衡点头首肯道:"不错,应景。"

那"荷花蕊"所在的枝杈却在他们这层楼上头,只能看见底托和半个杯口,薛青澜二指夹着那银蝶,运劲轻轻向上一甩,纸一般轻薄的银片破空而去,正中酒杯上头横过来的树枝,再"叮"地反弹,恰好掉入杯中。

伙计又高声道:"玉酒坊名酿'荷花蕊'一壶!"

玉酒坊是闻名遐迩的大酒庄,一坛酒叫价百金,仍有无数人趋之若鹜,薛青澜这一下就给他们回了本。旁边看热闹的人纷纷叫好,起哄"再来一个",闻衡遂道:"我不喝酒,还有一个你拿着玩去。"

薛青澜抬头仔细看了看,却摇头道:"站在这里,最高也只能抛到第三层,顶上那个我够不到。还是衡哥来吧。"

这银树越往上酒杯越少,顶端只有一个酒杯,他们站到三楼都看不见它的杯口,要将银蝶抛进去,非得要极高的武功、极精的准头不可。自金卮羽觞楼开张以来,能取中头杯酒的不过寥寥十几人而已,说是万里挑一也不夸张。

闻衡起身过来,站到他身边,抬眼向上一瞥,倒不觉得有什么难,低声问:"你想要头杯?想要我就给你掷下来。"

薛青澜笑了笑,低声答道:"我不要那个。明日还要干坏事呢,我劝你还是低调些,免得旁生枝节。"

闻衡随手拈起盘中最后一枚银蝶,道:"这可是你说的,那我就随便扔了?"

薛青澜含笑点头,旁人的目光都集中在闻衡的手上,却见他将银蝶望空一抛,虽然扔得很高,却只到了银树第二层。看客们都知无望取中头杯,恐怕连别的酒杯也进不去,不由得发出一声长长的失望叹息。

银蝶撞在二层树枝上,正悠悠飘落,闻衡抬手一弹,隔空打中蝶翅,那银蝶竟似翼下生风,被这股气劲托着又往上飘了一段,如同一只真正的蝴蝶,堪堪飞上了第一层枝头。围观者已然愕然瞠目,闻衡屈指又是一下,再度将那蝴蝶弹开,这回调准了角度,银蝶翩然而起,飞向顶上的那朵银花——正停在杯沿,却没落进杯中。

别人的心都提到了嗓子眼处,就等着闻衡再来最后一下,将这头杯收入囊中。闻衡忽然偏头看了薛青澜一眼,在众人的瞩目中悠然抬手,只听"噗"的一声轻响,一股细细的气流破空飞去,将那银蝶从杯上弹开,银蝶打着旋儿飘落了下来。

此刻白日西斜,阳光从楼上窗子中射进来,照得银蝶翅膀反光,如一团明灿灿的流火,自九天银河里摇曳坠落。薛青澜不知被什么蛊惑,怔怔地伸手向前,像是要将这星芒接入手中,偏就是这么巧,那银蝶竟然正朝着他的方向,准得不能再准,分毫不错地落进了他摊开的掌心里。

金卮羽觞楼里,鸦雀无声。

连干了十来年的伙计也没见过这种场面,跟客人们一起呆住了。

闻衡笑了一声,抬手将薛青澜的手掌合上,将银蝶囫囵包住,轻声道:"中了。"

薛青澜叫他唤回了神,疑惑道:"什么中了?"

闻衡但笑不答。

离得远的人听不清他们在说什么,唯有离得近的范扬懂了,刹那间犹如十来个惊雷轮番追着他劈,每一个落下来都带着"中了""中了"的回响。

按金卮羽觞楼的规矩,银蝶落在哪杯酒里,就代表客人要饮哪种酒。而闻衡掷出去的银蝶,落在了薛青澜的手中。

范扬是真的不明白:选酒这么风雅有趣的事,怎么到了闻衡手里,就被他硬生生地玩成了哄孩子呢?

闻衡觉察到他欲言又止的目光,警告地瞥了他一眼,跟薛青澜一道坐回桌边,见伙计还在发愣,便轻轻咳了一声,提醒道:"劳驾,替我们送酒上来。"

"是。"伙计蓦然回神,躬身道,"客官稍候,这就来。"

满楼的客人跟着看了一回热闹,都有些不上不下之感——想为闻衡喝一声彩,可那银蝶到底没落进酒杯里,不算是拔得头筹;要叹一声以表遗憾,他又分明是故意令银蝶飞入同伴手中的,人家玩得挺满意,用不着旁人惋惜。

薛青澜手握那枚小巧精致的银蝶,着实没想到闻衡的"低调"是这样。他明知此举引人注目,本不应当,可方才那一幕实在是瑰丽奇妙,教人永生难忘,无论如何也说不出"荒唐"来。

闻衡见他发怔,故意打岔道:"别愣着了,你就是盯着它也看不出花儿来。来,尝尝他家手艺如何。"

薛青澜却转脸问他:"这银蝶能带走吗?"

闻衡心中一动,答道:"要跟伙计说一声,想来不能白拿。"

薛青澜"嗯"了一声,这才夹起点心尝了一口:"嗯,不错。"

范扬忍无可忍,正欲开口,闻衡立刻睨了他一眼,让他闭嘴消停,接着薛青澜的话道:"甜吗?再尝尝这个。"

范扬:"……"

窗外水波浩渺,风从湖上吹来,经行花丛,清凉中带着馥郁。少顷酒水被送到,二十年名酿自是甘醇无比,"荷花蕊"尤其清香。闻衡独自喝着茶,看他们二人对饮,偶尔给薛青澜夹两个果子让他过酒。

范扬慑于闻衡之威,不敢多说一句,只能漫谈些京城的风土人情,探讨武功招式。如此悠闲惬意地过了一下午,待得金乌西坠,晚霞漫天,三个人方尽兴归去。

等回到客栈,范扬眼看着闻衡扶着薛青澜进了房间,在走廊里等了半晌,想叫住闻衡好好跟他说道说道,谁知竟好久不见人影。

范扬还当是出了什么事,走过去敲了敲门,唤道:"公子?"

脚步声渐近,闻衡出来开门:"作甚?"

范扬越过他的肩膀看着薛青澜欲言又止道:"公子——"

闻衡闪身出门,回手将房门关好,比了个噤声的手势,道:"有什么话去你那边说。"

范扬喝酒喝得有点儿上头,晕晕乎乎地领着他回屋,两个人在桌边坐定。范扬怔怔地看了他片刻,忽然说:"世子,那年在逃亡路上的时候,属下就在想,阿雀要是您的亲兄弟就好了,这样往后两个人互相扶持,日子不至于太难过。"

闻衡摆了摆手:"家都被人抄了,不必再提那些旧日称呼。"

"后来阿雀没了,属下真是忧心哪,怕您哪天走岔了路,或者走不下去了,那时候连个能叫您回头的人都没有。"范扬自顾自地叹了一口气,"但如今形势已然不同,属下不敢过多干涉您的私事,只求您看在这么多年的情分上,对我说句实话——您究竟是如何看待这位薛护法的?"

闻衡久久无言,沉下心来仔细思索了好半天,方慎重地低声答道:"视同手足,一生至交。"

这掷地有声的八个字犹如铜钟落锤，敲得范扬两耳轰鸣，他登时失态地抬高了声音："他是垂星宗的护法！公子，你就不怕以后江湖上没有你的立足之地吗？"

"你喊什么？"闻衡道，"小点儿声，这客栈墙薄得跟纸一样，不隔音。"

范扬被他训得缩了缩脖子。

闻衡道："他走上这条路也是身不由己，若我当年再慎重些，他也不会白吃那么多年苦。"

范扬愁得眉头紧锁："从前我就想问，阿雀也好，薛公子也好，究竟有什么特殊之处，能得到公子青眼？"

"人要在世上活下去，总得有个理由吧。"

闻衡垂头看着桌面，平静地道："从家破人亡那一天开始，我活着就是为了报仇，刚上越影山时，每天满脑子想的都是怎么跟仇敌同归于尽——上天待我凉薄，我也不留恋世间，总觉得只要杀了仇人，我这一生便也到头了。

"后来在山谷里练功，这四年里逐渐想开了一些事，除了仇怨，还有恩情，我要是报仇后侥幸未死，得逐一还清这些人情，才能心安理得地去见地下的亲人。"

范扬不防他忽然说起过去的事，听在耳中，只暗暗心惊。在他眼里，闻衡虽经巨变，但行事沉稳，在越影山拜师学艺也好，助他筹办鹿鸣镖局也好，完全看不出一点儿异常之处，谁能想到那些年里他竟常存死志，心底除了报仇便别无他念呢？

"公子过去把自己逼得太紧了，"范扬语气稍软了一些，感慨道，"也是属下无用，未能替公子分忧。"

"你要是无用，我现在就不会坐在这里，同你解释这些了。"闻衡也叹了一声，"前些日子我在论剑大会上遇见青澜，从我师兄口中得知他做过的那些事,那时才忽然发觉,这世上还有一个我不亲自看着就不放心的人。"

这句话分量惊人,以闻衡的性格,他许下这句话就等于把薛青澜视作了手足至亲。

不待范扬继续追问,闻衡便按着桌子起身,道:"不说这些了,你且醒醒酒,今晚好生休息,明日再商量进宫的事。"

范扬知道轻重,苦笑道:"酒早就醒了,只怕王爷王妃今夜要给我托梦,痛骂我一顿。"

闻衡笑道:"你慌什么?他们要骂也是先来骂我。"

两个人虽都是玩笑,然而提及已逝的庆王夫妇,心中终究无限凄楚,因此都不再多言。范扬将闻衡送到门口,见他进了房间,这才重重地叹了一口气。

第四章
得剑

次日清晨,三个人吃过了饭,开始商议今夜该如何行事。他们要想潜入皇宫不难,难的是去哪儿找剑。禁宫占地千亩,屋舍不计其数,纯钧剑这种宝贝只怕藏得更深,他们若不知道确切位置,进去了也是像无头苍蝇一般乱撞。

当初薛青澜替闻衡寻访纯钧剑的下落时,在一个退隐大盗那里得到了"纯钧剑在内卫手中"的线索。可惜当时他只顾着确认那是不是纯钧剑,没留心多问宫内情形,想了一会儿毫无头绪,不由得叹道:"早知今日,该提前把那大盗抓来,让他给咱们做个向导,省得自己在这里想破头。"

闻衡叫他的话勾动思绪,灵光一闪,忽然道:"正是,你倒提醒我了,咱们何须费心,找个向导引路不就好了?"

范扬咋舌:"公子又说笑了,私闯禁宫可是大罪,哪里来的向导愿意给咱们卖命?"

闻衡却笑道："这可由不得他愿不愿意。"便叫两个人附耳过来，如此这般详说了一番。

饶是范扬与薛青澜早知道闻衡一贯足智多谋，听了他的计划，也不由得生出匪夷所思之感来。

薛青澜亲手为他斟了杯茶，问道："衡哥，你说句老实话，你是不是在刑城时就算到了今天这一步？"

"天桥底下算命的人也没有这么神。"闻衡接过茶，"纯粹是运气好，赶巧了。若非你们两个在，我自己一个人断然不敢行此险招。"

这计划乍一看似乎出格离奇，然而仔细一琢磨，确实是个简便有效的法子，只是寻常人轻易想不到这上头来，也不知道闻衡的脑子是怎么长的，他看着是个老成持重的人，行事居然如此剑走偏锋。

范扬忍不住感慨道："公子从小到大，在动脑子这块就没输过谁，我就是再活三十年，也未必有这么聪明——可见老天造人总是不公。"

薛青澜听见这话笑了起来，闻衡恨铁不成钢地道："还笑？一个垂星宗护法和一个鹿鸣镖局总镖头，在我这个没家没业的人跟前哭诉不公，这是打算气死谁？换个人来早一顿乱棍把你们两个打出去了。"见范扬也跟着笑，闻衡复叹了一口气，摇头道，"傻人有傻福，这话终究不错。"

三个人同时大笑。

因心中有事，这一日过得飞快，待到二更夜深，三个人换上了黑衣黑巾，悄无声息地从客栈窗口溜出，抄近路直奔向皇宫。

闻衡和范扬都识得路，三个人径自绕到了禁宫西侧翻墙而入，沿屋顶潜行。

底下禁军侍卫虽巡逻警惕，奈何三个人身法轻捷，来去如风，又有夜色遮蔽，一路深入禁宫深处，竟无人发觉。

宫苑西所分成两处，前头是先太后居处万寿宫、大佛堂，后头是冰窨和内书堂。内书堂是大内藏书之所,珍藏着古往今来朝廷搜罗的无数武功秘籍,也正因其特殊,需要专人看守,所以亦是大内高手住处。此刻内书堂正堂内一片黑暗,两侧厢房也皆昏暗,唯有一间窗纸上透出昏黄烛光。

房间内,九大人正伏案疾书,窗棂外忽然传来"咚"的一声响,像是有什么东西掉了。

九大人笔稍一滞,警惕地抬眼看去,只听外面又是"咔拉"一声,这回是树枝折断的动静。

他疑惑地搁下笔,走过去推开窗,却见外面夜色幽幽,空无一物。就在他愣怔的这一瞬间,头顶忽然降下一段白绫,卷住他的脖颈时猛地收紧,一股巨力直接将他从窗口拖上了房顶。

任谁忽然遭此一击,被扼住要害呼吸不畅,都很难立刻回手反击,九大人算反应快的,立刻摸出腰间所藏的短匕向头顶挥去,意图割断白绫设法自救。谁知偷袭的不光是一个人,他动手的时候早有人从旁擒住他的手腕,以小擒拿术卸去匕首,另一个黑衣人则熟练地将他按住,掰开下巴强令他吞了一粒指肚大小的药丸。

那药丸一入喉便化作一股腥苦的药液,不过数息,九大人便觉得丹田空空,内力被药性化去,手脚再也挣扎不动,成了任人宰割的鱼肉。

与此同时,他脖颈上的吊索却逐渐放松,而且松得很有技巧,既令他循序渐进地恢复呼吸,他又不至于猛地被空气呛住,发出咳嗽声引来附近守卫。

九大人借着暗淡月光,勉强看清了围在他身边的三个蒙面人。他仰面躺在厢房屋顶上,这群人不但给他下了化功的毒药,还十分谨慎地点了他的几处要穴,令他完全动弹不得。

三个人中的一个压低了嗓子道:"我有事要请大人帮忙,不得已出此下策,大人要是想活命,就老老实实地配合我们行事。"

九大人听了他的声音，心中反倒微松了一口气，讶异地扬眉，用口型问道：是你？

可怜闻衡算无遗策，却打死也想不到九大人竟能认出他来，整个人原地愣住，难以置信地问旁边的人："这是什么记性？他是真认出来了，还是诈我呢？"

范扬长长地"呃"了一声。

薛青澜在一旁凉凉地答道："就像有的人记性特别差，看脸都不认人一样，有的人天生记性特别好，光凭声音也能认出见过的人，不稀奇。"

闻衡："……"

好在范扬记得他们是来干吗的，赶忙道："现在不是说这个的时候，一个大活人在这儿，你俩别光聊天干晾着人家行吗？"

九大人："……"

"内书堂里只有你一个人？"闻衡总算想起了正事，很客气地问，"方便说话吗？"

九大人眼下受制于人，对方又与他交过手，他很清楚闻衡的手段，也想看看这群人究竟在弄什么鬼，所以动作轻微地点了点头，表示愿意配合。闻衡与范扬一人一边抓住他的肩膀，自屋顶一跃而下，顺着大开的窗户进入了室内。薛青澜在后压阵，待确认屋中安全后，便回手将窗户紧紧掩住了。

范扬提了一把椅子来，闻衡解开九大人身上的穴道，令九大人坐在椅子上，说道："大人放心，我等无意伤人，只想请你做一件事。"

九大人被白绫勒了喉咙，声音沙哑地问："什么事？"

闻衡客客气气地道："我听说纯钧派镇派之宝纯钧剑藏在宫中，可否请大人为我取来一观？"

九大人莫名其妙："你要纯钧剑，有本事自己去偷就是了，抓我做什么？"

闻衡道:"正是因为不知道纯钧剑在哪儿,所以我才特意绕了点儿路,来劳动大人为我指明藏剑之处。"

"你疯了?"九大人被他惊得咳嗽了一声,"刑城侥幸逃脱一回,你还真当自己无所不能了?皇宫是天子居所,内书堂更是机要重地,今夜其他内卫若在此,你们就是自投罗网,一个也别想活!"

"前日是侥幸,今日也侥幸。"闻衡不紧不慢地道,"谁知就是这么巧,另外几位大人今夜刚好都不在。"

九大人目光陡然转深,甚至潜藏着一丝极细微的忌惮之意:"这也是你一早就算好的?"

闻衡但笑不答,像是默认了他的猜想。

九大人沉思片刻,忽然问:"你既然已是昆仑步虚宫的传人,还要纯钧剑做什么?"

闻衡叫他问得怔了怔:"纯钧剑与步虚宫有什么关系?你怎么知道我是步虚宫的人?不对……你为什么知道步虚宫?冯抱一告诉你的?"

九大人简直是匪夷所思:"你既然不知道纯钧剑有什么用,也不知道它的渊源来历,为什么还要大费周折地进宫来偷它?"

闻衡想了想,言简意赅地答道:"受人所托。"

九大人问:"谁?"

闻衡不想被他牵着鼻子走,道:"大人的问题未免太多,我是来拿纯钧剑的,它有什么用不重要,你只要告诉我剑在哪里就足够了。"

九大人冷笑道:"你不会当真以为我会帮你吧?擅闯宫禁、偷盗御物都是弥天大罪,更别说你我有旧怨在先,我干什么想不开要听你的支使?"

薛青澜抱臂在旁,看不下去了,冷冷地道:"他好言好语地跟你商量,早答应了你就少受一份罪,别敬酒不吃吃罚酒。"

从刑城时就能看出来,九大人是个心狠手辣、性情乖张之徒,这种人吃软不吃硬，因此被薛青澜这么一激，他反而更加不买账了："早说了我不怕死，劝你少费口舌，也不必说什么敬酒罚酒，直接痛痛快快地给我一刀。想来用不了多久，咱们就能黄泉再会，结伴过奈何桥了。"

薛青澜手上转着从他那里缴来的匕首，脸上少见地露出一点儿笑意："我为什么要弄死你？人死了万事皆空，那有什么意思？还是叫你活着受折磨才好。"

他将一点儿寒芒抵在九大人的额心上，柔声道，"你吃的那粒药不但会化去你的内力，还可以压抑痛觉，我就算当场剐了你的手脚，你也照样清醒——放心，我医术很好，不会让你流血而死的。"

森森的冷光从额头上向下，点过眼角、喉头、心口，最终落在他无力的腕脉间，冰凉锋利的薄刃一下一下来回刮着一小块皮肤，随时都可能一刀下去切断筋骨。

对九大人这样自负的人来说，被折辱是件比死可怕一万倍的事情。

他置身于薛青澜的目光下，背后竟然有些发冷："今夜是你们唯一的机会，错失时机，往后一辈子你们也别想再见到纯钧剑。"

薛青澜却不以为意，轻描淡写地道："今夜拿不到纯钧剑也没什么要紧，你们大内高手不是有好几个吗？一个一个地问，总有识趣的人。但你这么不识趣，我就算不要纯钧剑，也得想办法把你带出去慢慢调教，痴了傻了，也就听话了。"他想了想，又补充道，"但我不希望你太快屈服，那样很没意思，越刚烈的人活得越久，你最好多坚持几天。"

范扬听得浑身起鸡皮疙瘩，猛扯闻衡的袖子，让他赶紧上去拦一拦。闻衡却气定神闲地站在旁边看戏，观赏薛青澜发疯，感觉挺新鲜。

他在论剑大会上看见的薛护法阴沉乖戾，虽然跟纯钧派的人动了手，但当着许多人的面，那股疯劲还是克制了不少，眼下的薛青澜却好似有了靠山，肆无忌惮地揭掉了自己身上那一层无害的画皮，露出属于垂星宗护法的真正面目。

九大人终于碰上一个比自己还丧心病狂的疯子，跟闻衡、范扬完全不同，杀人对薛青澜来说实在稀松平常。

"虚张声势，"九大人咬着后槽牙，目光如电，射向他背后的两个人，"你不把纯钧剑看在眼里，和你一起来的人呢？"

薛青澜连头都没回，不用看任何人的眼色，径自俯身凑近九大人，轻轻地道："我有什么不敢的？"

"你不是问他为什么大费周折地来偷一把破剑吗？我现在可以告诉你——是、为、了、我。"

"好了。"

在让人惊怔的死寂气氛中，闻衡伸手将薛青澜握刀的手拢住，力道轻柔地将他拉开，随口打了个圆场："口舌之争暂且缓缓，正事要紧，大人还是早做决断，也能早些恢复自由之身。"

他回护的动作无比自然，显示出一种截然不同于旁人的亲近熟稔感。薛青澜竟然也听他的话，说疯就疯，说收就收，毫不挣扎地被闻衡带回了身后。

九大人开始怀疑自己是不是被人诈了。

他心情复杂地扫视过三个人，对上了范扬的眼神，那目光里竟然有一丝感同身受的怜惜意味，看得他遍体恶寒，心道这三个人里没有一个是省油的灯。

正所谓强中更有强中手，恶人自有恶人磨，当日他在始月狱中没少羞辱那些名门正道之人，今日果然就遭了报应。

"我知道纯钧剑在哪儿，也可以带你们过去。"九大人叹了一口气，松口道，"但我要自保，今日之事，绝不可泄露半分。"

这个人其实有点儿奇怪。他身为大内九大高手之一，功夫、手腕、智计均是一流的，本该是个非常棘手的敌人，但闻衡和他打了两次交道，每次临到关头，总有一种被他堪堪抬手放过的微妙感觉。就好似一个聪明顽劣的学生，分明有取胜之力，却不肯用心，叫人摸不透他究竟是纯粹消极懈怠，还是心中打着别的算盘。

闻衡点头应允，道："这是自然。"

他为九大人解开了余下几处穴道，令其能勉强站立行走。四个人穿过内书堂，沿着错综复杂的小路绕到了一处小巧精致的院落里。

这座主殿叫作拥粹斋，原是皇帝幼时读书的地方。几个人从正门进去，闻衡擦亮火折，只见厅堂墙壁上悬着一幅巨大的山海舆图，两边的多宝架上摆满了各式古董玩器，当中摆着一张宽宽的长条案，案上陈列着两把无鞘长剑。

闻衡疑惑地"嗯"了一声："怎么有两把剑？"

他走近细看，只见那剑果如薛青澜先前所说，用看不出材质的金属一体铸成，刃口在火光下映出一道金线似的流光，剑脊上刻满了纹理曲折细碎的花纹。其中一柄剑的铭文正是"纯钧"，另一柄剑的铭文有些难认，看起来似乎是"玄渊"两个字。

闻衡捧起纯钧剑，只觉得分量沉重。他惯用铁剑，重剑用起来并不称手，于是将它用布裹好背在身上。九大人在后头看着他的动作，忽然幽幽地说："你学过《凌霄真经》，又有乌金令牌，却不知道纯钧剑的来历用途，你到底是不是步虚宫弟子？"

纯钧剑到手，闻衡了却了一桩心事，如实答道："家师的确是昆仑步虚宫门下，但取回这柄剑，是为物归原主，并不是步虚宫的意思。"

"纯钧派？"九大人愣了一下才反应过来"原主"是谁，"这把剑藏在宫中三十年，连纯钧派掌门都未必知道自家镇派之宝是假的，是谁告诉你的？"

"纯钧派前代长老、'沧海悬剑'顾垂芳顾太师叔。"闻衡反问他道，"你说纯钧剑三十年前就在宫中，那从纯钧派盗剑的'聂竺'是什么人？

是不是宫中派出的卧底？他背后的主使之人是谁？"

九大人道："三十年前我才刚出生，我怎么知道？你的问题太多了，既然拿到了剑，你们再不走，小心一会儿再也走不了。"

闻衡忽然上前一步，声音沉在幽幽夜色里，像被风从陈年旧事中送来："我还有一个问题——当年……庆王为什么会死？"

九大人往火光照不到的阴影中退了一步，神色晦暗不明："你问这个干什么？"

闻衡不做解释，也不让步，只道："我要知道。"

"他犯的是欺君罔上的大罪，"九大人抬手指向门外，"在庭前那棵桂花树下，奉皇帝圣谕，五个内卫一齐动手才制住他，就用的你身边那把玄渊剑，一剑穿心。"

话音未落，一阵疾风从眼前掠过，九大人猛地发力跃起，扑向离他一步远的多宝架。这一下来得实在突然，薛青澜与范扬的注意力都在庭前的桂花树上，两个人竟措手不及，谁也没看住他。

沉重的木架子被这么一撞，骤然向另一侧倾倒，满架珍玩"叮叮咣咣"摔得粉碎，连带着旁边的桌椅、屏风也遭受波及，眨眼之间，半边厅堂宛如塌了一样遍地狼藉。

这动静足以把附近所有禁军惊醒三回，来不及管九大人是死是活，薛青澜冲过去抓住闻衡，把尚处在震惊中的闻衡扯了一个踉跄："快走！"

外头转眼间亮起一片明晃晃的火把，喊声、脚步声、兵刃相撞声、铠甲摩擦声，汇聚成一团洪流般的嘈杂动静，飞速逼近拥粹斋。

三个人飞檐走壁跃上屋顶，马不停蹄地沿着来路朝宫外奔逃，然而此时终究不比来时轻易，宫中禁军牵一发而动全身，满宫火把映得半边夜幕泛红，三人的行迹很快被侍卫发现，有侍卫高喊："贼人正向西逃，快追！"

一时箭矢如雨，四处乱飞，薛青澜拉着魂不守舍的闻衡，一边逃亡还要一边防着暗箭伤人，着实有些手忙脚乱。越近宫门守卫越多，眼看离宫墙不远，身后追兵撵了上来，羽箭堪堪擦着头顶、衣角飞过，薛青澜带着闻衡从屋顶一跃而下，范扬落后压阵，忽然急喊道："小心！"

三枚连珠弩瞄准闻衡的后心激射而去，正逢两个人身在半空中，脚底无处着力，那箭来势又极快，躲都没地方躲。薛青澜听声辨位，反应极快，狠命将闻衡往旁边一扯，两个人对换了位置，竟是拼着自己受伤也要保护闻衡。

范扬在后面惊愕到呛了一口风，薛青澜心中却前所未有地澄明。耳听得破风尖啸声逼近，他正打算咬牙挨上一下，背后蓦然传来一阵柔和力道。

闻衡总算是醒过神来，揽着他回手拔剑。黑布滑落，纯钧剑剑锋在月光下犹如镀了一层金光，只听"叮叮叮"三声脆响，箭尖撞上剑身，被闻衡运劲弹落，反向疾飞出去，深深钉入了殿前的木柱之中。

追兵被他吓得攻势一滞，两个人落在一片稍矮的屋顶上。范扬随即赶到，在前头引路，薛青澜居中，闻衡抖开长剑，挡住漫天箭雨，三个人一口气冲出了皇宫，亦不在城中多做停留，连夜摸出了城，找到范扬今日早早备在城外的三匹马。

满城喧嚣喊杀声都被他们抛在后头，城外旷野漆黑宁静，此时星月皎洁，明河在天，夜风吹拂过面庞和衣角，说不出地清凉惬意，令人在激烈奔逃之后，得以暂时停步，喘息片刻。

薛青澜松了一口气，解开面巾，神情还有些愣怔："衡哥？"

闻衡单手提剑，淡淡道："没事。"

朦胧的月光下，纵然不蒙着脸，他的表情也让人看不分明，只有嘴角紧紧绷着，透出一股克制的冷淡气息。

薛青澜不知道闻衡是为临走前九大人的那一句话困扰，还是在恼他方才险境中的举动，总之闻衡现在心情不好，或许需要自己静一静，于是薛青澜自觉退开半步，低声道："没事就好，我——"

话没说完，闻衡突然打断了他："一点儿都不好。以后不许这样以身犯险，太疯了。"

薛青澜已经习惯了被人骂疯子，但闻衡的语气听起来毫无责备意味。今夜的疯劲儿还没收敛干净，薛青澜有些轻佻地笑道："我又不是第一次发疯，你还没习惯吗？"

闻衡叹道："还没，等我习惯了，迟早把你抓起来打一顿狠的。"

薛青澜笑意一僵，干巴巴地问："有多狠？"

"怎么这么问，你是不是还憋着什么坏没告诉我？"闻衡道，"打得你三天下不来床，够狠了吗？"

薛青澜："……"

范扬动静响亮地清了清嗓子，打断了两个人的对话，背着身朝着天说："公子，薛护法，外面蚊子多，咱们是不是该找个地方落脚，以防明日官兵追来？"

闻衡知道他看不惯又不敢说什么，与薛青澜相视一笑，道："说得是，那就走吧。"

夜深人静，他们不好去村里借宿，幸好京郊十余里外有送别的长亭，可以暂供驻足。

范扬提心吊胆了一整晚，眼下终于事了，不大讲究地席地而坐，没过多久就靠着一根柱子睡了过去。

薛青澜却睡不着，睁着眼看了一会儿星星，忽然若有所感地侧过头去，对上了闻衡沉静的目光。

"怎么了？"闻衡将声音压得很轻，"明天还要赶路，睡一会儿吧。"

薛青澜小幅度地摇了摇头，半晌终于下定了决心，缓缓道："衡哥，我不能跟你一道走。"

"为什么？"闻衡问。

薛青澜垂着眼不看他，低声道："我要去一趟明州。"

"去做什么？"

薛青澜迟疑片刻，摇了摇头，没有回答。

闻衡的底线就是薛青澜不想说可以不说，但一定不能说谎。见薛青澜摇头，闻衡便不在这件事上深究，转而问道："要去多久？自己一个人在外面，深夜又犯病怎么办？"

"来回大约一个月。"薛青澜数着日子，满不在乎地道，"硬熬，这么多年都过来了，也不差这几天。"

闻衡快要被他气笑了，说道："你自己不让人跟着，还非要硬熬，讲不讲理了？"

薛青澜小声道："偏不讲理。你待如何？"

他在闻衡面前很容易变得幼稚，明知道必须去做一件辛苦的事，逃不掉，但是心里又不情愿，就会忍不住无理取闹，五分的委屈夸大成十分，得赚足了安慰劝哄的话，才有勇气前行。

闻衡一看他这做派，就想起当年他教薛青澜学剑的情形。

薛青澜那时已经算是相当自律听话了，但毕竟年纪小，有时候难免偷懒不想用功，就变着法地跟闻衡耍赖。薛青澜倒也不提什么过分要求，就是得让闻衡陪着闲坐半天，翻来覆去地拉锯几个回合，再东拉西扯地说些歪理，把闻衡对他的怜惜消耗得差不多了，自会见好就收，乖乖地让干什么就干什么。

闻衡在纯钧派是小辈，没带过别的师弟师妹，唯独在薛青澜身上倾注了无限耐心，所以薛青澜唯独会在他面前耍赖放肆不讲理，其实都是被闻衡惯出来的。

除了薛青澜，他此生大概不会再对别的什么人给出这么多的包容之心了。

"这话该我问你才对,那么不想去还非要去,"闻衡轻声道,"又不带人,又离不开人,你到底想怎么样?"

薛青澜叹了一口气。

闻衡心中霎时软如一摊春水。

他放缓了口气说道:"看在这句话的分上,这次且放你出去,我到纯钧派交差之后,仍在鹿鸣镖局旁边的院子里落脚,等你从明州回来,若要见我,就去湛川城找我,那时再说未来打算。"

薛青澜"嗯"了一声,小孩似的闷闷地问:"未来的事未来再说,眼下呢?"

闻衡蓦然失笑,说道:"不知道的人还以为是我要赶你走。在下驽钝,小薛公子有什么要求不妨划下道来,我叫范扬起来咱们一道参详参详,或可量力而行。"

月光斜照入亭,薄纱般均匀地落在发顶,闻衡不经意间低头与他对视,却见他眼角眉梢殊无笑意,反而含着一点儿淡淡的寂寥之色,看得出来是真舍不得走,心中惆怅难言,只是嘴上不肯说得太直白。

"好了,好了。"闻衡安慰道,"不逗你了。趁着天还没亮,你睡一觉养精蓄锐,待明早醒了我送你一程,这样好不好?"

薛青澜眼睛一亮,但旋即摇头道:"你也够累了,何苦折腾?我也没有脆弱到走不动路的地步。"

闻衡却没有给他拒绝的机会:"是我不放心,你就权当安我的心,如何?"

这话比什么劝说都管用,薛青澜立刻闭嘴了。

次日天不亮,范扬还迷迷瞪瞪地将醒未醒,就听说闻衡要往南多送薛青澜几十里,当场吓清醒了,忙不迭地把闻衡拉到一边,心急火燎地问:"公子,这又闹的是哪一出?"

闻衡道："他一去要一月方回，我送他一段，怎么了？"

"还'怎么了'？"范扬是真为他愁白了头，苦口婆心地劝道，"我的公子啊，他已经不是小孩子了，魔宗护法出个门还要千里相送吗？"

闻衡上下扫视他一遍，在晨风里笑了起来："送他一程，也不会把他变回七岁稚儿，不过你要是总这么顾虑重重的，一定会老得很快。"

范扬："……"

闻衡笑着走开，过去解开缰绳翻身上马，双腿一夹马腹，朗声道："走了，驾！"

薛青澜一头雾水地看了范扬一眼，虽然没弄明白，还是策马跟上了闻衡。

眼看着两个人飞驰远去，范扬知道闻衡这是决心一意孤行到底，别说他三言两语，就是八头牛也拉不回来。

他只好牵过马来，追在两个人后头向南疾驰。

闻衡多走了十几里的路，将薛青澜送到了沿途经过的第一个小镇路口。

三个人勒马驻足，范扬主动退开，远远地在一旁等着。他原以为二人要话别良久，没想到也就几句话的工夫，薛青澜便率先策马离去，闻衡则拨转马头，回到了原路上。

范扬反而愣了愣："都送出这么远了，怎么不多说几句话，就让薛公子这么走了？"

闻衡却比他想象中的更干脆果断，说道："私心归私心，总不能耽误正事。"

范扬此前总怕闻衡被薛青澜带偏了，此时见他拎得清，心中稍慰，附和道："正是。公子虽重情重义，可也不当把私情看得过重。"

闻衡没接他的话，道："走了，咱们也该回去了。"

两个人纵马回程，路过京城时，只见城门紧闭，往来盘查十分森严，想是昨夜之事惊动了皇帝,故今日宫中派出大批兵马,在城中大肆搜查。

当年闻衡从保安寺仓皇出逃,走的也是这条路,那时正值凛冬深寒,纵然有十几个护卫甘愿为他赴死,也总觉得不安;如今他与范扬从满城官兵眼皮子底下打马而过,如家常便饭一般轻松,那夜夜困扰他的噩梦,似乎也同飞扬的尘土一样,被急促的马蹄声永远甩在了身后。

回程不忙着赶路,两个人每日在客店里投宿,由范扬给他详述这四年里江湖的人事变迁,如此走了约莫半个月,终于到了湛川城鹿鸣镖局。

闻衡在隔壁小院落脚,歇了一日,与镖局旧识们见面叙旧,又听范扬给他算了半天的账。待将山下这一摊子事理清,又听说被擒的纯钧弟子业已回山,闻衡当下便收好纯钧剑,同范扬交代了去处,动身往越影山上去。

闻衡如今已不是纯钧弟子,要上山拜会,就得规规矩矩地在山门处等人通传。

没过多久,但听得一阵脚步声由远及近,虽已尽力沉稳,仍稍显急促,闻衡抬眼望去,只见一个白袍的俊朗青年从石阶上快步走下,瞧见他时微微一怔,似是不敢认,又有些惊喜,半扬着声问:"岳师弟?"

闻衡站在石阶下,昂着头与他目光相接,忽地露出一点儿笑意,道:"多年不见,师兄一切安好?"

廖长星缓缓吐出胸中悬着的一口气,也笑了起来,三步并作两步迈下最后几级石阶,冲他伸出手,两个人紧紧地握了握手。

师兄弟睽违数年,却好似隔世再见,万千别情尽在其中。

廖长星在山门处接了他,与他并肩向玉泉峰上走去,偶一错眼,见两个人肩膀堪堪平齐,不由得感慨道:"我记得你当年走时,比长卿还矮一点儿,如今终于长开,看着倒比我还高一些。"

闻衡毫不谦虚地道:"练内功确实能长个儿,我从前是被耽误了,否则早该比四师兄高半头。"

廖长星笑着摇了摇头，道："听说你神功大成，来日若与长卿打起来，千万记得手下留情。"

从前闻衡还在纯钧派时，便多承廖长星照顾，同他交情最好。这位二师兄沉稳正派，处事周全，闻衡对他的信任仅次于薛青澜和范扬，否则在刑城时也不会放心地把计划全盘交托给他。他们虽先前没有见面，却已靠书信通过一回气，此时重逢，除了有点儿面生，再没有其他隔阂，仿佛还是当年同门相处时的模样。

两个人一路闲聊，走了半日方登上玉泉峰。廖长星领他到了客院门前，替他推开门，道："前日里接到传书，我还以为你会跟长卿他们一道回来。客院是现成的，你先稍坐片刻，我去给主峰传信。"

闻衡熟门熟路地进院，在正堂坐下。有个年轻弟子送上新茶，一边添水一边不住偷眼打量他，显然是不知他的身份，对他十分好奇。

片刻后廖长星折返回来，在茶桌旁坐下，道："事关重大，一会儿需得你亲自面见掌门人，仔细分说当日情形。"

闻衡给他斟了一杯茶，点头应承道："这是自然。四师兄他们情况如何？师父和其他师兄呢？我这一路上来，除了刚才那个给我端茶的少年，竟没见到别的弟子，敢情是都不在家？"

廖长星苦笑道："自你走后，诸事纷杂，师父闭关数年，大师兄和三师弟也都受伤不轻，如今再添一个长卿，咱们峰上五个亲传弟子倒下三个，现下就只有那一个入门弟子，是我代师父挑回来的，平日里也由我来教导，至今他还没见过师父的面。"

不必深说，闻衡已领悟了廖长星话中未竟之意——秦陵受伤之后，玉泉峰失去了主心骨，勉强靠廖长星独挑大梁，竟连收个新弟子都成了难事。

长此以往，玉泉峰这一脉迟早人丁凋零，或许用不了两年，他们就要被扫地出门，给新的长老腾位子。

闻衡心里转过许多念头，维持着沉稳样子，以茶代酒，敬了廖长星一杯："师兄为玉泉峰殚精竭虑，辛苦了。"

廖长星举杯与他碰了碰，却道："分内之事，谈不上辛苦。"

玉泉峰大师兄康长淮向来万事不挂怀，一心钻研武学。廖长星从入门起就跟在秦陵身边理事，早早挑起了担子，上头侍奉师父师兄，下面照拂一众师弟，把本峰的大事小情打理得井井有条。练武是件需要天赋和精力的事，廖长星天赋本不比别的弟子差，却因为杂事纷扰，往往不得不付出比旁人更多的努力。

他得不遗余力，才能兼顾门派事务与自身修行，做一个合格的师兄、合格的徒弟——可闻衡从没听廖长星在人前说过一个"累"字，更没有见过他以"累"做借口，懈怠地对待手中的任何一件事。

当年闻衡是走了后门才得以拜到秦陵门下。他既不会武功，也没有家世可以倚仗，在所有弟子中毫无惊人之处，长年独居于后山上，性情堪称孤僻，可就算这样，廖长星也从未忽视过他。除了李直那次的事牵涉甚众，闹到了掌门面前，闻衡学艺的三年里，捧高踩低这种事再没有在玉泉峰上发生过。

所以在论剑大会上，闻衡肯以纯钧派的名义出手，挽回本派声誉，有一大半原因是看在廖长星的面子上。

论理闻衡不应当再管玉泉峰的闲事，但师门恩情不是称斤论两便能还清的。他思索片刻，问廖长星道："师父的伤势究竟如何？倘若他老人家一直闭关下去，依师兄之见，玉泉峰诸人将如何自处？"

廖长星像是被他这话问住了，良久方叹道："师弟果然聪慧非凡，我对旁人说一百句也未必能解释透彻，对你只消一句话便交代清楚了。

"师父对外宣称闭关养伤，但其实内外伤早已痊愈，麻烦就麻烦在他是败在薛公子一个年轻后辈手下，受伤事小，颜面扫地事大。芥蒂难消,久而久之化作心魔,影响进境,这才是真正难办之处。谁也帮不上忙,只能等他老人家自己破障,成便成了,若不成……"

他没有继续说下去,闻衡自然心领神会。真正令廖长星心力交瘁的症结就在此处,以往有秦陵这个长老坐镇,辈分武功足以压人一头,玉泉峰弟子行事也有底气。如今秦陵倒下了,几个师兄弟尚不能支撑门庭,恰如地里黄的小白菜,出去跟人说话都不敢大声。

若秦陵这次撑得过去,玉泉峰虽免不了元气大伤,但毕竟还能平缓交接给下一代,可秦陵要是撑不下去,他的嫡系都还年轻,光"难当大任"一顶帽子就能压死他们,玉泉峰势必将为外人接掌。

廖长星道:"今年三月,掌门便在众人的劝说下,欲命流霞峰苏贤师叔接任玉泉长老,是师父强行破关阻止,又有孟长老、郑长老他们从中斡旋,此事才不了了之。适逢论剑大会,两位长老被一竿子支到了司幽山,原本我也该随众前往拓州赴会,是长卿替我揽了这份差事,否则我出去走一趟回来,玉泉峰上或许已经没有我们的立足之地了。"

"虽然说得晚了一些,这次确实是多亏了你,"廖长星抬杯敬闻衡,"你从刑城救下了上百名弟子,又助本派挫败敌人的阴谋,这两件都是大功,足以叫有心人生出忌惮之心,暂时不敢对玉泉峰出手。"

闻衡被夸了也不见有多高兴,皱眉道:"师父只不过闭关了几年,怎么忽然就到了撕破脸皮的地步?掌门难道不怕来日师父出关——"

廖长星忽然抬手,对他比了个噤声的手势,缓缓摇了摇头。

闻衡愣了片刻才醒悟过来他这摇头是什么意思,心中悚然:"你是说他……恢复不了了?"

若从别处听来这个消息,闻衡说不定还要掂量掂量,但这话从廖长星嘴里说出来,闻衡立刻就信了。他二师兄是那种没有八九成把握不会轻易下论断的人,连他都对秦陵不抱希望,那看来玉泉峰的气数是真到尽头了。

他震惊道:"师兄何出此言?"

廖长星沉吟道:"此事有颇多离奇诡谲之处,知情人极少,我跟在师父身边这么久,也不敢说自己完全清楚这究竟是怎么一回事。"

闻衡道:"师兄且说来听听。"

"大约二十年前,师父在平霜原追捕'金面大盗'丰万野时,不幸身负重伤,被恰好路过那里的薛慈薛神医所救,得他调理数月,不但内伤痊愈,而且功力大增。师父原本天资绝佳,是前代长老属意的接班人,此番际遇过后,实力更上一层楼,顺顺当当地接下了玉泉峰长老的位置,从此与薛慈成为知交好友,每隔三两年,便会邀请薛慈来玉泉峰做客,住满三月,待冬去春来时再离去。

"我入门十几年,一共见过薛慈四回,每次都见他在客院里炼药。按师父的说法,薛慈需要用越影山上的药材,炼制一味对身体有补益效果的灵药——当年他就是被这种灵药救回了一命。这些年来师父的功力一日强过一日,在诸峰长老中独占鳌头,我从没将这些往'灵药'上联想,唯独那天师父听到薛慈的死讯时,我恰好侍奉在侧,见他激动得几至癫狂,像是完全乱了阵脚,脱口说道'他死了,药怎么办?'"

闻衡神色凝重,思忖着道:"他离不得薛慈的药,所以得知薛慈死了,才会大发雷霆,不顾一切地去找青澜寻仇。"

"更不巧的是,他还被薛公子伤了一回。"廖长星接道,"寻常皮外伤或者是内伤,调养一年半载总该有起色,可自薛慈死后,师父就像丢了魂,日渐憔悴,我总觉得他不光是心境受损,身体看起来比先前差了不止一星半点儿。

"总而言之,闭关休养不过是层窗户纸,就算旁人不来戳,用不了多久,它自己也会破掉。"廖长星捏了捏眉心,"更何况别人也不瞎,这么多人虎视眈眈地盯着玉泉峰,掌门如此试探,必然有人已经发觉了其中的蹊跷之处。"

闻衡沉吟道："这还不是最糟心的。师兄，若事情果真如你推测的一般，一旦被人发现师父的功夫是靠邪门手段堆上去的，只怕到时候不光是他一个人身败名裂，玉泉峰上上下下，谁都跑不了。"

"正是。"廖长星长叹一声，"玉泉峰如今的处境，正是危墙之下，深渊之侧，一个不小心，大家都要粉身碎骨。"

闻衡喝了一口茶，面上波澜不惊，心中早已掀起万丈惊涛。他沉思良久，忽然道："事关本峰存亡，此等秘辛，师兄为何肯对我坦诚相告？"

廖长星毫不意外他会开门见山，师兄弟自有默契，沉声说道："你曾与垂星宗薛护法相交甚笃，想必在外头也听说了他这些年的作为。薛慈此人是正是邪尚未可知，薛护法当年或许另有隐情，我说这些事给你听，是希望你不要因为师父的事与他生出嫌隙，他虽是魔宗中人，但待你确是一片赤诚之心。"

正邪门户之见，在正道里尤为根深蒂固，闻衡自己不在意，独为异类也不觉得有什么，却从未想过有一天竟会从这位以"四平八稳"著称的师兄口中听到这样的话。

师门不幸，而他何其有幸，竟能遇上一位如此宽容坦荡的师兄。

"我明白。"闻衡心头微热，忙低头掩去短暂的失态样子，道，"谨遵师兄教诲。"

廖长星注意到他的表情，目光柔和了一些，不急不缓地道："此外我也是为了提醒你，凭你的此番作为，待会儿面见掌门，他必然要想尽办法为纯钧派留住你，或以利诱，或以旧恩相挟，也有可能把玉泉峰这个烂摊子直接甩给你。你不知内情，所以我要先给你交个底，免得一会儿你懵懵懂懂，被人卖了还帮人数钱。"

闻衡望着他笑道："我若能回来协助师兄，对你而言难道不是一桩好事吗？你该帮着他们一起数钱才对。"

廖长星瞥了他一眼，冷静地道："被骗是一回事，心甘情愿是另一回事，我既然承你一声'师兄'，就不能眼睁睁地看着你往火坑里跳。"

闻衡正待再说话，外面有弟子忽然进来通传，说是主峰派人来请他过去，使者已候在门外，请他即刻动身。

闻衡朝廖长星望了一眼，低声道："来得好快。"

廖长星毫不意外，知道掌门不会让闻衡在玉泉峰上留得太久，便起身整了整衣袖，对闻衡道："走吧。"

闻衡却端坐着不动，对那静立候命的弟子道："你去请那位使者进来，我有话要说。"

这下连廖长星也不解他是何意，闻衡暂且卖了个关子。待得那使者进门，闻衡抬眼望去，对方却是个陌生的青年。

那人看起来似乎与廖长星年纪相仿，腰悬长剑，配着与深衣同色的深蓝剑穗，举手投足间自有一股骄矜之气，见了闻衡和廖长星更不寒暄行礼，只傲然道："掌门请岳师弟过主峰一叙，诸位长老都在，请岳师弟随我前来，不要教长辈们久等。"

他态度有些傲慢，显然早知道闻衡曾是纯钩派的弟子，所以言谈间口称"师弟"，拿"长辈"说事，意图先从气势上压闻衡一头，免得闻衡拿腔作势。

可惜闻衡这个人精根本不买账，微微一笑，转向廖长星："当年我没被选上亲传弟子，被发到了湛川城，后来又拜了别的师父，早不敢以纯钩门人自居，更无颜回山，因此许多人不认得了。还要烦请师兄为我引见，这位少侠是谁？"

那人被他噎了一下，脸色立刻沉了下来，只是碍着廖长星在场，不好发火，于是冷冷地转过头去。

廖长星一向端方持重，不偏不倚，若放在平时闻衡这么对上官潜说话，廖长星或许还会提醒闻衡一句，但这半年来掌门韩南甫的作为实在令玉泉峰弟子心寒，上官潜见面就要给闻衡下马威，更令廖长星顿生护短之心，难得没给人留脸面，顺着闻衡的话道："这位是掌门师叔的弟子，行五，复姓上官，单名一个'潜'字。他入门在你之前，想来从前你们应当打过照面，只是未曾往来，所以你不大认得。"

"哦，原来如此。"闻衡没什么歉意地道："上官兄，得罪了。"

上官潜硬邦邦地道："不必，你有什么话，请说便是。"

闻衡道："正要劳烦上官兄替我传一句话，我此番上越影山，是与一位故人有约，理当先去拜望他老人家。此事说来与纯钧派也有些关系，所以请掌门移步临秋峰，在下当在彼处恭候。"

上官潜越看他越讨厌，拉下脸道："休得胡言乱语，临秋峰是本门禁地，岂容你说进就能进？！"

闻衡也不跟他争辩，不紧不慢地道："上官兄别急着骂，我有没有资格进去，待会儿自有定论，你只要把话带到就行了，旁的事情，不劳阁下操心。"

上官潜震怒道："我看你是故意挑衅！"

"上官师弟！"

廖长星眼看着他俩要打起来，终于出言喝住了上官潜，正色道："来者是客，岳少侠更于本派有恩，不可出言无礼。你且先去回复掌门，我陪岳少侠上临秋峰，在掌门和诸位长老到来之前，不会叫他乱跑。"

廖长星在玉泉峰理事多年，地位堪比半个长老，自有一股不容置疑的威严气势。上官潜纵然骄矜，在廖长星面前也不敢太过放肆，生硬地应了声"是"，连句"告辞"也没说，就怒气冲冲地回主峰找掌门韩南甫告状去了。

闻衡待他走远了，方道："掌门人的徒弟都教成这样，难怪纯钧弟子出门被人追着欺负，可见柿子拣软的捏也不是白捏。"

廖长星叹了一口气，语气微苦："纯钧派声威煊赫，如烈火烹油之盛，人人都沉浸在美梦里，就算是我，不经历这一遭，又岂知树大招风、过犹不及的道理？"

闻衡道："不只是纯钧派，中原武林各大门派，个个都是如此。不过平心而论，这里头也不全是当今武林的错，朝廷不声不响地忽然来了这么一手，险些就成功了，可见是预谋已久，积怨甚深。"

"师弟眼光敏锐，我亦不及。"廖长星道，"依你之见，将来朝廷倘若再对中原武林出手，纯钧派应当服软归顺，还是应当抵抗到底？"

闻衡随手将茶盏搁在桌上，笑道："师兄这可问住我了。"

廖长星道："此话怎讲？"

闻衡道："师兄，虽然结果都是一样的，但朝廷出手的方式有很多种，可能是刀兵相见，也可能是瓦解分化，对前者自然要抵抗到底，可若是后者，有时连察觉都未必能察觉到，又谈何抵抗？

"只有我一个人的时候，谁要杀我我就杀谁，这是很简单的事；但纯钧派有上百人，你怎么知道谁想硬拼，谁想投降，谁是己方，谁是内奸呢？

"再往大了说，就算纯钧派上下一心，誓死抵抗到底，中原武林可不是只有咱们一家，覆巢之下无完卵，别的门派都服软了，单剩下一根纯钧派独苗还有什么用？以卵击石不叫英勇，只是平白送死罢了。"

廖长星若有所悟，道："中原武林各派同气连枝，一荣俱荣，一损俱损，想独善其身是不可能了，唯有同进同退。"

闻衡淡淡道："话虽不错，但师兄要记得，我方才说过'结果都一样'，这才是最要紧的。倘若易地而处，你是京城里的皇帝，要对中原武林开刀，难道就轻轻割一下小惩大诫吗？不斩草除根，便后患无穷啊。"

"我明白你的意思了，"廖长星道，"只要朝廷起了杀心，纯钧派就没有选择，必然要抵抗到底，不但门派内要上下同心，还要与其他门派联手，共御外敌。"

闻衡点了点头，不需他继续往深里说，相信廖长星已经懂了。他起身道:"走吧,师兄,咱们去临秋峰。"

方才这一番话对他触动甚大,廖长星还没完全从纷乱心绪中抽身出来,落后闻衡一步,望向闻衡的背影,一时感慨万千。

闻衡在越影山上学艺时,一心只在练剑上下苦功,对外界事不听不问,廖长星知道他聪明,却很少见他动用这种聪明才智。那时在四个入门弟子里廖长星最看好闻衡,甚至想过就算闻衡不会武功,凭着其聪明才智,也足以做玉泉峰的智囊,舒舒服服地托庇于纯钧派门下。

可惜按照纯钧派的裁汰章程,闻衡最终还是选择离开,廖长星纵然遗憾,但以他的身份,他终究无法改变这个结果。

如今四年过去,闻衡重新出现,美玉终得展露光华。他已成长为一个耀眼的人,远超所有人的想象。一个小小的玉泉峰已不足以令他停下脚步,他必然将走向更高更远的巅峰,甚至终将凌驾于越影山之上。

廖长星从闻衡身上看到了纯钧派之外的"可能",反观自照,蓦然惊觉自己被困在方寸之地太久了——在纯钧派这十余年中,他是秦陵的二弟子,是玉泉峰的大管家,庸庸碌碌地背靠大树,坐井观天,却既未受过风雨洗礼,也不曾经历江湖浮沉,全然忘了自己为什么要握剑,更不知该为何而战。

如果他毕生的追求只是记账管家,当初就该安分地留在山下,做个求田问舍的普通商人,又何必在山上清苦严苛地度过如许岁月?

宝剑蒙尘,尚有重见天日之时,可丹心蒙尘,还有谁能替他拂拭?

闻衡都走出去好几步了,才发现廖长星没有跟上,回头一见他在怔怔出神,不由得奇道:"师兄?"

廖长星应了一声,抬步向他走来,那语气竟带着一点儿久违的轻松感:"没什么,忽然想通了一些事。"

闻衡不爱追问,但见他好似忽然卸下了重重枷锁,眉眼间一扫先前的颓唐阴郁之相,也知道想开了是一件好事,遂玩笑道:"师兄可要跟紧了，待会儿万一掌门见怪，还得指望你救我一命。"

廖长星与他一道出门，向临秋峰走去，随口宽慰道："看在你救了纯钧派的分上，掌门如今当敬你三分，只要你不把临秋峰掀个底朝天，想必掌门都能宽恕，不会对你太不客气。"

闻衡干笑一声，讪讪地道："师兄真看得起我……我怎么可能掀得动临秋峰呢？"

除非临秋峰底下本来就是空的。

第五章
长老

出了客院,走到玉泉峰下山的路口处,闻衡对廖长星道:"师兄,劳你先去临秋峰藏剑阁等候,替我稳住掌门和诸位长老,我去去就来。"

廖长星疑惑道:"怎么,你要找的人不在临秋峰吗?"

闻衡笑道:"这位老前辈性情古怪,不爱见生人,我还是独自去找他比较好,免得惹他老人家不快。"

廖长星想了想,说道:"也好,横竖是他们有求于你,我替你顶上一时半刻应当不难。"他瞥了闻衡一眼,似乎有话要说,话临到嘴边又被咽了回去,他只道:"快去吧。"

闻衡便回身往后山方向走去。这些年后山没什么大变化,一草一木仍是熟悉的样子。闻衡沿着林中道路轻车熟路地摸到了玉泉峰与临秋峰交界处,禁地界碑一如当年,杀气腾腾地屹立在原地,他再一抬眼,便望见临秋峰山顶上隐约的飞檐,那里正是昔日珍藏纯钧剑的藏剑阁。

他信步走入树林深处,很快寻见自己要找的地方。那块堵住洞口的巨石上如今已爬满青苔，与周遭景致和谐地融为一体。闻衡飞起一脚踢开石头，只觉一股幽凉的冷风擦着面颊拂过，带着地底特有的淡淡霉味，他便毫不犹豫地纵身跃下，这回再无阻隔，径直落入地宫密道之中。

闻衡用的还是老法子，估摸着快要到底时，举手朝地面挥出一掌，借此缓冲，稳稳地落在地上，衣摆带起的风吹得尘土四散。他擦着了火折子，明黄火焰闪烁，照亮了身前一方墙壁，上面刻满了稀奇古怪的字迹和图画。闻衡知道这些东西看不得，正要移开视线，目光无意间掠过墙壁，忽然微微一凝，定在左手边的一片字迹上。

许是小时候被他父王按着头学写字的后遗症，闻衡对字迹格外敏感，这一大片弯弯绕绕的文字怎么看怎么眼熟，他必定曾在哪里见过，但这么猛地一想，又很难抓住那一闪而逝的灵光。

他对着墙壁愣了好一阵神，百思不得其解，好在他是自己想事情入神，不是叫那些古怪字画魇了去，想抽身也容易。

闻衡心道：正事要紧，还是先去交还纯钧剑，左右这些字我已经记下，日后再慢慢参详不迟。

他这样想着，下意识地回手摸了摸背上的纯钧剑。就在这一刻，恍如一道闪电从天直降，劈散了灵台间的迷雾，叫那冰凉坚硬的铁剑一激，闻衡蓦地抓住了谜团的线头。

他飞速卸下背上的长条包袱，解开布条，抖出纯钧剑来。火光之下，剑上金文反射着点点微光，那笔势曲折，可不正跟墙上字迹如出一辙！

闻衡霍然起身，举着火折飞快浏览满墙文字，竟真叫他在角落里找到了两个一模一样的字。

他用拇指摩挲着两个凹凸不平的文字，那模样活脱脱像是在墙前入定，可只有闻衡自己能听见擂鼓般的心跳声。他想起顾垂芳曾说过，祖师爷正是循着纯钧剑找到的越影山的地宫，无独有偶，薛青澜也说过，垂星宗西极湖下也有一座地宫和一把同样材质的奉月剑。

既然宝剑与地宫是同一时代的产物，且往往相伴出现，那么拥粹斋供奉的那把玄渊宝剑，对应的该是哪一座地宫？

三把宝剑，三座地宫，这世上会不会还有深埋地底，尚未现世的其他地宫？这些地宫究竟是何人所造，又有什么用处？纯钧剑和玄渊剑既然已被收入宫中，是不是就意味着聂竺当年潜入纯钧派盗剑，背后其实是朝廷的意思，他们已经弄清了古剑与地宫之中深藏的秘密？

而这背后的秘密，与朝廷如今对中原武林的忌惮态度，是否也存在着某种关系？

他脑子转得飞快，一时间无数零碎的念头在脑海中盘旋，闯宫当夜的每一个片段、九大人说过的每一句话都被他拎了出来，逐字逐句地重新审视。

"你学过《凌霄真经》，又有乌金令牌，却不知道纯钧剑的来历用途，你到底是不是步虚宫弟子？"

步虚宫？

对了，他当时还纳闷过，纯钧剑是纯钧派的镇派之宝，为什么九大人却拿乌金令牌和步虚宫的事来问他？这三者分明是八竿子打不着的关系……

等等！

闻衡脸色遽然一变，伸手入怀，摸出了那块宿游风留给他的乌金令。

乌金令牌入手分量颇沉，闻衡虽一直随身带着，却没来得及仔细研究它。此刻他左手纯钧剑，右手乌金令，忽而从那沉甸甸的手感中找到了共同之处，拿起来细看，果然见那乌铁都是一般的黑暗中泛着金沙，如夜空中缀满细碎星子，触手却又极冰冷坚固。二物相撞，声如击玉敲金。令牌上雕的字迹，同纯钧剑铭文和这满壁的石刻文字，无论是笔画还是结构都十分相仿，必然是同出一脉。

宿游风将这块令牌赠送给他时曾说过，这是步虚宫沿用多年的文字,在中原早已失传,只在昆仑山上还在使用。

所以……这些地宫的建造者,其实是昆仑步虚宫。

可是建造这样庞大的地宫势必要耗费数不清的人力、财力,更别说那些珍贵的武功秘籍,一个越影山地宫就养活了整个纯钩派。步虚宫既有偌大的能耐,早该一统中原武林,又为什么要在昆仑山上隐世不出,甚至连江湖中都没有几句关于这个门派的传言呢?

内卫之首冯抱一正出身于步虚宫,看九大人那模样,似乎九大人也是知道内情的,内卫在这件事中扮演的又是什么角色?宿游风托付他寻找的《北斗浣骨神功》会不会与这些秘辛也有牵连?

复杂谜团像被一根细线牵着,闻衡扯住一头,便牵出了一连串疑问。他在脑海里将九大人当夜说过的话来回复盘了好几遍,眉心越拧越紧,最后思绪停在了他问及庆王之死时,九大人的回答上。

九大人说庆王是在拥粹斋的桂花树下,被内卫用玄渊剑一剑穿心而亡的。

为什么是拥粹斋?

他当时因震惊被冲昏了头脑,光顾着仇恨内卫和皇帝,竟然一直忽略了这个诡异的细节——拥粹斋地处西宫深处,临近内苑,既非平日召见群臣的宫殿,也不是天子日常起居之所,一个偏得不能再偏的小小书斋,皇帝为什么会选在那里对庆王动手?

庆王少年时与众皇子一道随宫中武师学习拳脚功夫,修习的是正宗的《天河宝卷》,年少时曾微服出京游历江湖,与柳飞霜一见倾心,结缘定情。夫妇二人成亲后不久便共赴北地战场,此后只在京城与边境间往来,再没有涉足江湖事,可以说是与纯钩派和步虚宫毫无交集。

如果不是此番际遇,闻衡就是想破头也不会把庆王之死与江湖事联系起来,恐怕一辈子都发现不了其中的蹊跷之处。

地宫里潮湿阴凉,外头是炎炎夏日,待在这里应当让人觉得舒爽才是,可闻衡只是站着不动,脊背上就爬满了冷汗,甚至感觉到了一丝深入骨髓的森寒之意。

他一步一个脚印地走到如今,自以为终于有能力掌握全局,操纵人心,此时却突然发现,他其实对真相一无所知,甚至他蹚出来的那条路,也有可能是被人提着线,如无知无觉的木偶一般走的既定轨迹。

漆黑空旷的石洞里容易让人忘记时间,闻衡怔立良久,思绪翻涌,直到火折子烧去大半,热意传到了手指上,才将他烫得打了一个激灵惊醒过来。他意识到不能再沉湎于此,还有人在山顶等着他。

闻衡将乌金令牌收回怀中,最后深深看了一眼墙壁上深浅不一的刻痕,硬下心来,转身走入了前方漆黑的地道中。

他到得地宫中央时,恰好火折燃尽,但见天顶一束光线从洞中照进来。昏暗之中,高台上人影独坐,凭闻衡的目力,他竟看不出那人是死是活,还有没有呼吸起伏。

闻衡刻意放重了脚步,走到台前,双膝跪地,将纯钧剑高高举起,朗声道:"顾太师叔在上,晚辈奉太师叔钧命,已将纯钧剑取回,请太师叔过目。"

石洞中只余隐隐的回声,闻衡久等不闻顾垂芳回话,心中一沉,以为自己来迟,顾垂芳已然坐化了。他正欲抬头起身过去看个究竟,手中忽然一轻,顾垂芳竟不知何时已悄无声息地来到他面前,伸手接过了纯钧剑。

闻衡抬眼看向他。

老人久不见天日,乱发、胡须早已白得似雪一般,面容倒是没怎么大变,只是皱纹更多更深,与闻衡当年离开时所见相差不远。老人双手握着纯钧剑,像是要确认什么似的,一遍一遍地翻看摩挲,口中喃喃道:"三十五年……终于要到头了吗?……"

闻衡见他目光涣散,神情似有癫狂之兆,生怕他年纪大了,受不住这般大悲大喜，激动之下走火入魔就完了，于是故意打断他道："晚辈尚有一事不明，还望太师叔为我解惑。"

顾垂芳怔怔地从剑上移开视线，目光落到闻衡身上时，其中的迷乱癫狂已退去，逐渐清明起来。他伸手将闻衡从地上托起，和蔼道："四年不见，看来你已闯出了一片新天地，可喜可贺。有什么要问的，你直说便是。"

闻衡道："弟子从大内宫禁中取回此剑时，曾与一个内卫交手，听说纯钧剑与昆仑步虚宫有些干系，太师叔是否知道其中的详情？"

顾垂芳被他问得愣了愣，反而面露不解之色，问他道："步虚宫是什么门派？我从未听说过，此剑是我纯钧派开山镇派之宝，如何与这个门派有关？"

闻衡略一思索，又问道："那敢问太师叔，地宫中的武学秘籍当初是依着何法破解出来的？"

顾垂芳不知道他问这个有什么用，但看在闻衡找回纯钧剑的分上，还是如实答道："本门流传下来的功法，都是当年由祖师和师父、师叔三个人整理，再教授给徒弟们的。由于文字实在艰涩，地宫武学又十分危险，我入门两三年时，地宫便被封存了起来，所以那破译之法，早已随先师辞世而失传，我亦不知。"

闻衡半信半疑，点了点头，顾垂芳道："你如何问起这个？难道还有什么我不知道的隐情？"

闻衡如今心中一团乱麻，想仔细斟酌都无从下手，但他死也要死个明白，干脆破罐子破摔道："既然纯钧剑是本门至宝，为什么太师叔当年不亲自下山追缉叛徒，而是等了三十多年，才将此事托付给我这么一个不知根底的外人？"

顾垂芳目光如电，灼灼地射向闻衡的眼底。闻衡不躲不闪，坦然地与他对视，仿佛问出的是一个再普通不过的问题，可藏在衣袍下的每一块肌肉都紧绷如弓弦,防备着对方一旦发难,便立刻出手反击。

石洞内死寂如坟墓,连空气都变得凝滞森寒。一老一少两个人僵持片刻,可顾垂芳到底没有动手,率先转过身去。

他在一旁的台阶上坐下,横剑膝头,掩藏在重重乱发下的目光忽然失去了那股咄咄逼人的气势,亦不似第一眼看到纯钩剑时那般惊怔迷茫,那是一种非常清醒的痛苦之色,仿佛将死之人等来了最终的审判。他明白有些事情终究躲不过去,也知道自己不管如何隐瞒终是徒劳,可还是下意识地回避真相,哪怕他其实已经剖开心胸,把所有痛苦与悔恨情绪都盛在眼中。

闻衡一瞬间胸中了然。

"你是……被谁关进来的?"

顾垂芳摇了摇头,声音干涩沙哑地说道:"不是……是我自己要留下来。"

那是发生在很多年前的故事,因其久远隐秘,就连纯钩派现在的当家人也不知道这一桩往事。

纯钩派开山祖师袁师道有两个弟子,分别是纯钩派第二代掌门和临秋峰长老,这二位又分别收徒,郑廉和顾垂芳就是下一辈里最出挑的两个弟子。

他们从小一起长大,共同练功学武,俱是天资卓绝的少年英才,彼此间却从未生出忌妒之心,反而十分和睦友爱,好得能同穿一条裤子。那时无论是师父们还是其他师兄弟,都默认这两个人以后必然要接任掌门人和临秋峰长老的位子,相互扶持,将纯钩派发扬光大。

第二代掌门在位时,因一个弟子练功走火入魔,便将越影山地宫封闭了起来,郑廉和顾垂芳作为师父们心爱的弟子,当然清楚其中的来龙去脉,也都老老实实地遵循祖训,从不向旁人提起此事。这个秘密一直保守到郑廉当上掌门人之后的某一年,那年顾垂芳从山下游历归来,身边跟着一个未及弱冠的少年。

顾垂芳十分得意地对郑廉说,这是他在外面寻到的一棵好苗子,要收来当徒弟,做他的衣钵传人。

那个少年,就是聂竺。

郑廉虽然觉得这徒弟年纪偏大,还是带艺投师,就算教得好,也未必能养得熟,但那毕竟是顾垂芳收的第一个弟子,也就随他高兴了。至于衣钵传人,顾垂芳的徒弟以后必然是要接任临秋峰长老的,这个小子却不合适,郑廉想着还是要给顾垂芳寻一个聪明灵秀又孝顺的小徒弟,叫他从小带起。

然而没等顾垂芳收第二个徒弟,他就发现聂竺的武学天赋实在惊人,甚至超过了当年的自己。短短几年,聂竺非但迅速练成了《忘物功》和《沧海剑法》,还发现纯钧派武功中存在着一个巨大的漏洞——正是由于祖师爷没有完全破解地宫密文,《忘物功》之上更为精深的内功不得为人而知,导致《忘物功》练到一定程度必然遇到屏障,没有更上乘的武功心法,这一层屏障就永远突破不了。

顾垂芳天赋骄人,打小便被师父视作亲子一般教养,又有郑廉爱护,别的师兄弟也不敢找他的麻烦,说是众星捧月一般长起来的也不为过。他青年时期外出闯荡,凭着一身精妙功夫横行江湖,没吃过大亏,伏鲸岛一战更将他的声名推向巅峰,因此他这人骄纵自傲,很有武痴的习气,行事全凭自己心意,一旦想钻研什么武功,那便是不眠不休,不计一切代价也要做成,完全不管别人如何阻拦。

聂竺正是摸准了顾垂芳的脉,又利用了顾垂芳的一片惜才之心,才下了一剂猛药,哄得顾垂芳向他透露了越影山地宫之事。

前代掌门封闭地宫时,顾垂芳年纪尚轻,虽然知道有弟子因练习内功而死,心里却并不以为意,只觉得是那些人不够聪明,才终至走火入魔。像他这样天资颖悟的人,他连《忘物功》都练得圆满,合该再精进一层，正应重开地宫，再从中找出更多武功秘籍，以弥补现有根基上的漏洞。

自负、傲慢、轻信、任性……这些特质在某个时刻齐聚在他身上，终于令他被聂竺哄骗得晕了头，几次被套话，他便将地宫的位置、机关都倒得一干二净。于是在八月十五当日，趁着他与郑廉外出赴会，聂竺觑准了越影山防范不严，用迷药迷翻了留守山上的所有弟子，炸穿了一条地道，潜入地宫，盗走了数部秘籍和纯钩剑。

郑廉和顾垂芳接到传信赶回门派，一看山上这情形，才反应过来聂竺竟是蓄谋已久，潜伏在纯钩派的最终目标是纯钩剑和地宫秘密。东窗事发，在郑廉严厉的责问下，顾垂芳如何跑得脱？他只得将他与聂竺说过的话一五一十地告诉了郑廉。

他如此行事，无异于是聂竺的同谋共犯，惹得郑廉生了这辈子最大的一场气，先是疾言厉色地骂了顾垂芳一通，又撤了他的长老之职，叫他滚出去找纯钩剑，剑找不回来，他也不必回来了。

顾垂芳也是急性子，先是被徒弟背叛，后来又被掌门师兄不留情面地痛骂，心里知道自己铸成了大错，却仍觉得打开地宫是造福门派，哪怕违背祖训，也应当把秘籍拿出来修习。他嘴上不肯服软，与郑廉大吵了一架，两个人都在气头上，怒极之下拔剑相向，惊天动地地干了一架。

郑廉比他周全，也比他成熟，纵然气得七窍生烟，对顾垂芳终究留了手，没有使出全力，顾垂芳却恼羞成怒，成了个不管不顾的疯子，在激烈打斗中竟然一剑削去了郑廉的右手小指。

汩汩鲜血终于令他惊恐地清醒，也令郑廉对他失望透顶，彻底寒心。

纯钩立派之初，权力核心其实只有一位掌门人和一个临秋峰长老，由师兄弟分别担任，两个人需共担重任，同心协力，能放心地把背后交给对方，关系之紧密，更甚于亲生手足。而顾垂芳身为临秋峰长老，心生外向，纯钩派不需要不知悔改的门人，掌门更不需要一个会对他挥剑相向的长老。

他不再逼着顾垂芳出去找纯钧剑，直接把顾垂芳关进了地宫里，去与其心心念念的武功秘籍相伴。

纯钧派如今五峰并立的局面，正是这件事之后，郑廉改弦更张之作。他在临秋峰上修筑了藏剑阁，从此将此峰圈为了禁地，同时广收弟子，从中挑选出五个最优秀的弟子来分担临秋峰长老的职能。

而顾垂芳作为最后一任临秋峰长老，便如流星划过天际，只在夜空中璀璨了一瞬，就匆匆沉入了黑暗地底。

闻衡初见顾垂芳时，感觉他行事有些诡异邪气，还当他是久居地下，对陌生人心存防备之故，如今看来，倒未必不是真性情流露。只是三十多年的囚禁生涯，他有多少锋芒也都被磨平了，烈火早已烧成了一捧死灰。

"我刚被关进来时，师兄虽然在气头上，但还是没忘了我，每日叫人来送饭。我知道自己实在负他良多，一直想向他道歉。"顾垂芳像是看穿了闻衡的想法，又似乎是在自说自话，"但他不肯见我……"

他后悔了，被关得越久，越知道自己犯下了多么严重的错误。他费了很多口舌，对那个来送饭的哑仆说明比画，甚至为了赔罪，亲口咬断了自己右手的小指放在送饭的篮子里，叫哑仆带回去给郑廉看。

顾垂芳疯成这样，就为见上郑廉一面，亲口对其说一句"对不起"。

可是郑廉已经被他伤透了心，说了不见，就真的再也没有到他面前来过。

顾垂芳从疯癫到绝望，终于心如止水，不再惦记着外面的事，也不再拼了命地逼迫恳求郑廉，除了闲极无聊时揣摩一些石壁上的武功，就在中央石台上枯坐思过。五年之后，掌门命哑仆来放顾垂芳出去，顾垂芳问哑仆："师兄肯见我了吗？"

哑仆摇了摇头。

顾垂芳"嗯"了一声，摆了摆手，道："那我还是不出去碍他的眼了。"说罢返身走回了地宫。

又过了五年，双方还是一模一样的对话；再过五年，亦是如此。

直到第四个五年，没有人来了。

顾垂芳早就知道，当某一天他没有如期见到来送饭的哑仆，地宫终于成了一块无人踏足的死地时，这段师兄弟缘分中最后一线联系也就彻底断了。

郑廉死了。

在第一个五年，郑廉决定把顾垂芳放出去时，越影山地宫就已经关不住顾垂芳了，但他一直自我惩罚一般守在地宫里，既是赎罪，也是防备着聂竺卷土重来。郑廉死后，临秋峰无人问津，顾垂芳连饭都吃不上，只能偶尔出去摘点儿林间野果果腹，可即便如此，他仍未离开地宫，像是要把漫漫年岁全部偿还给郑廉。

他弄丢了纯钧剑，就要代替纯钧剑守住越影山。

顾垂芳道："师兄离开后，我等了许多年，你是第一个来到我面前的人，所以我才叫你去找纯钧剑。"

闻衡点了点头。他听完这段旧事，倒是没有特别慨叹，只觉得他们师兄弟真是轴得可怕，分明有无数种绕路的法子能到对方面前，非要死犟，谁也不肯迂回服软，于是就这么蹉跎一生，终至阴阳两隔。

他忍不住道："太师叔，掌门愿意放你出去，这不就是已经原谅你了吗？你们师兄弟之间毕竟有几十年的情分，出去后你们再慢慢道歉弥补也来得及，你为什么非要坚持当面对掌门道歉？"

他仿佛问了一个锥心的问题，顾垂芳沉默良久，久到闻衡以为他不愿回答，方听他喃喃道："我与师兄……年少时我每次犯错惹他生气，都与他钩指立约，许诺下回绝不再犯……他每一次都原谅了我。"

可是唯独那一次，他失手误伤郑廉，砍掉了对方的小指。

他再也不能像从前一样，犯了错就去卖乖，只要钩着师兄的手指摇一摇，说几句软话，对方就会大度地一笑而过，包容下他的一切毛病。

那一剑斩断的何止是手指，更从此断送了郑廉对他的所有期待——他不配做郑廉的师弟，也不配做与掌门共守纯钧派的长老。

闻衡低叹一声，知道自己该到此为止。那些埋藏在岁月里的痴缠纠葛，他这个外人无须深究，只有身在其中的两个人心领神会就够了。

"只是——"

顾垂芳道："怎么？"

闻衡看着他苍老的面容，他干枯的双手隐藏在宽阔袖口下。都说十指连心，闻衡很难想象一个人要怀着怎样悔恨的心情，才会硬生生地咬断自己的一根指头。

他尽量委婉地道："太师叔，那个送饭的哑仆，为什么没有对你说过掌门仙逝的消息？"

顾垂芳冷冷地扫了他一眼，道："你问这个做什么？"

闻衡道："弟子无意冒犯，只是在想，这个哑仆既然奉掌门的命令给你送饭，那么掌门仙逝后，哑仆知道你一直想见掌门，发生了这样的事，多少会有所表示，或者做出些不同寻常的举动，你方才却说，他是毫无征兆突然失约的，这是否有些不合常理？"

顾垂芳面色无波，淡淡道："我是罪人，不需要谁对我交代。"

花白乱发自鬓边垂落，他憔悴得形销骨立，几乎像是从棺材里爬出来的僵尸。经年已过，可那血色往事和痛苦心情始终鲜明得刻骨铭心，哪怕只是轻轻触碰，也会令他战栗恐惧。

闻衡终究没有把自己猜测的情况直接说出来。

郑廉逝世后，哑仆也不再出现，纯钧派上下再也没人知道地宫里还关着一个顾垂芳。说是郑廉恨透了顾垂芳，故意将他留在地宫里等死也可以，但郑廉分明早就松口放了顾垂芳，犯不上死前还要摆顾垂芳一道。

二十年那么漫长，会不会还有一种可能，每天给顾垂芳送饭的哑仆，或许就是郑廉本人？

破镜难圆，裂痕一直在，这或许是郑廉不愿意见顾垂芳的缘由，但那毕竟是同他一起长大的师弟，去掉了另一半，镜子就永远只有半圆，再也照不出当年那两个意气风发的少年了。

顾垂芳是个聪明人，不会听不懂闻衡的暗示，但就是再清楚明白，也不敢有这样的妄想。

"你拿回了纯钧剑，你我之间的旧账从此一笔勾销。"顾垂芳抱着纯钧剑站起来，背对着闻衡，冷淡地道，"你走吧。"

闻衡却道："晚辈还有个不情之请。"

顾垂芳扭过头来瞥了他一眼，似乎已经对这个不懂事的晚辈生出了愠怒之心："什么？"

临秋峰藏剑阁。

掌门韩南甫自认待人宽和，一向不与弟子为难，可此时和四个长老站在这里枯等一个小辈，对方却迟迟未到，实在是令他气恼。哪怕闻衡于纯钧派有大恩，这样礼数轻慢，此人也未免太不懂事了一点。

他气呼呼地问廖长星："岳持人呢？他若是不想来，就叫他滚下越影山去，纯钧派好歹对他有栽培之恩，他如此作态，究竟有没有把这些长辈放在眼里？！"

廖长星心里何尝不想把闻衡揪过来打一顿，面上唯有淡淡苦笑，告罪道："掌门恕罪，岳师弟或许是被绊住了脚。他原非挟恩图报的张狂之徒，否则也不会托付我来替他转圜，还请各位师长再等一等。"

韩南甫重重哼了一声，积雪峰长老郑熠与明河峰长老孟飞雪一向与玉泉峰的人交好，论剑大会上又承了闻衡的恩情，故而更宽容些，道："不妨事，岳持为了咱们的弟子身陷大牢，受了不轻的伤，如今咱们不过是多等一时半刻，哪里值得拿来说嘴？掌门断不会为了这个就责备他。"

几个人正说着话，忽听一阵脚步声从厅外传来，廖长星回头看去，立刻长松了一口气。闻衡身边带着一个破衣烂衫的白发老人，两个人正朝藏剑阁走来。

那老者身量高大，肤色极白，面目陌生，举手投足间却颇具威仪，手中单提着一把似金似铁的黑色长剑，进门之后既不报家门，也不出言寒暄，一双眼睛鹰隼般扫视过藏剑阁内诸人，径直问道："谁是掌门？"

韩南甫骤然被点名，不知道闻衡这是从哪里找了个祖宗来，惊疑不定地出列，朝老者一揖道："在下韩南甫，忝居纯钧派掌门，不知老前辈有何见教？"

顾垂芳扬手一抛，将纯钧剑扔向韩南甫："收好，不要再弄丢了。"

韩南甫险些被重剑割破手掌，未及恼怒，先看清了剑身上的铭文，失声道："纯钧剑？！"

四位长老"呼啦啦"一拥而上，把掌门团团围住："真是纯钧剑？"

韩南甫简直被这从天而降的惊喜砸晕了头，难以置信地问："纯钧剑四年前被人盗走，本派弟子多方寻访，至今没有线索，老前辈是从何处得来的？"

顾垂芳微微侧身，让出闻衡："是他找到的，不必谢我。"

孟飞雪与郑熠都转过身，礼数俱足，十分客气地朝闻衡颔首道："岳少侠，别来无恙。"

闻衡晾了众人半天，这时候也没人敢追究，他镇定地朝众人施礼："见过掌门，见过各位长老。"

廖长星站在他身边，低声问道："怎么耽搁了这么久，又是闹的哪一出？"

顾垂芳的辈分摆在那里，他老人家肯现身还剑已经给了闻衡极大的面子，决不会再多费口舌解释来龙去脉。见众人都目光灼灼地望着顾垂芳，闻衡只好站出来解释："真正的纯钧剑大约在三十五年前已被盗走，此后藏剑阁内珍藏的纯钧剑一直都是前任掌门命人铸造的仿品。那一把于四年前遗失，至今不知所终，掌门手上这一把则是晚辈受太师叔嘱托，从大内盗出的真剑，如今正好完璧归赵。"

当年纯钧剑被盗时，在场诸人不是不记事就是还没入门，谁也不知道镇派之宝竟然是把假剑。闻衡这番话简直相当于直接给他们纯钧派换了个镇派之宝，韩南甫半天才挑出一个最要紧的问题："你又怎么知道这把剑是真的？"

真剑与玄渊剑、奉月剑、步虚宫都有关联，那乌金材质就是最好的证明，不过这话不好直接对韩掌门说，闻衡看了顾垂芳一眼，彬彬有礼地答道："此剑由太师叔亲自掌眼验看，想来应当作不得假。"

所有目光齐刷刷地射向负手而立的顾垂芳，韩南甫发出了疑惑的声音："'太师叔'？"

闻衡简洁有力地道："这位正是'沧海悬剑'顾太师叔。"

为了给地宫保密，郑廉刻意抹去了顾垂芳当年犯下的大错，可顾垂芳的来历和传承都清清楚楚地记载于纯钧派的谱系上，只要一亮名字，没人会不知道他的身份。

韩南甫脸色几变，除了玉阶峰长老崔进只是单纯震惊之外，其他三位长老都是一副难以置信又果然如此的表情。

闻衡早给顾垂芳编了一套来历，还待他们继续质疑，却见韩南甫和三位长老忽然一起倒身下拜，恭恭敬敬地行了庄重大礼，齐声道："恭迎师叔回山！"

闻衡和廖长星连忙闪开，这一下倒把顾垂芳惊着了，他死水一般的表情终于泛起微澜，声音低沉地问："这是作甚？"

韩南甫垂头答道："家师仙逝之前曾留下遗训，待顾师叔游历回山，弟子当重开临秋峰，奉师叔为长老。"

闻衡站得近，见顾垂芳苍白的嘴唇竟然微微颤抖起来，仿佛是怯于开口一般，顾垂芳用前所未有的小心语气哑声问道："你师父……是郑廉？"

韩南甫直截了当地道："正是。"

这两个字不亚于晴天霹雳，顾垂芳一下子死死闭上了眼，只觉右手断指处传来如有实感的剧痛，仿佛有一柄淬火的钢刀正沿着血脉游走，一刀一刀地凌迟着他的每一寸骨肉。

闻衡见状，不由得在心中重重地叹了一口气。

他转向廖长星，没刻意压着声音，问道："师兄，你知不知道前代掌门葬在何处？太师叔与前代掌门是同门师兄弟，情谊深厚，太师叔在外游历多年，如今终于回到越影山，想必要亲自前往祭拜。"

廖长星的神色忽然变得很奇怪，闻衡挑眉，还当其中有什么缘故，便听廖长星道："出了藏剑阁往北百步有片松林，那便是前代掌门的埋骨之地。"

不光闻衡，连神思恍惚的顾垂芳乍闻此言，都跟着愣住了。

按临秋峰的地形推断，郑廉的坟墓似乎是……正好建在了越影山地宫的头顶上。

要说这是巧合，这未免也太巧了一点。

闻衡疑惑地问廖长星："我记得先人遗骨莲位都供奉在主峰存生堂内，何以前代掌门却独葬在临秋峰上？"

廖长星看起来是沉稳庄重的性格，但有个特殊的长处：熟知本门各种逸事典故，对纯钧派上下二百年的历史了如指掌，要不是玉泉峰离不开他，师门上下都已默认他是未来的继任者，砺金堂早把他抢过去做堂主了。

所以还真叫闻衡问对了，廖长星回想片刻，答道："太师父的灵位确实供奉在存生堂里，北松林这个坟冢乃是衣冠冢，依太师父临终遗嘱，里面埋的是两截指骨和他老人家的一些旧物。"

闻衡飞快地瞥了一眼顾垂芳的脸色，心中泛起某种"果然如此"的滋味，替他问道："为什么是两截指骨？"

廖长星道："这我也不大清楚，太师父的右手只有四指，其中一截指骨应当是太师父的，却不知另外一截属于谁。"

他们两个人说话时，韩南甫和其他长老也支着耳朵一起听着，可见人无论年纪大小，于这些传闻逸事都是一般好奇。

闻衡心中的猜测已被验中八九分，他轻声唤道："太师叔？"

顾垂芳垂首站着，白发萧萧，如同一株苍老的枯树，从地宫出来时尚且挺直的脊背似乎就在这短短几句话中微微佝偻了下去。错失的旧日时光仿佛海潮一样呼啸而来，顷刻冲垮了三十年囚居生涯堆砌起来的冷漠自持。

令他枯等半生的原谅，原来早已等在门外，只要他不再偏执，挣脱画地而成的牢笼，哪怕踏出一步，今日的结局或许都会不同。

可是他太懦弱了。

顾垂芳提了提衣袖，露出一只苍白枯瘦的右手——他一句话也不必说，掌缘处狰狞的断口就是最好的证明。

饶是韩南甫等人都是郑廉座下弟子，见过他的断指，也听说过"两截指骨"的故事，可如今亲眼见到另一截指骨的来处，还是不由自主地倒吸了一口凉气。

"师叔，这……这究竟是怎么一回事？"

顾垂芳平静多年的心绪已然乱成了一团水草，他无暇分出哪怕一丁点儿注意力给这些郑廉的徒弟，只径自将茫然昏乱的视线投向北面，语气里甚至带着自己也未觉察的恳求和痛悔之意，喃喃道："带我去……去见见他。"

韩南甫原先准备了一肚子话，打算软硬兼施地劝服闻衡，让他重新投回纯钧门下，哪里料得到闻衡竟不声不响地给他们请了个祖宗回来。被顾垂芳这么一打岔，韩南甫如何还顾得上闻衡，忙不迭地应承道："师叔请随我来。"

时值炎夏，山上本来就凉爽，松林中绿荫遍地，又是郑廉的坟冢所在，竟比别处更添一分凄清幽寂之意。一行人向松林深处走了几十步，便见右边两株松柏中间立着一座孤零零的坟茔，坟土表面经过几十年风雨浇洗，已生了一层薄薄的青草。

坟前立着一块简单的木碑，上头字迹早已因风吹雨打变得模糊。顾垂芳双腿像是被钉在地面上，再难挪动一步，直挺挺地朝着坟头跪了下去。

他颤抖着伸手抹去碑上浮土，仔细辨认脱落墨痕，勉强认清那一行字，写的是"程门逆徒郑廉之墓"。

郑廉是纯钧一派之长，没有哪个小辈敢给他立这种碑文，韩南甫显然是怕顾垂芳多想，连忙低声解释道："这是师父他老人家自己……"

顾垂芳打断道："我知道。"

他知道郑廉落笔写下这句碑文时，就如同从前每一次他闯了祸去求师兄庇佑，郑廉嘴上虽然数落他，在师父、师叔面前却永远一力担责，率先将错揽在自己身上。明明郑廉是被伤害、被辜负的那一个，而顾垂芳才是罔顾同门情谊，令门派陷入险境的不肖孽徒。

他的师兄是位坦荡磊落、直道而行的君子，生前为纯钧派呕心沥血，死后却将自己的遗骨分为两部分，一部分镇守着越影山，剩下的一点儿私心，则给了一生之中唯一的败笔。

斯人已逝，余泽犹在，英灵未远，仍然静默无言地庇护他那不省心的小师弟。

顾垂芳深深地埋下头去，叩首至地，喉咙里溢出了悲恸至极的泣音，像一片干枯的落叶，颤抖得几乎要蜷缩起来。三十年来在他的脑海里设想过千万遍的重逢画面，全化作坟前一声带血的呜咽唤声。

"师兄啊……"

长风过处，松涛如啸。

众人陪着顾垂芳在坟前跪了一刻，最终还是韩南甫亲自上前劝他节哀保重，又商议着要为顾垂芳收拾住处，恢复身份，重开临秋峰迎接新长老。只是顾垂芳全无离开这里的意思，更不要说住到别处去，淡淡地对韩南甫道："我已老迈衰朽，不堪当此重任，掌门有心了。"

如今朝廷虎视在侧，长老之一秦陵又伤重闭关，纯钧派正缺一位实力强横的前辈坐镇，顾垂芳是郑廉的亲师弟、江湖中有名有姓的前辈，再没有比他更合适的人选。韩南甫有意挽留顾垂芳，因此格外殷勤。

"师叔贵为长老，不必理会庶务，只在临秋峰上颐养天年，闲来无事能指点门中弟子几句，就是本派一大幸事。此乃先师遗命，更是我等的一片孝心，万望师叔成全。"

顾垂芳跪在郑廉坟前，耐心地将细小野草一根根拔除，听了这话，却并无动容之色，回手指着闻衡道："既然掌门这么说，就让此子代我做这个长老吧。"

"这怎么行？！"

众人皆愕然。闻衡可是廖长星这一辈的弟子，顾垂芳这么随手一指，闻衡就要跟韩南甫和闻衡先前的师父秦陵同辈，这不是乱了辈分吗？！

闻衡请顾垂芳出山，只打算当着众人的面还了纯钧剑，弄清四年前纯钧剑失窃的疑云，顺便再给纯钧派添一笔人情债，好叫掌门看在他的面上，少找玉泉峰的麻烦。谁料顾垂芳居然反手就把他卖了。闻衡立刻婉言谢绝道："多谢太师叔抬爱，不过晚辈四年前就离开了纯钧派，早已算不得纯钧弟子，更不好再掺和纯钧派的家事。"

顾垂芳未给韩南甫正眼，倒抬眼朝闻衡瞥来，不甚在意道："你四年前离开纯钧派，是为了替我寻回纯钧剑，也算事出有因，如今只差个纯钧弟子名分，若重新认在我名下，也无不可。"

闻衡坚决辞道："不瞒太师叔，这四年里晚辈已另拜他人为师，实不敢做出背弃师门之事。"

顾垂芳却似铁了心一般，坚持道："你得我半生功力，我自然算得你的另一个师父，我也不要你背弃原先的师父，只托付你日后照拂纯钧派，你肯是不肯？"

闻衡抬眼与顾垂芳对视，清晰地看到他眼底的决绝之色，心头蓦然掠过某种不安预感，失声道："太师叔……"

顾垂芳逼视着他的双眼，眸子亮得慑人，执着地追问道："你答不答允？"

掌门、众长老、随行弟子的目光都落在闻衡身上，那里面说不清有多少是怀疑忌惮，又有多少是好奇。事发突然，闻衡没人可商量，下意识地扭头看了一眼廖长星，就见廖长星微不可察地朝他点了点头。

廖长星这是劝他答允的意思。

闻衡妥协般长出了一口气，向顾垂芳的方向低下了头，道："纯钧派对晚辈有恩，就算太师叔不吩咐，晚辈自当维护纯钧派的威名。"

顾垂芳见他松口，凝霜似的表情亦随之松动，转头温声对韩南甫道："本派当初设立临秋峰长老一职，就是为了辅佐掌门、保护门派，初代长老是我师父，师父又传位给我。不过我离山三十年，寸功未建，原本就愧对先祖先师，如今更无颜再担此重任。"

"岳持得我毕生功力，替我取回了纯钧剑，在我心中与衣钵传人无异，所以令他代我行临秋峰长老之责。他已答应替我照拂纯钧派，你也不必拘泥于年岁辈分，好生尊重他，就当是对这孩子的答谢。"

谁家答谢也没听说还要赔上个长老位置的——韩南甫心中虽直犯嘀咕，但闻衡对纯钧派的贡献远不止取回纯钧剑这一件事，眼下顾垂芳提出这么优厚的条件,他要是不答应,待会儿再想拉拢闻衡,难不成还能让闻衡当玉泉峰长老?

韩南甫心中有些意动,犹豫地向其他长老投去目光。

积雪、明河、流霞三峰长老都是郑廉的亲弟子,对师父遗训中提及的师叔自然无有不应;玉阶峰长老虽然不是亲传弟子,但原先那把假剑正是他接任典礼时遭窃,如今闻衡取回真剑,倒仿佛解开了他一个潜藏多年的心结,对这事也不反对;玉泉峰如今做主的人是廖长星,闻衡上位对他有百利而无一害,更不要指望他能跟自己站在一边。

韩南甫这么看了一圈,仿佛只有他一个是有私心的小人一般。既然如此,他又何必枉做恶人?思及此处,韩南甫朝顾垂芳一揖,道:"既是师叔所命,弟子自当遵行。不日临秋峰重开,便请岳持师弟接任临秋峰长老一职。"

顾垂芳这才满意地点头,扶膝起身,拂了拂衣袍上的尘灰,伸手朝旁人道:"剑来。"

韩南甫忙解下自己的佩剑双手奉上,顾垂芳接过长剑,道:"我无甚可以教你,唯有这些年潜心悟出的一套'潜流剑法',今日尽数演示给你,你且仔细看好了。"说罢扬起手,就在林中空地上,将这套剑法一招一式地拆解开来,从头到尾演示了一遍。

闻衡看过他年轻时自创的"沧海剑法"的剑谱,深觉其剑势张扬恣肆,如沧海横流,长风袭云,招式倒称不上精妙多变,难得的是那份吞天的气势。如今闻衡再看这套"潜流剑法",却是一洗浮华,剑招古拙质朴,但招招圆熟如意、内蕴锋芒,不以惊涛骇浪取胜,反而暗潮汹涌,往往在不察之中突现杀机,变化极尽精微,远比"沧海剑法"更难对付。

顾垂芳一代武学奇才,这套"潜流剑法"可以说是他的毕生心血凝结之作,不光闻衡看得入神,其他长老也在一旁伫立默记。待一套剑法使到底,顾垂芳收剑站定,扫视过众人,先挑了几个长老问道:"记住多少?"

几位长老如被考校功课的弟子,垂手恭敬地答道:"师叔剑法精绝,弟子记得八九成。"

顾垂芳不置可否,又问闻衡道:"你呢?记得多少?"

闻衡如实道:"只记得四五成。"

众人纷纷侧目,韩南甫刚定下的心又悬了起来,他心道莫非他看走眼了?顾垂芳选闻衡其实不是因为闻衡武功高,而是闻衡是他流落在外的私生子?

廖长星在后面轻轻咳了一声,暗示闻衡不要太过。

唯有顾垂芳面不改色,继续问道:"能破解其中几剑?"

闻衡道了声"惭愧",继续如实答道:"弟子已尽数破解了。"

这话何其狂妄,此言一出,闻衡温良恭俭让的形象顷刻间坍塌得一干二净,顾垂芳却好似听见了什么了不得的话,仰天大笑,连说了三声"好"。

他将长剑掷还给韩南甫,见众人犹然不解,才轻轻叹了一口气,道:"练剑是为了什么?剑是用来杀人的,不是用来搭花架子好看的。"

众人立时肃然,齐声道:"弟子受教。"

"你们白练了这么多年剑,还不如一个少年。"顾垂芳单手按着心口,脸上反常地透出一丝血色,他对闻衡道:"我这人自私了一辈子,临了还要再拖累你一回,纯钧派是我师兄的心血,我不能替他守住,只得将其托付给你。临秋峰长老的身份想来你未必看得上,但除此之外,我也没什么能回报你的了。"

闻衡低声道:"太师叔传功之恩,晚辈至死不敢忘。"

顾垂芳笑了一下,似乎是体力不支,靠着郑廉的墓旁边的松树慢慢滑坐下去,忽然想起什么,问道:"那年同你一道的小子,如今待你还像从前一样吗?"

闻衡没料到他会突然提起薛青澜，不明所以地点了点头。

顾垂芳偏过头咳了两声，衣襟被嘴里忽然涌出的大股鲜血染得殷红，他的脸色却霎时灰败下去，韩南甫失声喊道："师叔！"

顾垂芳随意地用衣袖抹了一下嘴，摆手示意众人不必惊慌，仍对闻衡道："他脏腑内寒邪凝滞，不是寿永之兆，你若有心，喀……可带他去旷雪湖寻医……"

闻衡在越影山上虚耗了大半天，听了那么多故事，都不及顾垂芳这一句话震撼肝胆，他陡然凝聚起十二分精神，急问道："您知道他究竟是什么症候？"

顾垂芳却摇了摇头，七窍血流如注，语声难续，已然说不出话了，全身的力气只够他伸出仅有四指的右手，紧紧地抓住了郑廉的墓碑。

他先前演示剑法时自行震断了心脉，此时已回天乏术，显然是早已抱定了追随郑廉而去的决心。

众位长老见惯生死，心中明了，都不再言语，跪在一旁肃穆静候。

顾垂芳的呼吸如同风中残烛，逐渐微弱下去，涣散模糊的视线则慢慢上移，掠过满地弟子，飘向松林上方，透过枝丫缝隙，看见了宝石般的碧空。

这一刻，他仿佛忽然坠入了一个永远不醒的美梦之中，又仿佛是刚从一个漫长的噩梦中醒来。

恍惚中，他好像又变成了那个刚闯了祸的少年，穿着一身干净利落的青底白衣裳，双手高捧着剑，被师父罚跪在海川堂前，两个膝盖硌得又凉又疼，整个人在原地晃来晃去，摇摇欲坠。眼看他就要跪不住往前栽倒时，后头忽然有人快步走来，拎着他的领子将他揪了回来。

他顺势往后一仰，跌坐在来人的小腿前。

他仰头沿着雪白的衣摆往上看，看到了一张清俊而熟悉的少年面庞。

郑廉垂头看着他,脸绷得紧紧的,声音也很冷淡:"跪好。"

这两个字响在他的耳畔,犹如佛旨纶音,眼泪在他觉察之前不受控制地决堤而下,他顷刻间已泪流满面。

郑廉叫他吓了一跳,脸色马上绷不住了,微微躬身,却不敢就此抱住他,迟疑着将手搭在他的背上:"这是怎么了……谁给你委屈受了?"

他恍若不闻,只用了全身力气抱紧了这个活生生的师兄,像个历经千难万险,受尽了委屈才回到家的小孩子,抱着郑廉的腿大哭起来,边哭边翻来覆去地说"师兄对不起"。

郑廉见他哭得实在可怜,劝也劝不动,只好用了点儿力气掰开他的手,背对着他蹲下来,道:"算了,上来,我背你回去,下次长点儿记性,不要再惹祸了。"

少年人的脊背尚且清瘦,还不是日后足以支撑起纯钩派的脊梁,可少年背着他走过的每一步都很稳,在承托起一个门派之前,先为他撑开了一片无风无雨的天空。

他环着郑廉的脖子,用哭得沙哑的嗓音呓语般喃喃唤:"师兄……"

"嗯,在呢。"

"接下来有什么打算?"

顾垂芳仙逝,临终前将临秋峰长老之位传给了闻衡,纯钩派上下为着安葬事宜,还有闻衡的继任问题,不免忙乱起来。廖长星在主峰上忙碌了一下午,此时方忙里偷闲地过来看闻衡一眼,却见闻衡神情并不比他轻松,反而面露沉思之色,眉头紧锁,似乎有些烦乱。

在纯钩派度过的这一日堪称惊心动魄,当真是谁也未曾料到会是这样一个结局,对闻衡来说,令他始料未及的谜团更是接踵而至,从越影山纯钩剑到他父王身故的内情,再到顾垂芳之死、薛青澜之病……看似处处相关,实则毫无头绪,每一件事都犹如一只手,左右拉扯着他的心绪。

闻衡起身将廖长星迎进屋内，给他添了一杯茶："莫说打算，眼下诸事纷杂，我一时之间也不知该如何自处，只能走一步看一步了。"他话里不自觉地带着叹息之意，"我又给师兄添麻烦了。"

廖长星摇头不赞同道："顾太师叔托付你照拂纯钧派，便是信重你的为人，我既为纯钧弟子，不管先前是什么身份，自当配合行事，这不叫'麻烦'。"

这山岳一般的沉稳气息感染了闻衡，他徐徐吐出一口气，苦笑道："可我宁愿你做师兄，也不愿做你师叔。"

廖长星唇角一勾，眼中流露出些许笑意，复又正色道："这却由不得你，一则传承辈分不可乱，二来你身份贵重一些，日后在门派中行事也便宜。"

闻衡缓缓说道："当个徒有其名的光棍长老，何如做掌门的师弟更便宜？"

"慎言。"

廖长星神色陡转严厉，肃容注视着他，闻衡不闪不避，坦然回视。二人无声地对视片刻，如同在半空中对峙交锋，最终还是廖长星败下阵来，率先移开视线，低声道："我虽长于外务，可这些年在这上头耽搁的时间太多了，反倒荒废了武功，恐怕才能不足以服人，等门派内诸事落定，我自当向师长请命，外出历练几年。"

"如今中原武林动荡不安，时势非同以往，师兄是年轻一代中的翘楚，正该放手施为，在江湖中大展拳脚。"闻衡听了他这话，心便放下了一半，"既然师兄来日肯挑大梁，我这个长老也勉强可以做一做，只求师兄别让我等得太久，不要耽误我归隐山林。"

廖长星本是来关照他的，反倒被闻衡劝了一回，温言应道："我省得了，必然不叫你白干一场。"

从前碍于闻衡没有内功,他们师兄弟不曾深言过未来,只能说一句"全凭造化",然而如今无论是闻衡还是廖长星,武功、才具足以笑傲同侪,豪情野心亦不输旁人,正当一生之中最该进取的年纪,今宵秉烛共坐,谈笑间初露峥嵘,方是他们真正的少年本色。

次日掌门韩南甫亲率众人祭奠顾垂芳,将前代掌门遗训与顾垂芳遗命公之于众,在四位长老的见证下,将临秋峰印信与顾垂芳早年遗留下的一柄铁剑一并交给了闻衡,坐实了他临秋峰长老的身份。

闻衡推辞了一番,最后颇为解意地提出,他虽身居长老一职,但毕竟不是顾垂芳的正经徒弟,因此不会留在临秋峰上,也不插手门派内务,只在纯钧派需要时回山施以援手,来日若找到合适的传人,愿将此位归还正统,也算完成了顾垂芳的遗愿。

他这样识趣,韩南甫自然乐见其成。掌门与新任长老和乐融融,纯钧派弟子对待玉泉峰诸人的态度也不敢似以往那么轻慢——秦陵虽然不中用,但廖长星和闻衡两个人合起来,也足以抵过一个玉泉峰长老了。

七日后,在闻衡一力坚持下,顾垂芳最终与郑廉的衣冠冢合葬而葬,双碑并立。待处理完丧事,闻衡辞别了廖长星等人,下山回到湛川城,立刻召集人手调查地宫之事。至于庆王一案,因与宫中关系密切,他手下可用的人都或多或少牵涉其中,怕打草惊蛇引来不必要的麻烦,他只能在外围查一查,不好直接将手伸进京中。

就这样过了十几天,某天深夜,湛川城突降大雨。天上电闪雷鸣,地上积水没过脚踝,鹿鸣镖局大门紧闭,闻衡独自一人在书房里看信。烛火跃动,雨声密集,房中既不甚明亮,又嘈杂得紧,漫天风雨声搅得闻衡心中隐隐不安,他盯着一片纸,半天也没看进几个字。

他总觉得要发生什么事,但那预感似乎不是危险,只是一种毫无来由的轻微焦躁感。

闻衡把信扔到桌上,闭目靠上了椅背,强行凝神静心,让自己镇定下来。然而视觉阻断之后,其余四感变得愈加灵敏,一时间鼻腔中充斥着淡淡的腥气,耳边惊雷阵阵,雨珠嘈嘈切切,遮过了其他声响,他虽深居城中繁华之地,这么闭眼一听,倒好似身在幕天席地的旷野之中。

"咚……咚……咚咚……"

闻衡陡然睁眼,怀疑自己是听差了,再度侧耳细辨,恰好一阵惊雷方歇,"咚咚"的敲门声就在这短短的间隙清晰地传入房中。

谁会在这种雨夜里来找他?

他将桌上一把短匕抄在袖中,走过去拉开门闩,只听"呼"的一声,狂风卷着雨珠迎面砸来,险些将闻衡掀个跟头。书房内火烛霎时全熄,纸张纱幔狂舞,窗棂乱响,唯有桌上一盏罩灯还亮着,向四方投下暗淡的光芒。

门前站着个头戴斗笠,腰悬长刀,浑身湿透的黑衣人。

他扬起头,唇色与脸色几乎白成了一个颜色,却弯着眼睛,透过串珠似的水幕朝闻衡笑了笑,在雷电狂风中对闻衡说:"衡哥,我回来了。"

第六章
旧恨

"青澜?"

那些隐约的预兆瞬间落到了实处。闻衡这么稳重的人,乍一见薛青澜,竟顾不得欢喜,先让他的脸色吓了一跳。

"下这么大的雨,你就不知道先躲一躲吗!"

闻衡又惊又气,胸膛里像烧了一锅沸水,连推带搡地把薛青澜扒拉进屋里,动手掀了他的斗笠解了他的刀,三下五除二地剥去了湿透的外袍。

薛青澜被他摆弄得像个只有四肢会动的木偶:"衡哥……"

闻衡没给他说话的机会,风一般出去叫人备水沐浴。少顷热水备齐,闻衡隔着一道屏风,亲自守着他泡了一会儿,进去看见他脸上被热气蒸出了一点儿血色,不再惨白得不像活人,心中高涨的怒意才如潮水般慢慢退去,勉强找回了一点儿修养和克制的理性。

"你先泡着,我出去……"

"哗"的一声水响,薛青澜扑到桶边,手疾眼快地拉住闻衡的衣袖,成功定住了闻衡欲走的脚步,也打断了他要说的话。

"干什么?"闻衡皱起眉,把薛青澜按回热水中,"老实一点儿。"

薛青澜认起错来倒是很老实:"衡哥对不起,我不该淋雨,你不要生气了。"

他不提还好,一提闻衡更来气了:"你也知道淋雨不好?我还当你是个傻的!有什么天大的事比自己的身体还重要,值得你这么不管不顾,连命都不要了?!"

薛青澜被他训得往热水里缩了缩,小声争辩道:"我这不是急着回来嘛。"

闻衡被他气得耳鸣,一时没听清:"什么?"

薛青澜更加低声道:"回程半路赶上下雨,若要避雨,就得明天才能进城,但我一刻也不想等了。"

闻衡被他落汤鸡似的惨样气着了,怒火压倒了一切,还没回过神来。薛青澜这样可怜巴巴的,反而令闻衡噎了一下,怒意渐消,心疼望风而长,两相角力,如烈火与坚冰同时充塞胸臆,竟叫他不知该作何反应。

薛青澜见他不答话,微转过脸去避开与他对视,干巴巴地道:"衡哥,我毕竟是习武之人,淋点儿雨不会出什么事,你不要太担心了。"

闻衡挣开被他牵住的袖子,轻轻叹了一口气:"我不过说了你一句,这就委屈上了?"

"不是……"

"别跟我说什么习武之人,你只要没成仙,还是肉体凡胎,淋雨就容易着凉受寒,万一病倒了,难受的是谁?"

薛青澜无言以对,又觉得鼻子发酸,低着头像是打算在桶里找个地方藏起来,苍白地辩解道:"我没委屈。"

他自己没感觉,闻衡却看得很清楚。一句重话下去,薛青澜瞬间就红了眼角,看了让人心头发酸,闻衡忍不住想安慰他一下。

他屈指在薛青澜的发顶上敲了一下,恨恨地道:"一月不见,越发会气我了。"

但是他说完这句话,气就全消了,又问道:"吃饭了吗?"

薛青澜扒在桶沿上,摇了摇头,闻衡叮嘱道:"热水管够,多泡一会儿驱驱寒,我叫厨房的人准备晚饭,待会儿给你拿干净衣服过来。"

薛青澜缩回热水中,只露出个脑袋,老实地"嗯"了一声。闻衡见他半合着眼,有点儿昏昏欲睡的意思,提醒道:"养神可以,别睡着了,小心一头栽进水里。"

薛青澜拖着长音应道:"知道了,我又不傻。"

闻衡哼笑道:"这可难说。"随即敏捷地闪过几粒被当作暗器弹过来的水珠,笑着绕过屏风,出门去了。

小半个时辰之后,帘外雨声转弱,变成了淅淅沥沥打着窗棂的小雨。满室暖黄烛光里,薛青澜换上了家常衣裳,挽着袖子坐在桌前喝汤。闻衡虽然已经吃过了晚饭,这会儿却也在对面陪坐着喝茶。

两个人有一搭无一搭地说着别后诸事,薛青澜在明州无甚要事,闻衡在越影山的见闻却值得大书特书。他刻意略过了秦陵那一段,只提了顾垂芳与郑廉的往事,许是听多了故事,连讲故事的功力也见长,连一向对旁人的死活漠不关心的薛青澜,都听得几度忘了动筷子。

"郑廉到底是恨他还是不恨他?"薛青澜听闻衡讲完,十分不能理解,纳闷道,"既然都肯把坟建在地宫上面了,郑廉当年为什么不与他见面?他们是有多大的仇,活着不能原谅,非得死了才能释怀?"

闻衡随口答道:"三十年的恩怨纠葛,不是一个恨或者不恨就能囊括的,大约是诸多情绪交织,还有许多不能说的话,所以才一辈子噤口不言。"

薛青澜懵懂地问:"什么是'不能说的话'?"

闻衡天性敏锐，又与顾垂芳接触得最多，所以比旁人看得更清楚，猜到的内情也更多，只是有些话不该说，只得一笑掩过，岔开话题："吃你的饭，打听得这么细做什么？"

薛青澜这顿饭吃得心不在焉，始终想着闻衡那没说完的故事。但他知道，闻衡闭口不言的事情，是断然磨不出个所以然的。

吃过饭，薛青澜忽然想起什么，抿嘴看向闻衡，问道："衡哥，你做了纯钧派长老，该不会又要住回越影山上去吧？"

闻衡不置可否，笑着反问道："怎么，怕见不到我？"

薛青澜一听他的这语气就知道自己多余担心，说道："我知道以你的为人，你断然做不出那种事。"

闻衡睨了他一眼，凉凉地说道："比起某些撒腿就跑连声招呼都不打的人，我的为人确实还行。"

薛青澜知道他是翻旧账，试图通过卖乖来蒙混过关："一月未见，衡哥真不愧是做了长老的人，越发有威仪了。"

他这么生捧，闻衡自然要真威严一次给他看看，肃容道："青澜，我问你一件事，你老实回答，不要瞒着我。"

薛青澜不疑有他，"嗯"了一声，道："什么事？"

闻衡道："薛慈给秦陵炼药、为他提升武功的事，你知道多少？"

落下的尾音宛如一记重锤，顷刻将对面的人砸成了一块僵硬铁板。薛青澜甚至连呼吸都凝滞了片刻，才艰难地找回自己的声音，低声问："你……为什么突然问起这个？"

闻衡把他的反应都看在眼里，虽然打定主意要得知真相，还是忍不住先给他顺毛："在我跟前你还怕什么？我又不是要骂你，你把玉泉峰上上下下都打过一遍那嚣张劲儿呢？"

薛青澜大概也是被他骤然提起往事吓了一跳，被安抚着渐渐放松下来,皱眉看着闻衡:"此事极为隐秘,自薛慈死后应当无人知晓,秦陵必然不会主动提起,你是怎么知道的?"

闻衡便将玉泉峰上与廖长星的交谈复述了一遍,薛青澜凝神听完,真心实意地叹道:"收徒弟收到两个人精,秦陵这是造了多大的孽?看来就算薛慈不死,秦陵那道貌岸然的东西也迟早要被他的亲徒弟连根拔起。"

闻衡失笑:"拍马屁也不会放过你,说着正事呢,你别东拉西扯。"

薛青澜浑水摸鱼不成,又实在不爱说这些闹心事,便恹恹道:"没什么可说的,无非是薛慈用了点儿邪门路子,练了些见鬼的丹药,拿来哄骗秦陵那看似精明实则愚蠢的倒霉蛋。我以前武功平平,打不过薛慈,看他做亏心事也只敢怒不敢言,后来遇见你,内功逐渐有了些起色……就杀了他,另投了垂星宗。"

他说得太过简略,可闻衡还是在其中听出了一点儿端倪,追问道:"薛慈做下的这些事,至少能追溯到十几年前,受他毒害的难道只有秦陵一个人吗?"

薛青澜摇了摇头,笃定道:"衡哥放心,他那药虽厉害,可也有许多不足,光药材一项就耗费极大,能供应一个秦陵已是极限,他再没害过其他人了。"

"我不是问这个,青澜。"闻衡忽然正色,皱眉沉声道,"我是在问你,你有没有被他害过?"

薛青澜蓦然一怔,低声道:"毕竟是我亲手了结了薛慈,我若说没有,你大概不会信我。"

闻衡沉声道:"说实话。"

"实话就是在秦陵这件事上,他虽害过我,但只是取了一点儿血,来给他那个邪药做药引子,实在不算什么深仇大恨。"薛青澜道,"你记得吗?咱们搬到别院那一晚,我颈上有两个小伤口,骗你说是虫子咬的,你还给了我一瓶贵得吓死人的伤药。"

他说起越影山的旧事,声音不自觉带上了两分笑意,很怀念似的道:"那时我正憎恨薛慈,又反抗不了他,每日里浑浑噩噩的,看谁都不顺眼,没想到竟然会遇见你。"

"遇到我又如何?"闻衡皱着眉头,"我没听你说过一个字,更没能将你从薛慈手中救出来,甚至不知道你那时——"

"嘘。"薛青澜直起身,止住了他的未竟之言,认真地说,"衡哥,你是这世上对我最好的人,没有人能说你不好,就算是你自己也不行。"

"我小时候就被薛慈带离了父母身边,恨他、杀他都是出于这个原因,与他和秦陵的勾当没有多少干系。"

闻衡忽然抬头看着他的眼睛,轻声道:"四年前,是我没有遵守约定去接你,所以你逼不得已只能自己动手,才逃离了宜苏山那片苦海。你身上的寒邪之气是怎么来的?这事究竟与薛慈有没有关系?"

薛青澜苦笑道:"天生的,我遇见他之前就是如此,要不是这种体质,薛慈何以在千万人之中单单选中我做徒弟?不过你放心,我一直在想法子寻医求药,说不定哪天就有转机了。再说现在有你,已经比先前好了很多了。"

闻衡似乎还是半信半疑,但没有追问不休,换了个话头:"顾太师叔临终前交代我,说可以带你去旷雪湖求医……"

"顾垂芳?"薛青澜奇道,"他怎么还惦记着我呢?这都过去多少年了?"

闻衡猜想或许是当年他们以师兄弟相称,令顾垂芳想起了自己和郑廉的情谊,所以顾垂芳才好心提点了一句。

"你这些年有没有去过旷雪湖?"

薛青澜平静地凝视着他,似乎是想强作笑颜,但末了还是没能绷住,轻叹一声,道:"衡哥,你大概不知道,薛慈正是旷雪湖无色谷神针薛家的唯一传人。早在三十年前，薛家就已经满门覆灭了。"

闻衡惊道："这又是怎么一回事？"

薛青澜思索片刻，道："我也是仅从薛慈那里听过只言片语，不曾详细了解内情，但要说旷雪湖的名医，只有无色谷神针薛家，错不了的。"

闻衡的神色霎时凝重起来。这些日子他一直在思索该如何说服薛青澜，带薛青澜去求医治病，却偏偏忘了顾垂芳是个在地底幽居了三十年的老人，江湖多变，顾垂芳的记忆中的人、物、事，如今恐怕早就变了模样，这条路根本是走不通的。

"好了。"薛青澜见闻衡脸色不好，说道，"别皱眉了。原来你今日怪吓人的，是因为心中惦记着这件事？我自己的身体，我心里有数，这么多年不都好好地过来了？以后再慢慢想办法调养医治，有的是时间。"

闻衡甚少见他如此笃定坚持，看他确实不像是说瞎话糊弄自己的样子，自己再不依不饶地寻根究底，只怕他就要逆反了，因此脸色稍缓，松开了眉头，道："罢了，我就当你知道轻重，不会跟自己的性命过不去。"

薛青澜一口答应道："自然。再说除了睡不好觉，这病平时也碍不着什么。"

闻衡耳中仍时而回荡着顾垂芳临终前那句"不是寿永之兆"，但不便说出来给薛青澜添堵，于是就着薛青澜先前的话，轻轻揭过了这一节："该怕的时候偏胆子大，不该怕的时候尿得比谁都快，我今日何曾有异样？你自己专会惹人生气，还要怪我态度吓人。"

薛青澜理直气壮地道："我不过心急了些……算了，还掰扯这些做什么？我困得很，你行行好，先让我睡一会儿吧。"

他扭过头去掩口打了个小哈欠，满脸逼真的倦意。不管他是真的还是装的，这祖宗的睡眠何其珍贵，眼下夜色已深，他又赶了一整天的路，自己确实不适合再抓着他问些令人不快的陈年旧事。

"我竟不知江湖上什么时候有了这种风气，吃饱喝足不算，还倒打一把，你们垂星宗的人都这么霸道吗？"闻衡起身推开了房门，薛青澜警觉道："干什么，你该不会还要把我赶出去吧？"

闻衡嘲笑道："可见你是做贼心虚，这屋里连张正经的床都没有，你要睡在哪里？那张小榻连腿都伸不开。"

薛青澜乖乖地跟在他身后，非常懂事地关上了门，和他一道穿过雨雾蒙蒙的回廊，在潇潇雨声中小声道："真是大少爷啊……"

闻衡："嘀嘀咕咕地说什么呢？"

薛青澜立刻改口道："说你人美心善，不愧是武林栋梁、正道楷模，纯钧派掌门应该让你来当。"

闻衡却不买账，随口道："纯钧派掌门有什么好当的？一天天有操不完的心，我操心你一个人还不够吗？"

夜风吹起了细小水珠，闻衡步履从容地转过回廊，在一片宁静的清凉环境之中，听到薛青澜轻声回答道："够了。"

闻衡无声地微笑起来。

好不容易来到闻衡近旁，薛青澜心中紧绷的那根弦忽地放松，久积的疲倦感立刻变本加厉地席卷而来，这一睡薛青澜就睡了近一整天，直到黄昏时，才从酣然梦中堪堪醒来。

他一睁眼，就看见夕阳余晖透过帐顶斜射进来，整间屋子静悄悄地不闻一语，安静得如同一颗时间凝固的巨大琥珀。

他深陷在暖和松软的被褥中，骨头缝里泛起淡淡的酸意，但并不是他这些年来熟悉的、被寒气侵入四肢百骸的僵冷感觉，而是胸口仿佛燃烧着一团流淌的火焰。

这一觉睡得实在很舒服，薛青澜裹着被子在宽敞的床榻上打了个滚，被推门进来的闻衡撞了个正着，被惊动的人闻声回头，恰好看见闻衡眼里的笑意。

薛青澜刚睡醒，嗓音沉沉的，连声调也懒洋洋的："你去哪儿了？"

闻衡对他这种一离开人就睡不着的体质已经见怪不怪了："刚出去催了催晚饭，一眼没看到，你就醒了。这回总算是睡好了？"

薛青澜哼哼唧唧道："岂止是好，简直是好过头了，我浑身的骨头都要睡软了。"

"一觉睡十个时辰，骨头软算是轻的，头晕不晕？"闻衡顺手拎过床边的外袍给他披上，"再不醒我就要往你的被窝里泼凉水了，这么睡下去人都要睡傻了。"

从京城到明州再到湛川城，路途何止千里，薛青澜昼夜奔波，跑死了一匹马，却没有说过一个"累"字。然而这位千里独行的壮士现下落在闻衡手里，就像一朵不能见风的娇贵名花，连从床边到门口这几步路都是蹭过去的。

待出了房门，薛青澜才终于想起"脸面"这回事，一拂衣摆，当风而立，又是一身拒人于千里之外的孤傲气势，把刚进院子的范扬唬得不敢大声，小心地上前见礼："薛公子好。"

薛青澜不露痕迹地瞟了一眼低头忍笑的闻衡，颔首淡淡地道："范先生好。"

闻衡向前一步，和蔼地道："范扬听说你回来了，特意要过来一起吃饭，想必是上次一起喝酒，领教了你的好酒量，所以这回还想与你一醉方休。"

话音未落，两个人齐齐震惊地瞪向他，满脸都是"你在说什么梦话"的表情。

闻衡恍若不觉，抱臂微笑道："怎么，我说得不对吗？"

范扬被他的目光扫到，陡然打了一个激灵，连忙扯出一个勉强的干笑，打圆场道："正是，当日金卮羽觞楼中有幸见识了薛公子的酒量，在下好生钦佩。"

薛青澜咬着后槽牙，忍辱负重地道："岂敢，范先生谬赞。"

闻衡满意地在两个人的肩上各自拍了拍，赞许道："一家人不说两家话，这样才好。今晚当是为青澜接风洗尘，酒逢知己千杯少，你们两个如此投契，正该多喝几杯。"

范扬："……"

趁着范扬神情恍惚地往前走时，薛青澜扯着闻衡落后一步，低声道："衡哥，我哪里得罪过范总镖头吗？"

闻衡转头看向他，讶然笑道："怎么这么问？"

薛青澜悄声道："你撺掇我们喝酒，不是想借机缓和我与他的关系吗？难道是范总镖头觉得我是魔宗出身，不该与你往来？"

闻衡望着他凝重的侧脸，一肚子坏水陡然软成了一团棉絮，默然良久，方轻声道："睡了这么久，竟然没睡糊涂。"

他屈指在薛青澜的额头上敲了敲："不过你就没想过另一种可能吗？万一我是故意捉弄你呢？"

薛青澜茫然地看着他："啊？"

极幽微曲折的人心算计薛青澜都能即时领悟，偏偏闻衡这一问，却叫他露出了犹如孩童般懵懂纯稚的眼神，显然他是打心底里把闻衡当成了最信任依赖的人，从未设想过闻衡会做出任何不利于他的事，甚至连玩笑一般的防备心思都没有。

"怕了你了，祖宗，都怪我搬起石头砸自己的脚。"闻衡将他的脸转向另一边，不让他再盯着自己，"就因为你这句话，我今晚少不得要陪你们两个同醉一场。"

因夏季天热，至晚暑气方消，晚饭就摆在庭院中的海棠树下。初升新月挂在檐角，深蓝天幕上碎星如河，光是凝目望去便令人感到清凉。院中挂着各种驱蚊虫的药囊，夜风送来淡淡的草药香，就着井水湃过的鲜果，连燥热的酒意也能尽数平复。

除了薛青澜被闻衡按着认真吃了不少东西，另外两个人都是慢慢饮酒，菜动得少。他们三个早已不是第一次同桌吃饭，彼此熟悉，又各自怀着不同的心思，都怕在对方面前跌份儿，因此这顿饭吃得异常和睦。

湛川城虽然不像金卮羽觞楼一样有那么多风雅的名酒，本地的十年陈酿"琼苏"也足够甘醇醉人。薛青澜饮了半壶便觉微醺，闻衡酒量却出人意料地好，一壶酒见底面不改色，双眼依旧清明。

范扬喝高了有点儿上头，一手持杯，一手拉着闻衡絮叨："我本不该越俎代庖，但公子身边只我一个王府旧人，有些话我不催促，恐怕就没人惦记了。公子如今练得一身绝世神功，又成了纯钧派的长老，苦日子总算熬到了头，该多想想终身大事，好让王爷、王妃心安。"

薛青澜面无表情地饮了一口酒，恍若未闻。闻衡含笑睨了薛青澜一眼，转过头对范扬道："你个没开窍的人倒是先操心上我了。咱们范总镖头也是个堂堂七尺、顶天立地的好男儿，也知冷知热会体贴人，怎么从不见有媒人上镖局来说亲？"

范扬生呛了一口酒，连忙摆手道："公子快别取笑我了。我这种粗人，干的又是打打杀杀的营生，哪个姑娘想不开给自己找罪受，非要嫁给我？还是打光棍方便些。"

闻衡道："你都已经做了几年的总镖头了，还张口就是吃苦受罪，难怪没人肯要你。就你这点儿道行，你也好意思来催我？你跟薛护法打听打听，当年在越影山上时，是不是几个栗子就把他拐来了，他一直死心塌地到如今？"

范扬猛地一阵咳："喀喀喀……"

薛青澜险些失手摔了杯子："衡哥！"

"别怕，你慌什么？"闻衡掉转视线，在他的手背上安抚地拍了拍。他的目光被醉意熏染，似乎比平时更加明亮，但仍不改温柔："你我是生死莫逆之交，世间何人能及君？自然无须讳言，更不必藏着掖着，正好亮出来给范扬看看，或许能启发一二，令他及早醒悟。"

范扬捂着眼睛，痛苦地道："我受教了，求公子快收了神通吧。"

闻衡哼笑一声，不自觉地带着邀功之意，对薛青澜道："你看。"

"嗯，我看到了。"

薛青澜又好笑又无奈，亏他以为闻衡是千杯不醉，闹了半天也上头得厉害，向来稳重如山的人喝高了居然会变成得意扬扬的幼稚鬼，不知道闻衡酒醒后记起这出会是什么表情。

薛青澜伸手拿开了闻衡面前的酒壶，道："好了，天不早了，回去歇息吧。"

闻衡"嗯"了一声，搭着薛青澜的手站起来，捏了捏鼻梁，正要叫范扬起身，动作忽然一滞，敏锐地从宁静的夜色中捕捉到一丝不同寻常的异动。

"有人来了。"

他整个人原地气势一变，酒意顷刻散尽，方才还蒙眬的眼霎时清明起来。闻衡顺手将薛青澜拨到身后，朝空旷高远的夜空朗声道："黉夜来访，不知是哪路英雄好汉？有什么见教？"

随着他的话音落下，十余名黑衣人霍然现身，沿着三面院墙攀缘而上，各执刀剑，朝中庭围拢过来。范扬摇摇晃晃地站起来，阔步上前，怒喝道："哪里来的毛贼，偷到你范爷爷头上，也不打听打听这是什么地界！"

薛青澜低声道："是什么人？"

闻衡动作很轻地摇头，低声答道："要交手才知道。"

三个人凝神戒备，手中既无兵刃，便只能以双拳迎战敌人，双方一时僵持。敌众我寡，这本来是十分危急的情形，然而许是酒壮胆气的缘故，当中三个人反倒毫无惧色，底气颇足。薛青澜环视周遭，冷冷道："既然都来了,又何必遮遮掩掩地不敢出来见人?"说着袍袖一拂,桌上一个薄胎白瓷酒盅"嗖"地裹着劲风直飞出去,击向正南方屋顶上的阴影,下一刻,月光照出一只枯瘦修长的手,酒盅被半空中的另一股气劲挡开,"啪"的一声脆响,在立柱上撞得粉碎。

那人被薛青澜逼得露出身形,却仍未开口,只在半空中做了个"杀"的手势,十余名黑衣人手中刀剑陡然齐出,一行人训练有素地分成了三路杀向中庭。

范扬大叫一声"来得好",提拳迎上,薛青澜与他背向而立,四支乌木包银箸如弩箭般激射而去,打头的黑衣人躲闪不及,当场被乌木箸钉穿右眼,发出一声不似人声的惨叫声。就在这短短一瞬间,薛青澜已欺身抢到近前,握着他的手腕掉转刀锋,干脆利落地将他抹了脖子。

两个人已与刺客激斗成一团,唯独闻衡还沉得住气,不紧不慢地回手从海棠树上折下一根长枝,上下甩了甩,道:"原来是内卫大驾光临,失敬。"

内卫虽然乔装打扮得与江湖刺客一般无二,但只要一动手,在闻衡眼中就失去了任何掩饰,不管用刀还是用剑,其武功路数都是一脉同源,出自大内密藏《天河宝卷》。只不过内卫也分上、中、下三等,末等的便是禁军杂卒之流,中等的堪为统帅,上等则是九大高手。眼前这些刺客大部分是中等,以范扬和薛青澜的身手,两个人收拾他们只是时间问题,最难办的反而是房顶上那个,看那不露脸的架势,那人很可能是九大高手之一。

闻衡握剑一般斜斜握着那根海棠树枝,忽然足尖一点,横纵三尺,直扑向刺客丛。他这一下身法奇快,可手里只拿了一根树枝,谁也没把这小孩过家家般的玩意儿放在心上,因此都提刀朝他的腰腹间刺去。闻衡借着冲势飞身出剑,犹如劈山分海,一根树枝使得心应手,迅捷无伦地劈、扫、刺、挑,同一瞬间六名挡路刺客或鼻血长流,或捂眼乱转,或喉间剧痛,或右手酸麻握不住兵刃……竟被闻衡扫得七零八落,别说还手,反倒像是主动给他让路。

闻衡自己杀了一条路出来,亦不稍停,径自蹿上房顶,停在那片阴影前,缓缓道:"经过前几次的事,我以为内卫已经长记性了,不会再轻易插手江湖事,没想到你们还是记吃不记打。"

他已经追到了这里,再躲下去也没有用处,那人自阴影中徐徐步出,却是一个又高又瘦的老者。老者身穿黑色织锦长袍,留着短短白髭,长着一只鹰钩鼻,一道狰狞长疤横贯鼻梁,险险擦过眼角。这面相已够凶恶了,更别说他的眉宇间还透着一股阴森郁气,叫人一见便觉得难以亲近。此刻他不出声地站在月光下,吓人的程度几可与骷髅剑主权兆媲美。

但此人明显比权兆更危险。他躲在这里观战,被叫破也不出手,并非不能打,只是觉得光凭手下就足够收拾闻衡他们,完全用不着他亲自动手。

"你就是岳持?"

他的话音轻而慢,像是漫不经心,但每个字眼落在耳朵中,又仿佛沾手即化的冰雪,有种透骨的阴寒意味。

"正是。"闻衡客客气气地道,"还未请教阁下高姓大名。"

老者冰冷阴鸷的视线在闻衡俊美的轮廓上停留了片刻,然后他忽而嘲弄地冷笑道:"我道是谁,斩草不除根,果然后患无穷。"

闻衡光是一想这话中浓重的暗示意味,心就重重一跳。电光石火之间,他脑海中忽然浮现出一个匪夷所思的可能性,后背霎时透出一片涔涔冷汗来。

"阁下既然是来找我的麻烦的,为何两手空空,不带兵刃?"

他目光扫过那人负在背后的手,突然像个不知险恶的愣头青一般发问:"是太相信你的手下,还是自负武功高强,觉得不用兵器也可以打败我?"

说来也奇怪，他前面说了好几句话，都没人搭茬，唯独他问出这个问题之后，那老者傲然答道："剑意在胸中，天下何物不可为兵刃？"

"原来如此。"闻衡忽然极轻地笑了笑，迎着老者的目光，一字一顿地道，"久仰阁下大名，我已恭候多时了——冯、抱、一。"

冯抱一骤然被他叫破了身份，似乎微觉讶异，但既已亲至，便是早知道闻衡此人不可小视，身份暴露也在意料之内，于是点了点头，道："不错，是我。你又是如何得知的？"

闻衡道："以天下为棋盘，视万物为棋子，筹谋布局，操纵人心，意图颠覆中原武林，还要兴师动众地找我的麻烦，除了内卫之首，世上恐怕再难找出第二个人了。"

"颠覆武林？"冯抱一摇了摇头，笃定道，"这些人是肉上生疮，朝廷如今的作为是刮骨疗毒，壮士断腕。唯有铲除中原武林这个毒瘤，江山社稷才能稳固。"

闻衡道："中原武林存续何止千百年，其中关涉多少人？仅凭阁下一句轻轻巧巧的'刮骨疗毒'，就要将这些人的身家性命都弃之不顾，未免太过荒谬。"

"庆王闻克桢与万籁门柳氏所出长子，七年前从保安寺出逃，拜入纯钧派玉泉峰长老秦陵门下，化名岳持。"冯抱一忽然道，"堂堂王府世子，跟江湖草莽打成一片。闻衡，你莫不是忘了自己姓什么，真当自己和他们是一样的人了？"

闻衡像是听见了一个天大的笑话，失笑道："怎么，阁下原来竟不是要斩草除根，而是来劝我改邪归正的？

"在说这话之前，你怎么不先想想，我变成江湖草莽是拜谁所赐？逆党余孽尚且不够，还要再给我冠一个'乱党贼寇'的罪名吗？"

冯抱一看着闻衡深沉的眼眸，仿佛透过他看到了数十年前的另一个英武青年。父子血缘真是一件奇妙的事，分明是两个不同的人，可那种掩藏在温文眼神之下的桀骜难驯的气质如出一辙。

"当年庆王世子的病弱名声传遍京城,事发后又有许多人在其中阻挠,我小看了你,没能及早结果了你,反而叫你逃之夭夭,如今想来,真是一桩败笔。"他倏地转开眼神,在夜风里长长地叹了一声,"癣疥之疾,竟酿成心腹大患。"

尖啸风声陡然大作,闻衡的身体本能先于意识做出反应,他飞快地朝左避开。冯抱一出手如电,劲风旋至,擦着闻衡的脸颊扑过去。这一下要是中了,闻衡非登时被他击得头骨碎裂不可。

"昔时之因,今日之果,"闻衡反应更快,闪电般腾身翻掌凌空劈去,眨眼间贴到了冯抱一近前,"七年前我父王不明不白地死在宫中,庆王府一夜之间满门覆灭,阁下倒是很会恶人先告状。我还想请教你,究竟是什么心腹大患,竟令你们怕得连脸面都不顾,只敢暗地里向功臣勋贵痛下杀手?!"

冯抱一一掌"呼"地直击闻衡的胸口,脸不变色,冷冷地道:"闻克桢犯的是谋叛大罪,死有余辜!"

"好一个'谋叛'!"闻衡向后退了一步,左掌变拳,"咣"地击中冯抱一竖起的右臂,返身又是一脚飞起,"若我父王果真犯下了大逆不道的罪行,七年来为什么不曾将罪行昭告天下?为什么连审都不审,就急匆匆地要杀人灭口?此案究竟是'谋叛'还是'莫须有',阁下自己心中清楚,又何必揣着明白装糊涂?"

冯抱一变拳为爪,抓向闻衡的肩头,语气森然道:"你既然这么想知道,那就到地下去问问你的爹娘吧!"

两个人各不相让,正如热水倒进了热油锅中,一触即炸,拳影掌风齐出,尘灰碎瓦乱飞,两条身影在月光下缠斗得难解难分,一时之间耳边唯闻呼啸风声,气浪奔涌,盖过了底下兵刃相接的声音。

此人不愧为大内高手之首,其武功之高,远非韩南甫等人可比,甚至连顾垂芳都要让他三分。而闻衡初出茅庐，虽然声名不显，实力却足以跻身中原武林前列，自司幽山初战至今，几无败绩，甚至前两次与九大人交手，都自觉尚有余裕。然而闻衡这一次对上冯抱一，一是仓促之下毫无准备，二则是心绪激荡难以自抑，再来临阵经验不足，竟处处被动受制，冯抱一的威压犹如在他身体周围筑起了铜墙铁壁，无论他怎样冲击试探，都难以找到一丝可供突破的缝隙。

一般说来，双方对阵时，尤其对面还是个深不可测的大高手，畏战恐惧之心人皆有之，纵然不十分明显，但动手时往往会下意识地躲避得多一些，先保证自己能全身而退，再想反击的事。然而闻衡处于这样的窘境之中，却像毫无恐惧之心一样，五六十招里招招竭力进攻，几乎是逆势而上，不要命地追着冯抱一打。

早年间以弱打强的经验十分丰富，闻衡深知快攻破敌远比严防死守来得简便。冯抱一的武学造诣显然胜过他一截，今夜两个人交手又来得如此突然，闻衡唯有先声夺人，在气势上强硬地压倒对方，才能令对手有所忌惮，选择保守地谨慎周旋，从而为自己争取一分胜算。

冯抱一目无下尘，在他眼中，闻衡再厉害也不过是个毛头小子，前面的几次试探他已大致摸清了闻衡的实力，见闻衡招式愈急，嗤笑道："不自量力！"

两个人相去数尺，他倏然发招，一股巨力顿如排山倒海，迎面直扑过来。闻衡躲闪不及，避无可避，只得抬手硬与他对了一掌。

这一下便似单手抵住一块从山上滚落的巨石，闻衡自右臂至肩颈霎时青筋暴突，骨节发出不堪重负的"吱嘎"声。他死死咬着牙，双颊肌肉紧绷如铁石，额角豆大的冷汗沿着鬓发不断滑落，却朝冯抱一露出犹带血气的笑容："话不要说得太满——"

这笑容莫名其妙地有些刺眼，冯抱一看出了他已支撑到极限，只需再施两分力，就可将闻衡的右臂当场折断。然而前一次不见面的交锋当中，闻衡单凭一己之力破局，还重伤了一名大内高手，到底给冯抱一留下了不小的阴影。这小子心机深沉，武功又高，绝不是什么省油的灯，冯抱一虽然可以稳占上风，却仍然心怀警惕，不敢完全如面上表现出来的那么轻视闻衡。

闻衡此言既出，冯抱一立时警觉，心道果然如此。这一霎他心神不再专注，掌力也随之一滞。闻衡等的就是他这稍纵即逝的迟疑时刻，左手握着不知何时捡回来的海棠树枝，正手上撩，一招"雪重折竹"迅捷无伦地破风而去，正中冯抱一的右眼。

纵然那只是一根树枝，可真气灌注其上，远比剑更锋利。刹那间血花四溅，冯抱一半面披血，惊极怒极痛极之下掌力尽吐，"砰"地将闻衡横推出一丈多远，断喝道："你从哪里学来了这一招？！"

闻衡被他一掌打得右肩关节错位，手臂软软地垂落下来，这痛楚并不比冯抱一轻到哪里去，可他脸上笑意丝毫不减，仿佛挑衅一般轻声道："看来阁下记性不差，你还没忘脸上那道伤是怎么来的。"

托便宜师父宿游风的福，闻衡以前在山谷中与他过招时，总是抱着"攻其薄弱"的意识，专朝他的右侧断臂处下手，却总被宿游风用同一招反手打回来。久而久之，闻衡吃够了教训，便在他原先的掌法的基础上加以改动完善，创造了一式左手剑法，专门用来在右手不便时回击对手，这就是"雪重折竹"。

当年宿游风千里追杀冯抱一，两个人决斗之时，宿游风被冯抱一废了一臂，冯抱一被宿游风伤了左眼，最终落得个两败俱伤的结局。宿游风对这一战印象很深，常拿来跟闻衡念叨，师徒两个模拟如何拆招，然而练来练去，却发现这招几乎无解——除非拼着舍去一臂，以"雪重折竹"回击。

冯抱一千算万算，万万没想到最后竟会栽在一个名不见经传的小崽子手中。闻衡好像是上天专门派来克他的,正如上次意外折戟一般,这次失手也是莫名其妙,他明明全盘压制了闻衡,可还是被那小子抓住了极细微的疏漏之处,一举翻盘。

"宿游风……"他声音嘶哑,语气有几分咬牙切齿的味道,"你竟认得他……"

闻衡朝他欠了欠身,坦然地直视着他,平静道:"家师托我向阁下问好,许久不见,甚为思念。"

冯抱一身居内卫之首,位高权重自不必说,甚至足以左右帝王圣命,若说世上还有什么让他畏惧的人、忌惮的事,闻衡也只能想到他出身的昆仑步虚宫,还有曾追缉他以至两败俱伤的宿游风。

鲜血从指缝间不断涌出,不知是疼的还是真被闻衡猜中了,冯抱一的手指正不自觉地微微颤抖,仅剩的一只眼掩藏在阴影下,目光阴寒得像是结了冰。他恨不得当场扼断闻衡的喉咙,又被闻衡方才的几句话震慑住心神,一时间别无动作,竟与闻衡僵持住了。

正在此刻,背后风声凛冽,一柄长刀自他的头顶阴影中倏然斩落,斜擦着他的衣角急速掠过,寒光如练,仿佛一刀劈开了夜色,却是薛青澜到了。

这一刀虽然从后方袭来,却并不算隐蔽,冯抱一轻易就能察觉闪避,出手的人也没打算一击即中,然而其中浓重的警示威胁意味令人无法忽视。

冯抱一站在屋脊上向下看去,庭院中横七竖八地躺了一地人,全是他带来刺杀的内卫。而方才的打斗声早已惊动隔壁鹿鸣镖局的人,隔壁宅院的角门被打开,已经有好几个镖师正提着灯闻风赶来。

刀锋被月光勾成一条细长直线,薛青澜挥刀指向冯抱一,刀尖稳稳地对准了他的鼻尖。他不像闻衡那么端得住,打斗了这么久,眼底早已杀意毕现,冷冷道:"带着你的人,滚出去。"

冯抱一单只眼看向他,目光又移向闻衡,心内飞快地盘算着。闻衡武功绝佳,只是缺乏临阵经验,自己要压制他容易,强杀他却很难。而且有薛青澜和范扬这些帮手在,自己要是消耗得太多,杀了闻衡恐怕也很难全身而退,更别说还有个躲在暗处的宿游风虎视眈眈。这一伙人都邪性得很,看似薄弱,实则每一个都是难啃的骨头,自己与其硬碰硬,不如暂且抽身,再想个更周全的办法徐徐图之。

他脑中念头急转如电,顷刻间就有了决断,大袖一拂,对闻衡道:"代我向尊师问好,来日必定有再见之时。"说罢双足轻点,飞身而下,竟不再管手下人死活,径自飘然离去。

闻衡面朝夜空朗声道:"好走不送,敝师徒自当恭候阁下大驾。"

"当啷"一声,薛青澜扔了刀两步扑到闻衡面前,仿佛瞬间脱去了一层冰铸的壳子,喜怒哀乐全都鲜活起来,捧着闻衡的手臂惊怒道:"你跟他废什么话?!伤得如何?痛不痛?"

看表情薛青澜才像是受伤的那一个,闻衡忍不住抬手捏了捏他的后颈,安慰道:"没事,痛得不厉害。"

"手都断了!"薛青澜皱着眉头道,"略忍着些,我替你正一正骨头。"

闻衡都没来得及答话,薛青澜已单手按住闻衡的右肩,猝然发力,"咔拉"一声徒手将错位的关节掰回了原位。

"嗯!"

这一下复位剧痛无比,饶是闻衡忍耐力极强,额上也霎时密布了一层细碎冷汗,唇边溢出难以自抑的闷哼声。

薛青澜立刻搀住他,道:"我带你下去。"

闻衡半边身体重量都压在他的肩上,嗓音因疼痛而略显虚弱,左手却仍旧沉稳有力,摁住了他急匆匆的步伐:"不忙,且等一等。"

他扬声朝院中的范扬吩咐道:"要走的便放他们走,叫他们把同伴一起带走,别丢在院中给我添麻烦。"

范扬酒意早醒了大半,心中明白今夜这一战十分紧要,或许对闻衡的影响也极大,因此分外谨慎。内卫训练有素,见范扬没有要斩尽杀绝的意思,立刻背负起死伤的同伴翻墙离去。他们前脚消失在深巷之中,镖师们后脚即刻赶到,见庭院青砖洒血,桌椅倾倒,一片狂风过境后的惨状,纷纷大吃一惊,问范扬道:"总镖头,这是出了什么事?"

闻衡后退半步,在屋脊上坐下,低声道:"与其下去听他们吵闹,不如在这里清清净净地坐一会儿。"

薛青澜还在担心他的手臂的伤势,却也明显察觉到他此刻心情不好,需要暂时远离人群,安静地放纵情绪,甚至消沉片刻。

薛青澜没有听到闻衡与冯抱一的交谈内容,但这个人的出现,无论是有意还是无意,都势必会令闻衡重新坠入过往的噩梦中,而自己能做的唯有向深渊伸出一只手,等待着闻衡挣脱黑暗,或者自己跳下去陪他。

"好。"薛青澜挨着闻衡坐下,将他皱起的衣摆展平,轻声道,"那等他们都走了,我们再回去。"

闻衡笑了一下,面上还是冷的,可月色下的目光如水,温柔地自他脸上掠过:"别担心。"

薛青澜握着他的手臂,小心地挽起衣袖,一边查看他的伤势,一边道:"衡哥,你总是说没事,不叫旁人替你担心,但你究竟有没有事、伤得重不重,长了眼睛的人都能看出来,又岂会因为你的一句话就真的不担心了?"

闻衡很少被他这样认真地反驳,乍闻此言,不由得愣了愣,随即被薛青澜按到痛处,"嗞"地倒抽了一口凉气。

"你看,"薛青澜低头往他红肿的伤处吹了一口气,"其实你还是疼的,对不对?"

闻衡本来是疼得打了一个激灵,可被他这么一吹,手臂上反而泛起酥酥的痒，霎时从脊椎骨麻到后脑勺，五指无意识地蓦然收紧，攥住了薛青澜的手腕。

薛青澜奇怪地抬眼问道："怎么了？"

闻衡艰难地道："吹气……似乎是骗孩子的，没什么用。"

不知道是不是今夜喝了点儿酒的缘故，薛青澜比平时格外敏锐，看了闻衡片刻，忽然笑了起来："衡哥，你是不是怕痒？"

闻衡道："嗯，你不许吹了。"

薛青澜意味深长地"哦"了一声，笑得分外揶揄，也不知道在得意什么，道："好吧，看在你受伤的分上，暂且饶过你这一回。"

闻衡用完好的左手在他的脸上报复性地捏了捏："我看你是要上房揭瓦，我是不是还得多谢薛护法高抬贵手？"

薛青澜笑着躲闪告饶道："一言不合就动手，这都是什么无赖行径？你大可不必谢我，倒是我该请你高抬贵手才是。"

闻衡原本因冯抱一而心中郁郁，激愤感伤情绪充塞胸臆，恨不得起身直追过去把冯抱一毒打一顿，好好问清楚那些困扰了他许多年的问题。可他从小到大都是走一步看三步的性格，在冲动出手之前，理智已经明白地知道今夜两方俱退才是最好的结局——他不可能在毫无准备的情况下胜过冯抱一。

明明真相就近在眼前，他却要选择一条相反的道路，当年那种深刻的无能为力感觉如同不肯消散的阴霾，再一次严密地笼上心头。某个瞬间闻衡甚至产生了七年来他仍在原地踏步的错觉，所幸这一次是薛青澜执刀挡在了他面前，就像是当年跟在他身边的阿雀，因缘轮回犹如宿命，那道身影只要还在，于他而言就是一种奇妙的慰藉。

带笑的尾音落进风里，突如其来的沉默气氛从他们所坐之处无边无垠地铺展开来。

良久，闻衡才开腔道："再等一等。"

薛青澜:"等什么?"

闻衡抬头望向银河璀璨的夜空,月上中天,却逐渐被北方飘来的乌云遮蔽。仿佛有什么自他的眼中深深地沉了下去。

他慢慢地吐出一口长气,在薛青澜的头发上捋了一把,道:"等着看看冯抱一还有什么后手。"

第七章
悬赏

"公子！"

范扬急匆匆地冲进书房，甫一进门，便见闻衡背对着门口坐在椅子上，衣衫半褪，露出结实白皙的肩背，薛青澜手中捧着布巾，正在低头替闻衡擦拭伤处残余的药膏。

范扬立刻回身掩上门："哎哟，属下冒失了，公子恕罪。"

薛青澜将用过的布巾丢进铜盆里，取过书案上的一个小白瓷罐，挖出里面的淡红药膏，仔细地在闻衡的肩头涂开。待重新包扎后，闻衡稍稍扯起领口，不慌不忙地问道："什么事这么着急？"

范扬愁眉苦脸地道："这回真出大事了！"

"哦？说来听听，"闻衡说道，"什么大事能把我们范总镖头吓成这样？"

范扬深吸一口气，千言万语堵在喉头不知从何说起，最终挤出的却只有短短一句话："公子的身份暴露了。"

这句话的威力不亚于滚滚惊雷从天而降,薛青澜和闻衡同时扭头,齐声问道:"怎么回事?"

范扬道:"半月前出去走镖的兄弟今早刚到,说最近江湖上都在疯传纯钧派新任临秋峰长老、曾在论剑大会上大出风头的'岳持'其实是庆王殿下唯一的骨肉,说您年少时体质荏弱,根本无法练武,不知修习了什么邪路功法,才一夜之间武功突飞猛进。"他咬牙继续道,"还有咱们一个月前进宫盗剑的事,也被人抖搂出来了,传言里说公子盗走了大内珍藏的宝剑和武功秘籍,还说你救了各派弟子是邀买名声,其实用心险恶,打算利用这些人对抗朝廷,为自己复仇。"

薛青澜当场摔了手中的布巾,大怒道:"必定是冯抱一那老狗在背后捣鬼,一盆脏水凭空泼过来,这是恶心谁呢?"

闻衡整理好衣服,一边系衣带一边道:"他的用意绝不只是败坏我的名声,这招借刀杀人用得好。没听说过'匹夫无罪怀璧其罪'吗?不管秘籍和宝剑是不是存在,只要听起来像是真的,不必他亲自动手,自然有人替他拔除我这颗眼中钉。"

范扬急道:"可是刑城那一次,多少人目睹始末,难道他们会轻信谣言,将公子的恩情全然抛在脑后吗?"

闻衡道:"这也难说,亲历过刑城那场恶战的人毕竟只是少数,旁人怎么猜度,不是他们一两句话就能解释清楚的。更何况别忘了我在京城说过的话,咱们从刑城救出的人未必全都是一条心,只要有人从中似是而非地挑拨几句,十分假也要变成八分真。才过去几天,冯抱一就已经将风扇得这么大,说明他的计划远不止于此,这才刚刚开始,真正的手段还在后面。"

范扬忧心忡忡地道:"那怎么办?照公子的意思,这污名岂不是洗也洗不清了?我们总得想个法子解释。"

闻衡还没说话,薛青澜先道:"何必跟那些人多费口舌?先把姓冯的老狗宰了，没了这个祸头子上蹿下跳，我就不信别人还能掀起什么浪来。"

范扬这些年打打杀杀得多了，对薛青澜这种少废话多动手的观念十分认同，附和道："就是，那老东西是咱们王府的仇人，如今又挑衅到公子眼前，正好新仇旧账一起算，送他去地下向王爷和王妃谢罪。"

闻衡蓦然失笑，拍了拍薛青澜的手背，耐心地道："不要小看冯抱一，此人心计深沉，武功绝高，上回是取巧才侥幸逼退他，真要面对面交锋，我不是他的对手。而且他深居大内，宫中高手如云，就算是我带着帮手去，恐怕也无法全身而退。这么一来，不就等于自己坐实了叛臣贼子的名头吗？"

方才有一瞬间，薛青澜是真动了杀心。不过闻衡既然这么说，他便熄了念头，但还是很生气，气得两腮微鼓，像个不高兴的猫。闻衡看得好笑，转头对范扬道："我原本的身份也没有什么见不得人的地方，我总不能隐姓埋名一辈子，被戳穿是迟早的事，这事没什么大不了的，就算江湖上议论纷纷，大家也不能单凭这一点就将我打成大凶大恶之徒。另外叫人放出风去，说我取回的是四年前纯钩派被盗的那把'镇派之宝'，至于其他事，一个字都不要多说。"

范扬道："可是这跟没澄清也没什么两样嘛。"

"冯抱一既然急着出手，就代表他一定有不得不这么做的理由，我们要将他连根拔起，这个理由必然是他的死穴。"闻衡道，"浑水摸鱼，只有等他把水彻底搅浑，我才知道他要捉的是哪一条大鱼。"

薛青澜一把抓住他的手，不赞同道："衡哥，你这是舍了自己去套狼，太危险了，万一他憋着坏要对你不利怎么办？"

"我挡了他的路，他必定要对我不利，"闻衡沉声道，"血海深仇，不死不休，七年前无数人为我铺路，才让我侥幸逃过一次，这一次我决不会再逃了。"

范扬长长地叹道:"公子——"

闻衡道:"按我说的做,叫镖局的弟兄最近多留意附近的生人,警醒一些,若我所料不错,最近或许会有不速之客上门。"

范扬领命离去,待他走后,薛青澜半坐在闻衡对面的书案边沿上,也不说话,眼神虽然还落在闻衡身上,却明显是在走神。过了好半响,他才收拢游离的思绪,慢慢地对闻衡道:"衡哥,你要与冯抱一不死不休,其实不全是为了报仇,对不对?"

闻衡温声道:"为什么这么问?"

"你在司幽山替纯钧派出战,在刑城救下了百十来名年轻弟子,又应顾垂芳所求,替他照应纯钧派,这些都跟报仇没什么关系,反而让你背上了重重负累。"他翻开闻衡的手心,盯着其上的剑茧疤痕,慢慢地道,"想杀冯抱一有的是办法,可你选了最难的一种,其实是想借这个机会摸清楚朝廷究竟打算如何对付各大门派,想要从冯抱一手下保住中原武林,是不是?"

"你太高看我了,"闻衡嘴上虽然这么说,眼底、唇畔却泛起无边笑意,像是欣慰,又有些更温柔的意味,"单凭一己之力拯救中原武林,何其狂妄,连外头酒楼里说书的人都不敢编这种故事。"

"可是你上次好像已经做成了,"薛青澜的眼神落在他的右肩伤处,"闻少侠,那些人和你非亲非故,素不相识,甚至可能偏听谣言,视你为奸恶小人,他们值得你为之赔上性命吗?"

闻衡抬手在他的脑袋上拍了拍,低声答道:"倘若纯钧派没有收留我,倘若中原武林不曾令我容身,就没有今日之我,我更无从遇见你。

"所以,青澜,事在人为。我不敢妄言自己能逆天改命,但必会竭尽所能,守住这片立足之地。"

他去国离家,隐姓埋名,怀揣着仇恨走过了几千个日夜,未曾有一日停下步伐。可江湖对他来说并不是用尽一生也要走出的泥淖,王孙公子的翩翩风仪之下，原来早已被斑驳血泪与千里风霜淬炼出了一身侠骨。

薛青澜刹那动容，喉间微哽地"嗯"了一声。闻衡侧过头，注视着他，在心底里无声地补完了后半句没说出的话——

若有来日可期，还待与你仗剑江湖，浪迹天涯，消磨此生岁月。

江湖上从来不缺少传闻逸事，但今年似乎别有不同，从司幽山论剑大会少年剑客横空出世，到纯钧派新任临秋峰长老原来是庆王遗孤，可谓一波未平一波又起，而旋涡的中心，正是那位年纪轻轻，经历却已堪称传奇的闻衡公子。

闻衡算是半隐居在湛川城里，不怎么出门，多以书信传递消息，范扬安排在外面的人手倒是每天都能听到不重样的新谣言。短短四五天，闻衡过往二十几年的人生经历已经被编派得天花乱坠，关于他如何从庆王一案中幸免出逃、如何被秦陵看中收入门下、如何在纯钧派默默无闻这么多年又突然一鸣惊人……凡是过往秘辛，都被人一一挖掘了出来品评讨论，成了无数人茶余酒后的谈资。

而围绕着他的众多谜团中，最令人好奇的就是一个素有"体虚多病"之名的王孙公子，究竟是得到了什么机缘，才能在短短数年之中武功突飞猛进，一跃成为横扫中原武林的绝世高手？

有人说他既然当了纯钧派临秋峰长老，必定是传承了顾垂芳的衣钵；可也有人反驳说顾垂芳当年虽然也是奇才，但闻衡在论剑大会上使出的剑法自成一派，已经完全不是纯钧派的武功路数；更有人将各种小道消息和陈年旧事结合起来，推断出闻衡天生根骨不佳，根本无法习武，必然是得到了能够洗经伐髓的武功秘籍，方能有今日之功成。而他从宫中盗出的是纯钧派丢失的宝剑，这一点已在纯钧派那里得到了印证，而那本在传闻中模糊不清的武功秘籍，想必就是令他脱胎换骨的关键所在。

闻衡听到这个说法，心里当时就浮现出"果然如此"这四个字来。这下所有风向都倒向了那本"并不存在的秘籍"，猜想越来越多，越来越具体，再加上有心人刻意引导，最终露出了它的真正面目。

传说庆王夫妇数年前在北境得到一本业已失传的秘籍，由此惨遭横祸，闻衡带着这本秘籍自京中出逃，多年来潜心钻研，终于参悟透了其中奥妙，自此脱胎换骨，洗经伐髓，练就了一身不世神功。

而这部秘籍，刚好就叫作《北斗神功》。

"公子，"范扬站在书房外，举手敲了敲门，道，"纯钧派来信。"

闻衡正与薛青澜说起这件事，听范扬通报，一边起身开门，一边对薛青澜笑道："必定是那边的人急了，所以紧赶着发信来问，赌不赌？"

"不赌。"薛青澜无奈道，"衡哥，你算无遗策，就不要欺负人了。"

闻衡接了信，展开草草看过一遍，放下纸道："掌门让我即刻回山一趟，这就要走。你自己好好吃饭，不必等我。那边应当没有十分要紧的事，晚上我尽量赶回来。"

薛青澜起身跟在他后头，就这么几步路，也要坚持将他送到门口，听了这话反而劝闻衡道："天黑后山路难走，你别忙着往回跑了，大不了就在山上歇一晚，等明日天亮了再回不迟。"

闻衡随手摘了剑，带着微微的笑意睨了他一眼，打趣的话语就在嘴边。薛青澜适时将他推出了门，说道："快去吧，一路平安。"

薛青澜掩上院门，转身回房，感觉闻衡的背影才刚消失在视线之中，自己心里某处就被挖空了一块，不由得叹了一口气。

时近夏暮，院里的芍药和绣球都渐渐有了凋零迹象，绿叶丛中多是挂在枝头的枯萎花瓣，只有墙角、廊边等阴凉地方还有一两朵含苞待放的小花。他在这座院子里住了两旬，每天都要在庭中来回走过好几遭，却直到今日才有空注意到这些角落的景色。闻衡一离开，整座院子陡然显得空旷起来，院墙外传来别人家的欢声笑语，恍惚之中，薛青澜甚至想拔足追出去。

可是自己又能像小孩子一般依赖闻衡多久呢？

闻衡在时，他从来没有余暇细想这些问题，而眼下满庭绿荫，寂寂无人，唯余风吹叶动，婆娑作响，薛青澜就站在台阶上，盯着墙角的花怔怔地出了一会儿神。不知过了多久，背后的门板上传来"咚咚"的敲门声，才打断了他的思绪。

一个陌生的男人声音在外面道："薛公子，有客人要见您。"

薛青澜在闻衡这里住久了，被这声音打断神思，也没有多想，下意识地过去将大门打开，随口问道："谁？"

"是我。"

婉转如莺啼的声音响起，在看清来人的同时，薛青澜的脸色完全沉了下来，他仿佛原地变了个人一样，眼神锋锐如冷剑出鞘，毫不客气地钉在对面人的脸上："你来干什么？"

茜红轻纱在夏风里飘飘欲飞，此情此景确实很称她的名字，陆红衣恢复了本音，很不见外地戏谑道："我来瞧瞧究竟是何方神圣，竟把我们冷心冷情的薛护法绊在这种地方——十天半月没有音信，不知道的人还以为你死在外头了呢。"

薛青澜冷然道："我奉宗主命令行事，不劳陆护法挂心。"

"好说，"陆红衣笑道，"巧了，我这里正有一道宗主手令，薛护法不妨看看。"

他们两个人一向不对付，每次说话总是夹枪带棒、阴阳怪气。薛青澜一听陆红衣这笑吟吟的语气就知道准没好事。陆红衣从袖中摸出一个碧绿的信筒，朝他抛了过去："喏。"

薛青澜接过信筒，就见接缝处封着垂星宗秘制的火蜡，上面还有宗主方无咎的印章痕迹，绝无作假，也没被人拆开过。他小心地用匕首刮去表层的火蜡，从顶部旋开信筒，抽出其中嵌着的一个小纸卷。

那封信是方无咎亲笔书写，笔墨并不如何出色，内容也只有寥寥几行，薛青澜却捏着它看了很久，像是恨不得在上头盯出一个洞。这样的沉默样子在他身上算是异常，可是他的表情又异常平静，或者可以说他将自己真正的神情掩藏得非常彻底，没有在陆红衣面前露出一丝异样，让她想从薛青澜的反应里猜出端倪的算盘完全落了空。

陆红衣没等到他勃然变色，就知道他是故意提防她，冷哼了一声，不快道："真扫兴！"

薛青澜将字条丢进院中的石桌上的半杯残茶中，注视着白纸黑字飞快地在水中消融，忽然一把抄起茶杯往后泼去。悄无声息地摸到他身后的陆红衣顿时吃了一惊，飞速向后跃去，轻盈地落到小院门外，气急败坏地道："你这人有毛病！"

薛青澜不紧不慢地将茶杯摆回桌上原来的位置，头也不回地平静说道："我没有请你进来。"

陆红衣碰了颗硬钉子，看他越发觉得讨厌，根本一句话都不想与他多说，愤然冷笑道："你也不必在这里惺惺作态，我虽不知宗主给你下了什么命令，却知道最近江湖上人人都在觊觎那位闻衡公子手中的秘籍，你与他关系匪浅，不知道肯不肯为了他违拗宗主的意思？等到他被万人攻讦、全江湖追杀，看你还能得意到几时！"

她一口气撂完狠话，可能是怕薛青澜追上来打她，双足点地，纵身跃上围墙，眨眼间便已飘出数丈，走得不见踪影。

薛青澜不必盯着看，也能感觉到她的气息远去，待周围重新恢复平静，他藏在衣袖里的拳头才重重擂上石桌。皮肉与坚硬的石面相撞，钝痛感沿着指节一直爬上手臂，他忽然想起来，闻衡前段时间与冯抱一交手时落下的手伤还没有好全，闻衡左手虽也能用剑，可若真遇上劲敌，必然应付不过来，使出招式的威力要大打折扣。

外面有那么多人虎视眈眈地盯着闻衡，要是真像陆红衣暗示的那样，闻衡现在独自出门就是羊入虎口——他平日里住在鹿鸣镖局隔壁，稍有个风吹草动立刻就有一大群帮手赶到，可如果有人在他去纯钧派的路上埋伏，闻衡前往师门总不会随身带着一群护卫，狮虎也怕豺狗，万一闻衡被群起而攻之，就会落入极为危险的境地。

薛青澜甚至想得再可怕了一点儿，先前闻衡接到的那封信真的是从纯钧派发来的吗？连陆红衣都有办法假作男声骗他开门，焉知不是有人刻意伪造了一封假书信，故意诱骗闻衡上钩，将其引到安全的地方之外，要夺走传说中的《北斗神功》？

薛青澜脸色急变，冲进书房将墙壁上悬挂的剑一把扯下，飞身跃上墙头，疾奔而去。恰好范扬从门外走进来，正打算问他晚饭能不能过去鹿鸣镖局那边吃，一抬头只觉眼前一花，薛青澜已不见了踪影。

范扬愣了一下，不明所以地嘀咕道："走得这么急？难道是公子忘了拿什么东西？"

他向前一步，踩到了地上的水迹，也没有留意，十分心宽地在院子里转了一圈，把门窗该关的关，该敞的敞，最后细心地将院门掩好，优哉游哉地回鹿鸣镖局吃饭去了。

另一边，越影山下，薛青澜策马疾奔而来，在山脚石阶前勒住缰绳，胯下骏马长嘶一声，难耐地甩了甩头。此时天色将暮，可暑气仍然未消，马颈上的鬃毛被汗水打湿成一绺一绺的，连薛青澜这种冰块一般的体质的人都汗湿重衣，五指因握剑蜷缩得太久，已经被硌得失去了知觉。

途中始终没见到闻衡的人影，薛青澜心中越发忐忑，下马落地时险些踩空崴脚。他一边安慰自己路上没有打斗痕迹，以闻衡的身手，就算闻衡真的遭遇埋伏，也必定要有一番苦战，不可能轻易就被人掳去；一边又忍不住自己吓自己，设想了无数匪夷所思的手段，就怕闻衡万一落进别人精心设计的圈套，没来得及挣扎就着了道，他又该上哪里再去把人找回来一次?

越影山巍峨矗立,在月色下犹如一尊漆黑的神像,沉默地审视着孤身前行的薛青澜。

这是他时隔四年再度踏上越影山的石阶——这个他以为自己一辈子都不会再来的地方。人生际遇有时就是这么难以预料,上一次他站在这里,怀着满腔惶恐与犹疑情绪,害怕见不到闻衡,更害怕见到闻衡却听到那个令他恐惧的答案。

那时他还是个软弱的少年,做梦都想逃离薛慈身边,所以把全部希望寄托在闻衡身上,以为闻衡答应了他就一定会带他走。可是他等的人始终没有出现,在日复一日的漫长煎熬之中,他终于无法再自欺欺人下去。

闻衡不会再来了。

那是薛青澜生平第一次亲手杀人,杀的是他自己的师父。

他非常清楚自己犯下了世人难以饶恕的恶行,是欺师灭祖、大逆不道,事情传扬开后,他或许会被所有人不齿,甚至面临着生死危机。但在那之前,他还是想要见闻衡一面,听闻衡亲口说一句话,只要得到了答案,不管以后是死是活,都无关紧要。

所以他千里迢迢地从明州赶到九曲,如同自我凌迟又如同祈祷救赎,一步一步地走上了纯钧派山门前那长长的几百级石阶。

薛青澜曾以为那已经是他毕生执念的极致,却万万没有想到,他竟还有一天会以同样的姿态和截然不同的勇气再度重复当年的举动。只不过上一次他像个不懂事又偏执的孩子,满心只想问清楚闻衡为什么不来赴约;而时至如今,在经历过死灰般的四年之后,他终于明白了对他而言最重要的东西究竟是什么……那个他掷尽一腔孤勇也要去保护的人,从过去到现在,一直都没有改变过。

薛青澜走得很快,从山脚上来只用了不到两刻,守门弟子见有外客到来，主动迎上前去询问来意。走完这百十来级台阶，犹如重历了一遍当年旧事，薛青澜奇异地不怎么慌了，朝那弟子客客气气地道："敢问贵派闻……岳持岳长老是否来过？现在还在不在山上？"

那守门弟子点了点头，道："来过，一刻前刚进门，如今还在派中。不过掌门有命，长老最近不见外客，阁下还是请回吧。"

薛青澜心底的大石落地，他总算是松了一口气，摆手道："我不是要进去找他，只在外面等他出来，这样不碍事吧？"

这要求乍一听挑不出什么毛病，但守门弟子仔细想了想总感觉有哪里不对。守门弟子见他年轻俊秀，气质出众，本来还以为这是闻衡的朋友，可他言语行事如此谦逊，似乎两个人关系又不是那么要好。那弟子迟疑片刻，未敢轻易点头应允，而是道："请教阁下大名？若有要紧的事，容我进去通报。"

薛青澜道："我是他的……家人，最近江湖上不太平，怕路上有危险，所以来这儿等他一道下山回去，无甚大事，不必劳烦。"

守门弟子听他这样说，不禁愣了愣，但薛青澜没再解释，守门弟子也不好多问，只得示意薛青澜自便，默默地退回去继续守门。

薛青澜四下环顾，在附近的树下找到一块平坦的山岩，既能看清山门进出的纯钧弟子，又不至于太过显眼，引来别人的注意。他抱着剑走到林中坐下，背靠着粗糙树干，侧耳细听了片刻，只闻风声虫鸣，没有别的奇怪动静，这才放心地舒展四肢，由内而外地放松下来。

闻衡这次被叫上越影山确实是有正事，一是他身份恢复，在门派中自然不该再用"岳持"的名号，要遍告众弟子为他正名；二是闻衡身陷传闻风波，纯钧派也不免遭众人议论，神功秘籍与他们扯不上关系，但当初刑城之事由闻衡和廖长星联手解决，纯钧派算是被动在里面掺了一脚，成了领头羊。如今有人旧事重提，要在鸡蛋里面挑骨头，掌门和众长老只得将闻衡请来问清情况，这样来日面对别派质询时，不至于无话可说。

这两件事说大不大，只是颇费时间，待闻衡好不容易从横秋堂告辞时，天色已经黑透了。廖长星劝他在山上留宿一晚，明日再回去，奈何闻衡惦记薛青澜，无论如何也要赶回湛川城。廖长星见他态度坚决，便只好随他去了。

闻衡告别门派诸人，独自下了主峰，走到山门前时恰逢守门弟子轮值换班，有个年轻弟子眼尖看见他，连忙赶上前来问好，回禀道："闻师叔，您家中派了人来接您下山，他一直在门外等着，可要弟子去叫他过来？"

闻衡早就没了出门要带随从的习惯，范扬也不会这么贴心地惦记他，乍闻此言，闻衡不由得站住了脚步，疑惑地问道："是谁？"

那弟子摇头答道："他没说名字，只自称是您的家人。"他伸手指向不远处的树丛，"就是那个人。"

亏得今夜月色皎洁明亮，闻衡眼神又好，否则根本认不出一身黑衣、跟树桩子融为一体的薛青澜。闻衡的神情倏然柔和下来，他朝那弟子道了声谢，径自快步走向树丛，到了近处，才发现薛青澜大概是等得太久，已经无聊得睡着了。

闻衡借着树叶间隙透下来的月光，看见薛青澜面色冷白，眉头微微蹙着，似乎睡得不是很舒服。附近蚊虫多，岩石和树桩都太硌得慌，薛青澜虽然背靠着树干，整个人却有点儿要蜷起身体的意思。闻衡伸手在他的脸上摸了摸，触手冰冷，简直不像一个正在经历夏天的人，果然是老毛病又发作了。

薛青澜被他一碰，立刻惊醒过来。天色昏暗，薛青澜猛一睁眼视线也很模糊，只看得清身前的人的大致轮廓，下意识地握剑前抵，哑声问道："谁？"

"是我，不怕。"闻衡轻轻将剑鞘推开，在他面前半蹲下来，耐心地问,"你怎么跑来了?"

薛青澜人虽然醒了,脑筋还没完全活泛过来,心里想什么,嘴上就脱口而出道:"来接你回去。"

闻衡当场就没忍住笑了一声,低声说道:"为什么?怕我不敢走夜路吗?"

薛青澜只蒙了一瞬,这会儿已经完全清醒了。闻衡不在时他有毁天灭地的勇气,但是当着闻衡的面,他没有丁点儿豪情壮志,整个人直挺挺地往闻衡肩上栽去,哼哼唧唧地打岔道:"怎么说了这么久?天都黑了,回去吧。"

闻衡将目光落在他随手拿来的长剑上,心中隐约有了一点儿猜测,神色愈加柔和。他转过身去背对着薛青澜,半蹲着道:"上来,我背你下去。"

薛青澜莫名其妙道:"我没事,可以自己走。而且晚上山道这么黑,万一你打滑摔跤了,咱俩谁都跑不了。"

闻衡笑道:"放心,摔不着你。你是不是没吃饭就赶过来了,还要饿着肚子再走下山吗?"

他不说还好,一说薛青澜就觉得胃里痉挛着抽痛,站都站不起来了,便顺着闻衡的话道:"嗯。"

闻衡轻轻松松地背起薛青澜,起身沿着石阶缓缓地走下去,心不跳气不喘,还有余裕逗他说话:"'嗯'什么?"

薛青澜周身萦绕不去的寒气渐渐被热意消融,他忽然又有点儿犯困,懒洋洋地拖着尾音答道:"没吃上晚饭。"

闻衡道:"我走前不是说过了?让你自己吃饭不必等我。"

薛青澜却道:"我忽然想起你一个人在外面很危险,说不定那封信是有人故意伪造来引你出门的,好趁你落单时出手袭击。你的右手的伤还没好利索,万一动起手来打不过人家怎么办?所以我就过来了。"

这话说得十分轻松，可寥寥数言之中，足见薛青澜对他的情谊，已经到了不避危难、不顾生死的地步。

闻衡极其动容，然而他们正走在黑黢黢的山林之中，他又背对着薛青澜，所以只有声音传来，听上去仍然平和镇定："笨，万一被你说中，你跑过来接我，不也掉进敌人的陷阱里了吗？"

薛青澜理所当然地答道："是啊，那又怎么样？"

他理直气壮得连闻衡都被噎住了，后面的一腔劝说之言全都被堵在了嗓子眼里。

闻衡忽然想起他们年少时在越影山上遇险那次，薛青澜不眠不休地在后山上找了一天，等好不容易找到了他，居然当场毫不犹豫地纵身跃下深坑，与他一同被困地宫，还险些因石壁上的图画走火入魔，连小命都差点儿丢掉。

如果上一次还能归因于薛青澜少不更事、不知凶险，那么四年过去，这一次明知是陷阱，薛青澜仍然义无反顾地跳了下来，就足以说明在他心中，闻衡究竟占据了一个多么重要的位置。

闻衡将他往上掂了掂，耳边听着他慢慢拉长的呼吸声，忽然感慨道："我们家就只有我一个孩子，小时候看见别人家兄弟在一起玩，就想着自己要是有个弟弟就好了，出去时他站在门口送我，回来时坐在门口等我，我走到哪儿他就像个小尾巴一样跟到哪儿……只可惜后来家破人亡，再也没机会了。"

薛青澜都快睡着了，含糊地"嗯"了一声："衡哥……"

闻衡道："怎么了？"

薛青澜小心翼翼地试探道："你对我这么好……是因为一直把我当成了你的弟弟吗？"

闻衡没有立刻回答"是"或"不是"，只是脚下步伐放缓，叹出了一口无奈的长气，才徐徐说道："青澜，你——"

话只说到一半，他蓦地住了口，右手望空一截，指尖夹住了一枚锋利银镖："什么人？！"

破空声自四面八方传来，薛青澜从闻衡的背上跃下，抛剑、抽剑一气呵成，长剑在身前划出一道银亮的半弧，只听"叮叮"数声，十余枚暗器被打落在地，暗器样式各不相同，却都准确地瞄准了同一个人。

闻衡多日来的预料和薛青澜的猜想终于成真，此地正是半山腰无人处，山势陡峭，树林浓密，适合刺客隐身埋伏，而且上不挨天，下不接地，十几个人一起动手，能在纯钧派察觉之前迅速将闻衡制伏带走。

薛青澜与闻衡背靠背站在狭窄的石阶上，虽然看不到伏杀者的身影，却能清楚地感觉到被捕猎者盯住的凛然杀意。今夜一场恶战在所难免，这就是闻衡一直等待的冯抱一的后手，也是对方疯狂反扑报复的开端。

闻衡左手持剑，朗声道："谁要杀我，便请堂堂正正地出来较量，何必缩手缩脚，做此小人行径？"

闻衡的话似乎短暂地震慑住了埋伏的刺客，片刻后西北角传来枝叶"簌簌"的响动，一个嗓门略粗的男人开口答道："你不必问我们是谁——"

说时迟那时快，薛青澜听音辨位，横剑一扫，落在地上的两枚银镖如两道冷电般激射出去，只听树后传来"咕咚"一声，那人还没来得及说完，便被暗器打中要害，当场闷哼一声，栽倒在地。

众人起先见闻衡背着个人，并未将这个少年放在眼中，还当薛青澜是闻衡的拖油瓶，想着必要时候可以拿来利用一番，谁知道这少年出手又快又狠，而且竟然抢在闻衡前面率先动手，非但不拖后腿，反而有几分要护住闻衡的意思，不由得纷纷悚然，不敢再发声做出头鸟。

闻衡道："你急什么，倒是让人家把话说完。"

薛青澜冷冷回道："暗器上有毒，等他说完，咱们俩早就凉透了。"

闻衡意味深长地"哦"了一声，扬声道："看来今日的局面，是必定要分出个你死我活了。在下何德何能，竟一次惊动了这么多好手来伏杀我。"

光凭方才黑暗中那一轮交手，薛青澜粗略估计这片山林中至少埋伏了几十个人，且这些人都武功不弱，真要动起手来，他们两个恐怕会打得非常艰难。他背过一只手，轻轻拉了拉闻衡的衣袖，声音压得极低："衡哥，他们人多，不宜久战，你先回山上，我来断后。"

闻衡还没答话，却有人先他一步出声道："闻公子，我劝你还是乖乖束手就擒比较好。毕竟双拳难敌四手，你就算逃得过初一，也躲不过十五，与其往后一直被人追杀，每天东躲西藏提心吊胆，还不如现在就认命，免得日后遭罪。"

随着话音落地，那人也纵身从树上跃下，自阴影深处走到两个人面前。他脸上戴着花纹奇诡的银色覆面，露出了削薄的唇和苍白的脸，狭长的眼睛在月光下冷冷如水，看起来竟然出奇年轻。

薛青澜当然不可能再像突袭上一个人那样对付他，因此并未出手，只将剑横于身前，冷冷问道："阁下是什么人？"

"你不认得我？"那人竟然笑了笑，很无辜地冲薛青澜歪头道，"我却认得你——没想到竟然会在纯钧派地界遇见垂星宗的薛护法，按理说，你应当跟我站在一边才对啊。"

他话中的暗示意味近乎直白，薛青澜右眼皮突地跳了跳，他还没来得及出言反驳，闻衡忽然伸手上前，无比顺手地将他拨到了身后，对那男人道："阁下要杀我，总不会无缘无故，究竟是什么原因，还请示知。"

那男人道："近来闻公子的大名传遍江湖，黑白两道的人均有耳闻，听说公子武功高绝，手中有一部《北斗神功》，我家主人对此很有兴趣，特意命我来拜会闻公子，顺便做一单生意。"

闻衡道："愿闻其详。"

"闻公子不要误会了。"那人微笑道，"不是和你做生意，而是有人出了大价钱——要买你的命。"

"原来如此，"闻衡也笑道，"我只是顺便吗？"

那人拍了拍手，语中竟带有几分赞许之意："闻公子处变不惊，笑谈生死，这份气度真是叫人钦佩。我最喜欢跟你这种明事理、识时务的人打交道，既然如此，那就闲话少叙，请将《北斗神功》交出来吧。"

"唰"的一声破风轻响传来，斜刺里冷锋陡然刺出，剑尖停在离他的鼻尖不到一寸处，十分危险地对准了他的脸，薛青澜自闻衡身后走出，轻声道："他肯与你好声好气地商量，可我是个不讲道理的人，你找错人了。"

"薛护法，"那人被剑指着也毫无惧色，"我不信垂星宗不想要神功秘籍，你与他混在一起，处处回护，就不怕被方宗主知道吗？"

薛青澜持剑的手稳如磐石，他泰然答道："你提醒我了，看来今夜不把你们都留在这里，我以后会有很大的麻烦。"

那人先是微愕，继而忍不住笑了起来，那笑声在黑夜中远远地传开，惊起了一片夜栖的宿鸟："薛护法，你恐怕还没弄清一件事，要杀这位闻公子的，可远远不止我们这几个人。就在今早，江湖中所有数得上号的大堂口都接到了一张悬赏令，谁能拿到闻衡手里的《北斗神功》，取下他的首级，就可以得到一千两黄金。现在只怕还有更多的人前赴后继地赶来越影山呢，你护得住他一时，护得了他一世吗？"

薛青澜在接到宗主的手令时已有预感，却没想到祸根竟在此处。对方这是铁了心要闻衡死，光以利诱不够，还无中生有地添上了一本"神功秘籍"，这下不光是求财者趋之若鹜，那些阴谋野心家知道这个消息，焉能不出手试探？常言道"乱拳打死老师傅"，闻衡只有一个人，怎么对抗得过大半个江湖的人的围剿追杀？

他心中寒意遍生，如坠冰窟。那人的一番话挑破了窗户纸，这下林中埋伏的其他人也不再隐匿身形，从四周慢慢包围了过来。月下人影如同群狼环伺，兵刃或明或暗，都一齐对准了居中的二人。

闻衡站在那里默不作声地听了半天，直到图穷匕见，刀架在了眼前，他才终于开口，不紧不慢地道："承蒙各位看得起，想不到在下区区性命，竟值千金，实在叫我受宠若惊。"他徐徐将剑刃转了个角度，"不过有件事我要先说清楚，那个什么浣骨神功是假的，我从没听说过，身上也没有这么一本秘籍，你们若是为此而来，恐怕要失望了。"

"至于我这价值千金的大好头颅，能否摘下，还要看诸位的本事。"

他与薛青澜有种不言自明的默契，两人几乎同时出手，向对面冲了过去，一时之间只听兵刃乱撞之声不绝于耳，在空旷的山林间荡起一层层回音。

薛、闻两个人年纪虽轻，却俱是天资绝顶之辈，武功远胜常人，故以少敌多亦不落下风，没叫人当场乱刀砍中，只是在黑暗中混战多时，不免气促。对方中也有几个高手，一直没有使出全力，显然抱着坐收渔利的心思，想等他们被车轮战拖到体力不支时，再一举擒获二人。

果然缠斗多时之后，薛青澜先被人一棍扫到后背，往前跌扑出去，闻衡回身欲救人，原本攻势骤乱，给了旁人可乘之机，数把兵器一齐当头压下，霍然将他逼退数尺，他按着胸口喷出一口鲜血来。

薛青澜急声道："衡哥！"

闻衡咳了两声，勉强道："别慌，我没事。"

起初来搭话的男人用剑压着闻衡的肩头，幸灾乐祸道："看看，我说什么来着？早劝你束手就擒，非要死磕，困兽之斗固然勇气可嘉，但滋味恐怕不怎么好受吧？"

闻衡抹了把唇边的血，拄着剑重新站起身来，将剑换到右手上，喘息着道："你是中庆金蝉城日沉阁的人。旁边这几位看起来似乎跟你并不是一路的，我的命只有一条，不知道你们打算怎么分呢？"

"这就不劳你操心了。闻公子要是想要个痛快点儿的死法，就老老实实地把秘籍交出来，否则……"那人傲慢地瞥了薛青澜一眼，不无嘲弄地道，"就只好委屈你和这位薛护法在这山中做两个无名的孤魂野鬼了。"

闻衡摇头道："我说过了，我不知道什么《北斗神功》，世上根本就没有这么一部书。"

"啧。"都到这个份上了，他的口风仍是一成不变，那人脸上轻松的神色终于退去，换上了不耐烦的怒意，吓道，"敬酒不吃吃罚酒，再不交出秘籍，你们两个就一起上路吧！"

如今的局面是闻衡与薛青澜被人为地分隔在两处，不能联手对敌。

薛青澜被六个人团团围住，闻衡独挡八人，呈现一边倒的碾压局面，便是各派长老、掌门一类的人物，初经苦战，又在这许多好手的围困之下，也难以瞬间脱身。

闻衡垂剑而立，忽然叹道："人为财死，鸟为食亡，这话果然不错。"

这话大有临了终悟的意味，身边的几个人闻言，心中不由得一动，都暗忖道：死到临头，这厮果然要口吐真言了吗？万一他交代出了《北斗神功》的下落，待会儿必定要将旁人都除去，方能独占神功。

但几个人再往深里一想，又心惊道：不对，我既然有此打算，其他人也能想到这点，说不得谁还藏着后手，一会儿动起手来，我不能一味冲在前头，须小心防备后面这些人。

这些人来自不同的门派，今夜会埋伏在这里纯属偶然撞见，事前并没有商量过，因此看起来虽个个都想要闻衡死，但实际上人心不齐，尤其里面还有几个自作聪明的人，见闻衡已是囊中之物，就开始打后面分赃的主意。

挑拨这一帮乌合之众内讧简直不需要动脑子，闻衡光看他们的神情就知道谁心中已经打好了算盘。

他要的就是这一刻的犹疑退缩,当下擎剑在手,展臂直扫出去。银光如满月,"唰"地成圈荡开。短短一瞬,众人均感觉面上一阵冷风吹过,幽凉剑气逼得人毛发立耸,这一剑快得人来不及眨眼,他们还没看清那鬼魅般的剑尖落处,喉头便先爆出一蓬血花,身体直挺挺地仰面摔了下去。

八个人同时向后倒下,像以闻衡为中心开出了一朵花,鲜血还在半空喷溅,宛如一场突如其来的夜雨,落在杀手们死不瞑目的脸上,将整片山道染成了赤红的修罗地狱。

而闻衡就踏着这遍地鲜血自半空飘然落下,右手剑斜指地面,雪亮的白刃上却只有一滴殷红的血珠,欲落不落地悬垂在剑尖上。

无边血气冲天而起,一道紫色电光倏然撕裂苍穹,闷雷从遥远的天边滚滚而来,在山道上方轰然炸响,仿佛整座越影山都在这天雷威势下瑟瑟颤抖。这场面恐怖得近乎惨烈,已完全不足以"惊心动魄"形容,换个稍微胆小一点儿的人来能当场被吓死。

薛青澜反应神速,见闻衡那边再无后顾之忧,当即放开手脚杀上前去。他的剑法学自闻衡,又杂糅了一些用刀的习惯,开合间法度严谨,不失刚猛,此时以一敌六,剑招源源不断地使出来,竟是气力绵长,毫无疲色,显然方才停手不过是佯作体力不支,用以让敌人松懈罢了。

那围困薛青澜的六个人原本是志得意满的,以为今晚必定得手,谁能想到闻衡一剑竟威力如斯,一转眼将八个好手杀得干干净净。

他们心中底气既失,脚下便如无根之萍,再对上锋锐难当的薛青澜,根本无从抵抗,想跑都跑不了,几个起落间就被砍翻在地,捂着伤处痛呼大骂不止。

薛青澜被他们聒噪得心烦,恨不得一剑下去落个清净,只是为防闻衡还有话要问,才没痛下杀手,仅仅封住了几个人的穴道,令其不能动弹出声。

闻衡提着剑走到委顿在地的几个杀手跟前："诸位，现在可以好好说话了吗？发出悬赏令的人是谁？"

薛青澜反手倒握长剑，以剑柄在几个人的后心处轻敲，解开穴道。那几个人早被他吓得肝胆俱裂，自知生机全在这人的一念之间，因此见闻衡发问，并不敢隐瞒，只能不住摇头道："闻公子饶命，我们真的不知道！"

这个回答倒在闻衡的意料之中，他点了点头，道："好吧。"

薛青澜见他不再说话，走过来问道："要灭口吗？我来。"

其中一个杀手大约是自觉必死无疑，不屑求饶，反而凭空生出一股勇气，对闻衡大声怒斥道："姓闻的，你明明就练过《北斗神功》，为什么不敢承认？！你还口口声声说自己没有秘籍！"

闻衡无奈道："的确没练过，你都快要死了，我作甚还要骗你？"

那人哽了一下，却还不依不饶，喘息道："你……那你方才使的是什么功夫？世上除了《北斗神功》，怎么会有这样威力无匹的剑法？！"

闻衡听了这话，忽而瞥了薛青澜一眼，才摇头道："这个不能告诉你。"

那人气得无计可施，干脆闭眼假装自己已经死了。薛青澜疑惑地看着闻衡，声音极低地问道："衡哥，那不是你自创的剑法吗？为什么不能说？"

闻衡比了个噤声的手势，眼中掠过一丝狡黠的笑意："不是不能说，你以后会知道的。"

他低头对那合眼等死的杀手道："这满山尸首看着不像话，我留你们一命，你们将这些尸首就地掩埋后，就自行下山去吧。"

薛青澜在他身后不赞同地提醒道："衡哥，斩草除根。"

闻衡回手拉住他，低声道："他们错不至死，你就当结个善缘，放他们一条生路。"

薛青澜冷飕飕地盯着那几个人，灵光一闪，计上心来，看似是在问闻衡，实则语带威胁地道："要是他们存心报复呢？"

几个人连忙赌咒发誓，高声求饶道："薛护法饶命！我们一定死守秘密，绝不敢在外头胡言乱语……"

薛青澜嗤笑道："奇了，我竟不知道我们还有什么要'死守'的秘密，你们这是打算要挟谁？"

几个人对视一眼，连忙改口道："小人愿听凭薛护法驱使！"

薛青澜这才满意，道："我要你们连夜离开中原，即刻前往海外，终生不得回归故土，否则现在就到地下去与他们做伴吧！"

他的用意极为明显，几个人大骇，喃喃道："那我们……我们不就成了……"

薛青澜道："不错，你们刚刚是怎么威胁闻公子的，那就是你们以后的处境。不过我好歹给了你们一点儿准备的时间，相比之下，已经称得上仁义了。"他从怀中摸出一个白胎瓷瓶，从中倒出六枚碧绿的小药丸，托在掌中，在几个人面前蹲下身来，"好了，选吧。愿意活命的人，就吃了这药远走高飞；不愿意的，就地了断，等着别人来给你收尸。"

薛青澜年纪轻轻就稳坐垂星宗护法之位，除了武功过人之外，还有一手不亚于其师薛慈的使毒功夫，在江湖黑道上颇有名声。一个人颤巍巍地问："这是什么药？"

"天香积花散，服之令人肌肤生冷，喜暖畏寒，你们吃了这药，便要终生远离北方，在南方温暖之地安家。"薛青澜道，"吃不死人，放心吧。"

六个人面面相觑，在逃命流亡和死之间摇摆不定。薛青澜没那么多耐心，催促道："我数三下，再不选，你们干脆一起死了算了。"

其中四个人看来实在怕死,立刻抓起药丸往口中送去,另外两个人见状,不由得也开始动摇,默默取过药丸吞下。

薛青澜拍了拍手,微笑道:"这就对了。过半个时辰,你们身上的穴道自然会解开,你们该干什么干什么去,往后若再被我撞见,就别怪自己命薄了。"

他恐吓完毕,扶着膝盖站起身,对闻衡道:"咱们走吧。"

两个人身影飘飘摇摇地消失在黑暗的山道尽头,那六个人委顿在地,长吁短叹片刻,忽觉脸上一凉,豆大的雨点从天而降,很快将他们浇了个透,其中一人突然道:"咦,我身上忽然有了些力气,可以冲开穴道了。"

余者听他这么说,各自试过,果然服药之后丹田内息充盈,很快便冲开了穴道。六个人互相搀扶着站了起来,一个人踌躇道:"难道咱们真要听那小子的指示,替那姓闻的人背锅?"

另一个人道:"那怎么办?我们现在追上去把他们杀了?"

这些人都是久入江湖的亡命之徒,立誓后反悔早已是家常便饭,才不怕什么五雷轰顶、万箭穿心。可杀心刚起,其中一个人忽然打了个寒战,哆嗦道:"哎哟,好冷!"

大雨来势虽凶猛,但毕竟是夏季,再冷也不可能冷得像突降大雪,这些人却感觉一股凉意自脚底升起,直蹿天灵盖。

雨水打在身上,犹如一盆冰水当头浇下,几个人都不由自主地抱紧了双臂,牙齿"咯咯"打战,惊恐地叫道:"好冷!好冷!冻死我了!快走!"

几个人此时方知薛青澜逼迫他们服下的药究竟有多么可怕,这下连最后一点儿反抗的心思都熄了,顾不得打扫战场,匆匆忙忙地冲下山找地方避雨去了。

闻衡与薛青澜自然也没能幸免,刚进湛川城就被大雨淋了个正着。

好在没剩下几步路了,两个人冒雨回到小院里,闻衡把杂役叫起来烧水,打发薛青澜去沐浴,自己也洗净了一身的雨水血污,换上了干净衣服,坐在房中出神地想着心事。

薛青澜推门进来,见他的发尾还在滴水,将身前的白单衣洇湿了一块,便走过去将乌黑长发拨到身后,用布巾反复拧干,再用手指梳理整齐。

这样一件小事,他做得十分认真,同今夜在山道上那个冷酷的魔宗护法判若两人。

过了一会儿,他冷不丁地听见闻衡问道:"青澜,你给他们的到底是什么药?"

"不愧是衡哥,"薛青澜扶着他的肩头笑道,"你猜出来了?"

"惭愧,我也是刚刚才想到。"闻衡叹了一口气,"凭你的聪明细致,你不会留下那么大的空子等着他们来钻。"

薛青澜懒洋洋地道:"用的是薛慈给秦陵的药方。那药吃了后能大幅提升内力,但动用真气后就会浑身发冷,如果不靠解药压制,除非他们一辈子不动手,否则哪怕躲到火焰山去,最多也只能活十年。"

"如此一来,就算这些人背弃誓言,回到了原来的门派,武功突然长进也会引起别人猜疑,他们这边再派人放出风声,到时候将黑的说成白的,那几个人没锅也要背一口黑锅,闻衡的压力就会减轻很多。

闻衡垂下眼帘,看到他清瘦修长的手在自己胸前晃荡,叹道:"难为你了。"

薛青澜敏锐地察觉到他语气中似乎藏着某种低沉意味,心头掠过一丝不妙的预感,强笑道:"这有什么……你怎么突然跟我生分起来了?"

闻衡没接他的话,忽然没头没尾地道:"青澜,你有多久没回垂星宗了?"

这句话如同一道轰然炸响的惊雷,霎时把薛青澜给劈蒙了,他像是没听清一样喃喃问:"什么?"

闻衡稍稍侧身,极尽温柔耐心地说:"你先回去,等我把这件事解决了就去接你,好不好?"

"不好!"薛青澜猛地起身推开他,怒火瞬间烧红了眼睛,"现在是什么时候,你让我走?"

"你留在我身边太危险了,"闻衡似乎对他的抗拒反应早有预料,并不以为忤,"你也听到了,接下来会有很多人为了赏金和秘籍来找我的麻烦,不是每一次都会像今天一样顺利。"

薛青澜急火攻心,已经吼不动他了,闻言气得连连冷笑:"今天我们两个人都差点儿折在里头,日后围攻你的人只会更多,我走了你怎么办?你一个人在这儿等着他们来摘你的脑袋吗?"

"当然不是。"闻衡道,"我知道幕后黑手是谁,不会坐以待毙。但是青澜,有些风险我一个人敢冒,却不敢让你跟着我一起被卷进去,你明白吗?"

"你别来问我!"薛青澜抢上前来,一把揪住他的领口,恨声道,"我才应该问你,闻衡,你究竟明不明白,我费了多大的力气才等到你?最差的结果不就是死吗?我们死在一处有什么可怕的?"

"先别急着发火,我只不过被几个小贼惦记上了,又不是生死决战,犯得着这么要死要活的吗?同生共死固然豪迈,但咱们就算死在一处,也不能便宜了他们啊。听话,你暂且回垂星宗避一避,倘若需要帮手,我自然会想办法联系你。"闻衡一句一句地安抚着他,"上次在司幽山论剑大会,你还是自己偷偷跑的,后来我不是也给你递了信吗?"

薛青澜默不作声地听他哄了半天,最后终于不睪了,咬着牙问道:"衡哥,你说句老实话,如果我执意不走,你是不是打算用别的办法把我送出湛川城?"

闻衡一时无言以对。

沉默无疑是最确切的答案，薛青澜点了点头，道："我明白了。"他推开闻衡，冷漠地转身向外走去："不劳你费心，我明天就动身。"

闻衡在原地站了一会儿，听到隔壁传来"咣当"的摔门声，心下稍定。起码薛青澜没怒火攻心地直接离家出走，还知道去隔壁跟他闹脾气，但是他怎么委婉又不伤感情地劝薛青澜离开，又是个横亘在闻衡面前的天大难题。

他有一万种私心不想让薛青澜离开，唯一的理智却逼迫他不得不做出选择。眼下的情况已十分明了，他即将面临无数阴谋野心家的追杀，那些人为了达到目的，头一件事就是要抓身边人来威胁他。

如果薛青澜继续跟他同在一处，很快就将陷入极为危险的境地，而且两个人过从甚密，势必会让垂星宗众人起疑，万一自己哪天真有不测，薛青澜将垂星宗和半个江湖的人都得罪了，到时候谁还能庇护他，还有哪里能给他一个容身之处？

因此依闻衡看来，薛青澜是非走不可，不光是薛青澜，连自己也要马上离开湛川城，以免拖累了范扬和鹿鸣镖局。

昔年他在流亡途中的痛苦与遗憾心情，绝不能再有第二次了。

闻衡站在榻前，弯腰去抽出床头柜子的小屉，从里头摸出一个锦囊，似乎是踌躇了片刻，才将其放入怀中，转身朝外走去。

书房没有落锁，闻衡推门入内，但见室内烛影幢幢，却静悄悄的，不闻人语，再往里间榻上看去，薛青澜正和衣而卧，故意背对着他在负气装睡。

闻衡心中一时好笑，一时又觉得不忍，轻言轻语地让薛青澜回卧室去睡。薛青澜本来被他气得七窍生烟，谁知这还不到一炷香的工夫，闻衡已宛若无事发生，相比之下，就显得自己格外不懂事，快二十岁的人了，还要像小孩子一样赌气冷战不理人。

认真说起来，其实他们谁的想法也没错，甚至他们都是抛开了自身安危，把对方的性命看得至高至重，可偏偏造化弄人，有时候越是想要风平浪静，却越是被旋涡裹挟，被激流推搡，身不由己地走向另一条岔路。

薛青澜想到明日一别，吉凶难测，还不知道何年何月才能重逢，纵有天大的火气也熄得一干二净。他心中酸痛，用平生最为和缓的恳求语气问："不走不行吗？"

闻衡温和但不容违拗地回答道："别的事情，一万件我也可以答应你，只有这件不行。好了，折腾了一晚上，你该睡了。"

薛青澜还欲争辩，一抬头，却借着夜里朦胧的微光，看见了闻衡略带疲倦的脸。想来今夜发生的一切，还有山雨欲来的明日，内忧外患，都是他心头一层一层的严霜。

闻衡这人心思一向很深，往好了说是"思虑周全"，说不好听点儿就是只相信自己，觉得别人一概靠不住。薛青澜无疑被他分在了"靠不住"的那一批人里，而且是特别棘手的那种，所以闻衡不光要因阴谋诡计而操心，还得费尽周折地把身边亲近的人都安顿好，以免被敌人抓到空子，以软肋来反制他。

冯抱一已经够令人心烦了，难道他还真要不管不顾地继续闹下去，让闻衡在外敌到来之前，先被自己人折磨得精疲力竭？

蒙蒙夜色中，闻衡对自己说："无论如何，这一次绝不会再像四年前那样，留他一个人独自苦守。"

次日闻衡醒转之时，房中不见人影。他半梦半醒间心脏倏地乱跳了两下，猛然从床上惊起，想也不想地脱口叫道："青澜！"

"哎，在呢。"

薛青澜衣着整齐，应声从外面走进来。他把手中端着的茶盘放在一旁的小桌上，屈身坐到床边，脸色虽是淡淡的，语气中却有几分揶揄之意:"一大早叫我做什么?"

闻衡昨夜不知何时睡去的,今早醒得有些迟了,再加上他刚才起身起得急,此刻眼前直发黑,双侧太阳穴突突跳着疼,只凭着声音来处一把攥住了薛青澜的衣袖,确认他在,一身夯起的毛才算倒下去:"我还以为你已经走了……"

薛青澜真是不知该气还是该笑,坐过去替他揉着太阳穴,低声道:"要赶人走的是你,怎么现在又怕我走了?"

闻衡勉强扯了扯嘴角,到底没能笑出来,变作一声轻轻的叹息:"是啊。"

薛青澜宁心静气,忽而郑重问道:"衡哥,你这次对上冯抱一,有几成把握能全身而退?"

"怎么,"闻衡反问道,"难道我就不能彻底胜过他吗?"

薛青澜道:"若你有彻底赢过他的把握,就不会这样着急地要我走……你也不必故意来宽我的心,我说了要走,就不会反悔,只是你要对我说一句实话,你到底有多大的把握?"

闻衡凝神注视他良久,回道:"我不瞒你,只有五成。但哪怕最后只剩一线生机,我爬也会爬回来见你。"

"好。"薛青澜垂下眼帘,点了点头,道,"我明白了……来用早饭吧,放久了该凉了。"

闻衡洗漱方毕,在桌前落座,面前摆着一碗微温的白粥,并几屉点心、数碟小菜,都是薛青澜早起从厨房端来的。

两个人沉默对坐,吃完了临别前的最后一顿饭,薛青澜放下了碗筷,道:"时候到了。"

闻衡正要说"我送你",孰料刚一起身,眼前霎时天旋地转,五感逐渐迟钝模糊,四肢如同灌了铅一般,不受控制地向前栽去。

薛青澜及时上前一步接住他,面上毫无讶异之色,反而透出一种早知如此的释然意味。

闻衡思绪转得飞快,在混沌即将吞没最后一点儿清明时,心中蓦地打了个突,喃喃道:"青澜……"

"再睡一会儿,"薛青澜掌心温柔地抚过他颤抖不已的眼睫,低声而决绝地说道,"对不住了,衡哥。"

第八章
青澜

范扬一边大呼小叫地喊着"公子不好了，大事不妙"，一边急匆匆地冲进了院门，结果扑了个空——院中寂静空旷，卧房的门半掩着，桌上还有未收的碗碟，粥已凉透，人却不知所终。

范扬纳闷道："这一大早的，跑到哪里去了？"

他正踌躇间，外面有人喊道："总镖头，又有一封信送到！"

范扬忙应声翻身往门外走去，道："来了，来了，信拿给我看看……"

鹿鸣镖局忽然收到了匿名传书，扬言三日之内要上门拜领《北斗神功》，范扬心里觉得蹊跷，这才来找闻衡商量对策。然而他万万没想到这封信只是风暴开始之前的一片雪花，接下来的几天里，各种来路不明的江湖人士各显神通，轮番骚扰，要么专挑大家吃饭的时候往屋里射飞镖，要么趁半夜往镖局大门上挂血衣……反正是怎么离谱怎么来，手段五花八门，千奇百怪，但目的全都只有一个：要鹿鸣镖局交出闻衡，以及他手中的《北斗神功》。

范扬逼不得已，只得关门谢客，暂停了鹿鸣镖局的一切生意。可最让他担心的并不是层出不穷的骚扰，而是鹿鸣镖局的幕后东家、他的主心骨闻衡，自那天清晨起，就再也没有出现过。

和他一起消失的，还有薛青澜。

范扬每天都处于失心风发作的边缘，撒开人手四处寻找，甚至还亲自跑了一趟越影山，但都是无功而返。他意识到事情不对时已经太晚了，在他犹疑不定，以为闻衡只是短暂地出了一趟门的那两天里，薛青澜早已带着被迷晕的闻衡离开了湛川城，动身北上往穆州行去。

数日后，岩州城外。

岩州是九曲、穆州、拓州三地交界之处，虽是关口要道，但由于被夹在三大势力中间，并没有什么成气候的武林门派，往来的尽是江湖游侠，什么人都有，不过倒也方便了那些不愿暴露身份的武林人士，只要换上寻常衣衫，不与人动手，就能悄无声息地融入岩州城，谁也不会发觉。

一行人从树林中打马穿行，奔向郊野，疾驰了差不多一顿饭的工夫，便见前方绿荫之中掩映着一座庄院，门前设着沟渠吊桥，两名灰衣男子在尽头守卫，门匾上题了四个大字，书的是"风蘋山庄"。

众人在吊桥前勒马驻足，其中一名灰衣人走上前去，隔岸询问来者何人。两方虽相去甚远，可声音清清楚楚地传来，如在耳边说话，显然灰衣人内功极其不凡。端坐在马背上的领头人便朗声回道："我等自司幽山来此，奉家主之命，特来拜会护法。"

那两名守卫私语了几句，远远地打了个手势，便有人在山庄内拨动机关，放下吊桥，容他们纵马通过。

马队当中有人小声嘀咕道："好大的阵仗，又不是垂星宗自家地界，犯得着这么兴师动众吗？"

纷杂的马蹄声中，此人身旁的同伴小声答道："虽不是门派重地，可也是个极为要紧的联络之地——你没见方才他一招手,林子里下去多少埋伏的弓箭手?"

那人还真没留心,听他如此说,忙趁过桥时回头看了一眼,这回才注意到周遭浓密枝叶间星星点点,如河面泛起粼粼碎光,正是日光照在箭头上反射出的刺眼锋芒。

过了吊桥,众人皆下马步行入内。走过花木葳蕤、清溪环绕的庭院,来到正堂里,那灰衣侍从做了个"请"的手势,语气平平地道:"贵客稍候,我家主人即刻便至。"

为首者向他拱了拱手,客气地道了声"有劳",带着手下分头落座。不一会儿有仆人端茶上来,那人却只是端端正正地坐着,并不伸手去碰茶碗。

又过了片刻,一道淡青身影自后堂转出,脚步声轻得几近于无,是个散着长发、苍白俊秀的年轻男人,男人面上还带着些许倦容。他看起来比在场所有人都年轻,分明是个一摧即折、弱不禁风的小白脸,那领头人态度却异常谨慎,甚至隐隐有些畏惧,见他到来,忙起身见礼道:"见过薛护法。"

薛青澜摆手示意他坐下说话,自己走到主位前落座,漫不经心地问:"你是……?"

"在下李直,"那人恭谨地答道,"是褚家剑派弟子。"

"哦,"薛青澜道,"为什么不姓褚?"

李直:"……"

这是他生平最恨的问题,但薛青澜的面子他不能不给。正当李直在腹内搜刮词句,思考该如何委婉而不失体面地解释此事时,薛青澜却仿佛略过了一个无关紧要的话题,继续问道:"你来做什么?"

李直微微哽了一下,这才道:"敝派家主与贵宗宗主曾有过约定,日前听说护法一举功成,故冒昧来见,还待与护法共商大计。"

薛青澜冷笑出声，端着茶杯道："亏心事都已经做下了，怎么还遮遮掩掩地不敢明说？闻衡已被我捉来了，眼下正被关在山庄地牢里——你想听的不就是这个吗？"

李直讪讪赔笑道："护法慧眼如炬，正是如此。既然闻衡已束手就擒，还请护法将此人交给在下，在下这就回去向家主复命。"

薛青澜支着头，似乎倦意未消，懒洋洋地道："褚家剑派好大的架子，手都伸到我面前来了。"

他明明是闲聊一般的语气，李直心中却"咯噔"了一下，背后汗毛乍起。李直立刻意识到自己说错了话，惹着这位祖宗了。

"褚松正要是真的老糊涂了，就趁早回去养老，少在这里搅弄风雨，也不怕浪大颠坏了骨头。"薛青澜刻薄地讥嘲道，"闻衡如今是什么身份，多少人想要他的项上人头？你上下嘴唇一碰就想把人从我这里带走，是觉得我特别好骗，还是贵派根本就不把垂星宗放在眼里？"

李直遍身冷汗，忙起身请罪道："护法息怒，是在下失言，本派对垂星宗一向敬重，绝无欺瞒之意！"

薛青澜也不说话，只高高地坐在主座上，漠然地垂眼注视着他。

李直弓着背，只觉得他的视线如有千钧之重，要将自己整个压进尘土中去。大堂空旷，其他人都坐着，唯有他像个丑角一般站在正中，唯唯诺诺地做着卑下之状，这场面带给他的屈辱感，几乎快要赶上当年在越影山时，他三番五次地败于闻衡手下，最后被纯钧派扫地出门之耻。

可那又怎么样？时过境迁，他如今凭着自己的本事成了褚松正的心腹，闻衡却沦为阶下囚，哪怕被薛青澜攥在手里，最终不还是要任凭垂星宗和褚家剑派摆布，死在他的精心筹谋下？

李直眼里闪过刻毒的恨意，连在薛青澜面前低头的耻辱感都被冲淡了些许。说起来薛青澜也不是什么好东西，对着他时无论神态、语气还是举手投足，无不透出一股孤冷傲慢之意——但薛青澜总归有傲慢的底气，闻衡那一穷二白还故作孤高的样子却实在令人厌恶。

"护法想必也清楚，闻衡手中根本就没有什么神功秘籍，我们不过想借刀杀人，才故意在外面散布些谣言。"李直定了定神，重整思绪，对薛青澜道，"在下明白护法的顾虑，敝派也信得过护法的为人，既然护法执意不肯交人，闻衡就暂且留在贵庄。本月十五，敝派将在蘅芜山召开试刀大会，届时请护法带着闻衡亲往赴会。事成之后，本派自会向垂星宗兑现承诺。"

薛青澜这回像是勉强满意了，凉凉地道："好！好一个'试刀大会'，褚家要唱一台大戏，我自当过去捧场。"

李直这才小幅度地挺直了腰，想了想又道："在下还有个不情之请。"

薛青澜不耐烦道："讲。"

"这……"李直犹犹豫豫地道，"在下与闻衡曾有过一面之缘，想进地牢看他一眼，还望护法允准。"

"你认得他？"薛青澜喜怒难辨地睨了他一眼，讥诮道，"还是怕我诓你，想亲眼到地牢里确认闻衡是不是真的被我抓来了？"

李直连忙道"不敢"，但没有进一步解释，显然是默认了薛青澜的说法。

薛青澜虽然对李直颇不客气，但这毕竟是垂星宗和褚家剑派两家联手，他不可能完全不给褚家面子，因此见李直坚持，便轻轻颔首，道："可以。"

"不过只有你一个人能进去，"薛青澜点了点他身后的人，"这些人里应该没有同闻衡有旧交的人了吧？"

李直心领神会，笑道："没有。那就有劳护法了。"

薛青澜这个主人家引着李直向后院走去，待二人的身影完全消失在屏风后头了，余下的人才悄悄松了一口气，心道这位薛护法年纪轻轻，可也太阴阳怪气、喜怒不定了一点儿……怪道好好的一株玉树竟投了垂星宗，他这种性情不论放在哪个门派，最后都是殊途同归，朝着魔头的方向一路狂奔。

风藾山庄占地广阔，机关重重，两个人这一去便去了半个时辰。待两个人回到正堂后，李直朝薛青澜微微躬身，道："今日多有叨扰，在下这便告辞了。本月十五，敝派在蘅芜山恭候薛护法大驾。"

薛青澜抬了抬手，甚至没有多看他一眼，径自冷漠地道："来人，送客。"

再说范扬，自打闻衡失踪后范扬就一直派人四处追查寻找，却一无所获。江湖上传闻甚嚣尘上，但没一个靠谱的。范扬深知内情，暗自疑心闻衡已被冯抱一设法暗算，薛青澜要么是和他一起中招了，要么是独自一个人追过去伺机救援。

范扬在鹿鸣镖局里坐镇了几天，心中煎熬难抑，最后终于坐不住了，准备自己动身往京城走一趟，探探到底是什么情况。就在他临行前一晚，忽有一封急信从越影山送来，是廖长星的手笔，上面写着褚家剑派广发英雄帖，邀各大门派于八月十五共聚蘅芜山，举办"试刀大会"，届时将有一位关键人物出来说明论剑大会后八派弟子遇袭的真相，并将失传多年的秘籍重新归还中原武林。

信中虽未指名道姓，可明眼人都能看出这个"关键人物"是谁。昔日在京中时闻衡曾说过褚家剑派有鬼，现在看来，他们果然与朝廷是一伙的。冯抱一没有自己出面，却是借了褚家的手来谋害闻衡。

纯钧派上下得了这帖子，自是大为震动，廖长星记得鹿鸣镖局是闻衡的亲信嫡系，故此匆匆写了一封信传给范扬，具告详情，请他速往蘅芜山周旋。范扬得了消息，当下便收拾行装，带着几名好手星夜兼程地赶往拓州。

到八月十五正日，蘅芜山杜若峰上陆续来了约有百人，峰上早有人搭起一座圆台,八大门派各据一方,泾渭分明地站在最内侧,外侧则是其他来凑热闹捡漏的江湖豪客、游侠散人。众人乌压压地聚在一起,议论声此起彼伏,不外都是猜测"真相",讨论秘籍,拿着不知从何处传来的谣言编派闻衡。范扬在各处听了一会儿,竟没有几个是念闻衡的好的,气得血直往脑门冲,恨不得现在就提着把刀杀上去,把这些人吓得哭爹喊娘磕头求饶,才能一舒他胸中恶气。

他环顾四周,除了纯钧派以外,别处也有几个眼熟的面孔,应当是在刑城被闻衡救过的人,想是碍于门派规矩,并没有跟着造谣嬉笑,但也没人肯站出来为闻衡辩解。

请帖上写了试刀大会将在戌时开始。今日正是中秋月圆之夜,眼看戌时将至,天色昏暝,一轮明月悬在半山腰上,玉盘清辉皎洁,照得杜若峰上如薄雪初降,玉屑铺地,一派清凉。此等景致一年也只得这一回,众人无不赞叹,一时连说话也忘了,都侧身朝外玩赏山景月色,心想要是有几壶酒来配它就更好了。

月亮越爬越高,天色由昏黄转为深蓝,只听"呼"的一声,热浪铺开,圆台四角火盆同时燃起,火光大盛,一时盖过了月色,将台上照得明亮如白昼。

台下霎时寂然,只见四名黑衣人抬着一个半人高、用黑布蒙住的巨大箱子飞身上台,将那黑箱放在圆台中央,紧接着一名身着褚家剑派服饰,腰悬长剑的中年人走上前来,朝四方抱拳为礼,朗声道:"在下褚松正,忝为褚家剑派第五代家主,多谢诸位朋友大驾光临。"

台下众人纷纷还礼,听他继续道:"今日邀请诸位来此,是为澄清论剑大会各派弟子不幸遇袭一事。敝派疏于防范,致使奸人乘虚而入,掳走各派百余名弟子,实在难辞其咎,因此数月以来,本派上下一力追查,试图查清真相,给大伙一个交代。"

此言一出,台下立时有人喊道:"褚掌门,此事难道不是朝廷在背后捣鬼，故意抓走人质，引诱我们派人相救，他们好调虎离山，一举攻下各派吗？还有什么可澄清的？"

褚松正颔首道："不错，但诸位想必也怀疑过，为什么这些弟子不是在返程途中被抓，而是在司幽山上就被下药掳走，更有甚者，还妄称褚家剑派与朝廷暗中勾结，意图颠覆中原武林？"

他说的是事实，各派在事发之后多少有这样的怀疑，但一来据幸存的弟子说褚家子弟也有被一道掳去的，二来没有实打实的证据，不好妄下论断，因此都只是私下里说说，并不曾当面与褚家剑派对质。此刻见褚松正光明正大，毫不避讳，各派均觉得他既然如此坦荡，敢开诚布公地当着天下英雄的面说出这话，想必其中的确有一些不为人知的隐情。

博山派掌门朗声问道："那敢问褚掌门，真相究竟是怎么一回事？"

褚松正往纯钧派站的地方瞥了一眼，淡淡道："这件事同纯钧派新任的一位长老大有干系，褚某接下来所说的话，单指那狼子野心之徒，并无牵连纯钧派的意思，还请纯钧派的朋友不要见怪。"

韩南甫冷冷道："褚掌门说的是谁？"

褚松正说道："正是贵派新任临秋峰长老，化名岳持、真名闻衡的那位。"

他话里话外都在暗示闻衡，众人心里有数，可真当这个名字从褚松正口中说出来时，台下仍如冷水泼进热油锅，炸开了一片哗然动静。

廖长星说道："褚掌门，在座的许多人曾亲眼见证，当日正是本门闻长老将他们从刑城大牢中解救出来，那里面还有不少褚家剑派的弟子，你却空口诬蔑他是狼子野心之徒，恐怕有些恩将仇报吧？"

褚松正却道："廖少侠，听说闻衡曾是你的同门师弟，上次在刑城也是借了你的力，你们师兄弟关系一向不错，所以你才不等我说出真相，就急不可待地替他出头，此等行径，未免也有些偏颇。"

"将各派弟子掳至刑城，调虎离山，这件事从头到尾都是朝廷的计策,并没有什么可争议的,但凭借着救人而立功扬名的闻衡,不是全然清白。"褚松正道,"他早就知道朝廷的计策,甚至在论剑大会当晚下药迷昏了赴宴的百名弟子,方便朝廷内卫下手;等人都落到内卫手中后,他再挺身而出,以一人之力解救百人,施恩于八大门派,为自己博得一个侠义名声。此人并非什么正直良善之辈,实乃欺世盗名的心机小人!"

这瞎话乍一听编得还挺有道理,不少人被他糊弄住了。廖长星匪夷所思地问:"敢问褚掌门,司幽山是什么地界,论剑大会当日有多少高手在山上,闻长老又有多大的能耐,能在您的眼皮子底下给几百人下药,竟然没有一个人察觉?"

"他甘冒奇险到刑城救人,甚至身负重伤,这可是实打实地与朝廷作对——假若闻长老是您说的沽名钓誉之徒,扬名立万的办法多的是,他何必铤而走险,做这种吃力不讨好的亏本买卖?"

褚松正道:"廖少侠不必急着替他开脱,我敢这么说,自然有证据。闻衡的身世可不是一般人家,他双亲死于谋逆大罪,唯独他托庇于纯钧派门下,一直隐姓埋名,韬光养晦。有这等经历,他对朝廷自然厌憎极深,常存报仇之志,所以才利用各派弟子被困刑城的机会,既能收买人心,又挑动中原武林与朝廷对立,以便来日向朝廷复仇。诸位试想,到时候他誉满江湖,挟恩自重,若要揭竿而起,焉能不一呼百应?

"诸位请再想想,我听本派弟子说,当日在刑城大牢中,所有人都服食了有化功散的粥,闻衡亦在其中,怎么后来只有他恢复了武功,旁人却直到被救出都无力反抗?自然是他早早就备好了解药,却佯装失手被擒,等援兵到来之际,再出来逞英雄揽功。"

他字字诛心,娓娓道来,说得台下人心动摇,众人不由得顺着他的话思索起来。

正在此时,忽然有人温声道:"褚掌门说得不错,只有一点不对——化功散的解药的确有,但由于药材难得,短短半天内无论如何也配不够上百人的解药，闻公子行事虽有不周，却也不必太过苛责。"

众人循声望去，只见东南角的人群略略散开，露出绣衣玉冠、长身玉立的翩翩公子，正是招摇山庄的大师兄龙境。

褚松正眉心一跳，面上仍保持着严肃神色，笃定地道："数月以来，本派虽蒙冤受屈，但到底不敢冤枉好人。闻衡在论剑大会第一日代纯钩派出战，第二日却没有露面，但那日当晚，本派弟子曾亲眼看见他出现在司幽山上。龙少侠既然质疑，那今日便请在场各位英雄做个见证，让这名弟子与闻衡当面对质，看看真相究竟如何！"

此言一出，台下大哗，有人奇道："闻衡竟然敢来？不是说他被各路杀手追杀，早已失踪，到处都找不到他的人影了吗？"

褚松正面上不禁露出一点儿得意之色，他应答道："托赖垂星宗薛护法帮忙，敝派已将闻衡'请'到了蘼芜山。"

台下响起一片窃窃私语声："垂星宗？这又关垂星宗什么事？"

一个高挑瘦削的身影自火光阴影下缓缓踱出，无声地走到高台中心。待看清楚他的脸，范扬忍不住在心中爆出了一句怒骂。

这人还真是薛青澜！

薛青澜站在蒙着黑布的箱子旁边，月光照得他脸色如霜雪一样苍白。他低垂着眉眼，神色漫不经心中仿佛带着点儿厌倦之意，若不知内情，谁也想不到被他亲手抓住送到褚松正手里的，竟是这世上最关心他的人。

褚松正朝身后打了个手势，示意带人证上来，可等了一会儿，台下始终没有动静，他不由得疑惑地扭头向后望去，压低声音问道："李直呢？"

"你在找李直？"

薛青澜的声音从旁边传来，他懒洋洋地挑起长眉，露出了看戏似的神情，忽然抬手"唰"地一下扯掉箱子上的黑布，轻轻地笑了一声——

"他在这儿呢。"

杜若峰上,众人无不愕然失语,满山寂静之中,唯余火油燃烧的"噼啪"声,跃动的火光投射在精钢铸成的巨大铁笼上,将其中披头散发的男人照得如地狱爬出的修罗恶鬼。他面上、身上全是斑斑血迹,双颊消瘦深陷,容色苍白惨淡,只有一对眼睛亮得瘆人,好似饿极了的野兽。

薛青澜吹了声口哨,问道:"方才褚松正的话你都听清了?"

李直僵硬地点了点头。

"好。"薛青澜道,"那你便当着天下英雄的面,将个中详情一一说来吧。"

褚松正的如意算盘打得十拿九稳,他万万没想到竟被薛青澜摆了一道,一边叫人快去找方才还在他左右的"李直",一边压低了声音质问道:"薛护法,你这是要干什么?!"

"不干什么,"薛青澜靠在笼子上,不慌不忙地说,"我只是按照您的意思,叫李直来对质而已。"

褚松正咬牙切齿地问:"闻衡呢?!"

薛青澜笑道:"褚掌门,你把大伙儿召集到蘅芜山来,洋洋洒洒地说了一大篇话,将所有罪过都推到闻衡身上,怎么戏唱到了最要紧的一折,现在反倒朝我要起人来了?——这荒郊野岭的,我上哪儿给你找人去?"

"你!"

褚松正被他一顿讥刺,再迟钝也看出不对了,恼怒地低声道,"薛青澜,别忘了褚家与垂星宗早有约定,你现在临阵倒戈,不怕来日被方无咎追究吗?!"

"怕,我怕死了。"薛青澜道,"所以当着这么多人的面,褚掌门要不给大伙儿说一说,你们司幽山与我垂星宗讲好了什么条件?"

台下群豪此时也终于觉察到其中似有猫腻，有人朝褚松正喊道："褚掌门，这究竟是怎么一回事？你的人证呢？"

薛青澜回身比了个噤声的手势，道："褚掌门要的人证就在这里，诸位有心，不妨听听他怎么说。"他顺手以刀鞘敲了敲铁笼，对李直道："讲吧。"

李直的嗓子哑得像刚吞了一把粗沙，但还算清晰可辨，众人只听他缓慢地道："我乃褚家剑派旁系子弟，十四岁时拜入纯钧派玉泉峰秦陵长老座下，后因……因同门相争，触犯门规，被纯钧派逐出门户，回到了司幽山。"

站在纯钧派旁边的恰好是连州还雁门，有好事者便悄声问道："怎么他也是你们纯钧派的人？"

玉泉峰今日只来了廖长星一个，他对着台上的人影端详了片刻，才肯定地点了点头，答道："不错，的确是他。当年岳……闻衡长老还在家师门下，李直与他有些口角，故意出手伤人，因此被逐出了纯钧派。"

那人好奇道："这么说来，他岂不是恨死闻衡了？"

廖长星没法回答他，却赫然听见李直继续说道："我从褚家最卑贱的执事弟子做起，用了七年才出人头地，让掌门和长老们看见我。褚家剑派这些年人才凋敝，实力大不如前，近年来朝廷亦三番五次地透露出铲除江湖势力的意思，所以掌门认为这是重振本门声威的大好时机，叫我代他出面行事，与朝中内卫私下接触，愿将本派作为内卫在武林之中的一枚暗棋，为朝廷行事提供便利。"

他这几句话虽简短，里头透露出的意思却有如惊雷，轰然在杜若峰顶炸响。韩南甫悍然拔剑怒喝道："褚松正，你千方百计地往我纯钧派头上泼脏水，原来打的竟是这个主意！"

若李直所言属实，褚家剑派得罪的可不仅仅是纯钧派，而是冒天下之大不韪，要与中原武林为敌。

褚松正心跳如擂鼓，额上出了一层密密的细汗，却硬撑着气势呵斥道："一派胡言！此人必定是受人胁迫，才蓄意胡乱攀咬，企图诬蔑我褚家清名。众位难道要偏听他的一面之词吗？！"

薛青澜在一旁抃掌，不咸不淡地道："说得好，今夜在这里喊打喊杀的人，可不都是凭的一面之词吗？"

他目光似笑非笑地在褚松正的脸上转了一圈，悠然对李直道："别停，继续说下去。"

李直继续道："论剑大会上内卫从司幽山劫走百名弟子，也是早就商量好的里应外合之计。当晚我按照掌门吩咐，提前在宴会的酒水、茶水中投下了迷药，自己再装作昏睡被内卫掳走——褚家剑派一共被抓走了十名弟子，都是掌门的心腹，早就知道底细。内卫在分囚车时，故意从各派的弟子里挑出一人关在一起，好让所有人都知道褚家剑派也有人被俘。这样一来褚家剑派可以洗清帮凶嫌疑，二来也可顺便替内卫监视这些俘虏有没有异常举动，防止他们中途逃跑，或是有人混入当中劫狱。"

在场有不少经历过刑城之变的弟子，闻言仔细回想当日情形，果然同他所说的分毫不差。相比于褚松正指证闻衡，李直连这样的细节都能说出来，无疑李直的话更有说服力。一个博山派弟子大声质问道："褚掌门，这你又该如何解释？"

旁边也有半信半疑的人，站出来道："照他这么说，闻衡不正是混入了刑城大牢救人吗，怎么没被他们发现？"

有反应快的人立时一拍脑门，醒悟道："是了！闻衡当初可不是连跟他同一个囚室的人都瞒过去了！他趁大家都睡着时外出联络求援，天明前再回到囚室里，谁也没发现他的行踪，纯钧派的温长卿少侠可以做证！"

众人的目光又立刻齐刷刷地移回纯钧派这边，廖长星扶剑而立，淡淡道:"温师弟有事不曾前来,但据他先前的说法,确有此事。诸位若不信,待日后见到他时,也可再向他求证。"

一人喃喃道:"闻衡这么做……难道他那时就已经猜到褚家剑派有问题了?若果真如此,此人心思未免也太细致了。"

有那等看不过褚家做派的人便在人群中冷笑道:"怪不得褚家要费心召开什么试刀大会,让他在天下群豪面前身败名裂,原来是做贼心虚嘛。"

褚松正心内焦灼,宛如被架在火上炙烤,偏薛青澜还不肯饶过他,就着台下的议论声继续问李直:"既然一切都是你们自家做出的好事,怎么选中了闻衡来背黑锅?"

李直因性命完全被薛青澜捏在手心里,有问必答,堪称乖顺:"闻衡在刑城破局之后,又前往京城,潜入禁宫里偷走了纯钩派失窃多年的纯钩剑。朝廷的脸面几次被他踩在脚下,内卫认定此人将来必成心腹大患,因此交代我们将闻衡的身世传扬出去,再编造一个他身怀绝世神功的假消息,还悬赏千金买他的项上人头,好教他被全武林追杀,在江湖上再无容身之处。

"闻衡武功高强又城府深沉,掌门知道不好下手,所以暗中联络垂星宗,以一个秘密为条件,换取垂星宗出手。今夜的试刀大会正是因为薛护法抓到了闻衡,掌门才广召天下英雄,想在众人面前钉死闻衡的罪名,为朝廷彻底除去隐患。"

他这话里透露的消息一个比一个石破天惊,台下众人几乎反应不过来。一心奔着神功来的人只听到"假消息"三个字就心头滴血;几大门派领头人则为褚家剑派与朝廷结成联盟而生出深深忌惮;剩下的全是些根本没想到事情会如此曲折、被阴谋诡计绕得一头雾水的普通人,为了弄清楚到底是怎么回事,已顾不得什么门派之别,从旁边随手拉个人就扎堆讨论了起来。

褚松正再也按捺不住，怒喝道："简直是血口喷人！薛青澜，你指使李直胡乱攀咬，以为这样就能把自己摘干净吗？！"

薛青澜冷冷嘲道："褚掌门怕是老眼昏花，不认得我是谁了。在下可不在乎什么清名，不像你们这些表面仁义、实则阴毒的正道人士，为了洗脱自己的罪名，竟然还往别人的脑袋上泼脏水。"

褚松正苦心经营数载，计划得好好的，全因薛青澜反水而付诸东流。今夜过后，褚家剑派在江湖上的名声再也无法挽回，他自己亦将晚节不保，沦为众人眼中的走狗和笑柄。思及此处，他心中便生出一股恶气，原先涨红的怒容反而逐渐冷却下来，变为冷森森的铁青色，刻毒地盯着薛青澜道："不错，魔宗行事向来毫无顾忌，我倒要请教薛护法，闻衡其人究竟有什么本事，竟勾得你这样大费周折地回护他？"

垂星宗在江湖上的名声历来不大好，常有些欺男霸女、逼良为恶的行径，因此褚松正这话中暗示意味颇浓。薛青澜却"呵"地冷笑了一声，嘲道："褚掌门别急着拉人挡箭了，要说本事大，谁也大不过你去。你脚踏两条船，与朝廷内卫和垂星宗暗通款曲的事还没说清楚呢，怎么，你不打算给在场诸位一个交代吗？"

褚松正闭口不言，猝然发难，"唰"地拔剑刺向铁笼中的李直。这一剑是"云字诀"中的"野鹤孤云"，剑势孤峭峻拔，但被他使出，有如鸷鸟扑雀，透着一股凶狠决绝的气魄。薛青澜早防着他突袭，拔刀挡开这一剑，高声道："谎话编不圆就想杀人灭口？褚掌门，你当这满山遍野的英雄豪杰都是瞎的吗？"

两个人飞速缠斗到一处，兵刃"当当"碰撞之声不绝于耳。趁着身形接近，褚松正咬着后槽牙，压低了声音却仍然难掩愤怒失望之情："薛青澜，我到底何时开罪了垂星宗，你要这么算计我？！还是这根本就是方无咎的意思？！"

薛青澜嘴角一勾，避开他疾风骤雨般的剑光，亦悄声回答道："你答应只要事成就会告诉宗主奉月剑的秘密,可惜这秘密我早就知道了。你的筹码根本一文不值,垂星宗又何必为区区褚家剑派浪费人手?"

"不可能!"褚松正这回是真的结结实实地吃了一惊,失声道,"这等秘密,你如何得知的?!"

薛青澜运刀如飞,攻势凌厉,对上褚松正这样成名已久的高手,一时竟不落下风。他悍然挥刀劈向对方的右臂,声音和刀锋一样冷锐:"因为天底下不是只有你一个人长了脑袋,蠢材!"

"刺"的一声轻响,褚松正右臂中刀,持剑的手不由得一抖,面上掠过一丝痛苦之色。薛青澜许是也没想到会这么容易得手,心底蓦然生疑,下一刀出得便慢了一瞬。褚松正等的就是他迟疑的时机,左掌立时运劲拍出。台下范扬大喝"小心",然而只听"砰"的一声响,掌力正中薛青澜的胸口,薛青澜身体向后飘出数尺,撞在支撑火盆的几根粗木上,登时"哇"地吐出一大口鲜血。

褚松正再不迟疑,右手仗剑逼近,飞身向薛青澜的喉头刺去。范扬早在喊出声时就已朝台上扑去,然而竟还有人比他更快一步。电光般的一剑自天外飒然飞来,迅捷无伦地截住了褚松正的长剑,紧接着反手一绞一推,剑尖极其刁钻地朝他腰侧空门处刺去,立刻将他的来势阻在半空中。褚松正不得不以一个狼狈至极的姿势扭身躲避,在台上骨碌碌地滚了一遭,才勉强闪开那至为古怪又精妙难言的一剑。

范扬看清来人,胸中悬着的一口气当即松了下来,惊喜道:"公子!"

闻衡满身风尘,脸色冷峻得吓人,拎着剑淡淡地"嗯"了一声,立刻躬身去查看薛青澜的伤势。薛青澜正面硬挨了褚松正一掌,虽未当场闭过气去,但内伤甚重,脏腑如同被巨力碾碎,连呼吸都觉得困难,兼之他身上还有暗疾,自身真气衰竭,体内寒气便寻隙而入,加倍反噬,中掌不过片时,身体已凉得仿佛被冷水洗过一遭。闻衡上手一扶,便知不妙,连忙抵住他的后心几处大穴,运功助他梳理内息,压制体内寒气。

他骤然现身于这数百名豪杰眼前，一招之内逼退褚家剑派家主，此等剑法已是当世罕见，再加上范扬一语道破，在场诸人均已隐约猜到来人身份，不由得齐齐屏息，等着看接下来的事态发展。

闻衡却对这大半个山头的人视若无睹，专心地单膝跪在台边，连眼角余光也没有分出一瞬，天大的事都得等他给薛青澜治完伤再说。

薛青澜骤然受了一掌，倒没完全昏过去，神志尚有三分清明，但四肢动弹不得，睁不开眼也说不出话，像是三魂七魄给人抽出来封在了冰里。后来被人扶起时他也不知是谁，直到在烟尘血气里嗅到了一缕清淡又熟悉的青竹香气，紧接着一股热流从背心涌入，走遍全身，他这才从剧痛带来的混沌中完全抽身，艰难地睁开了双眼。

"衡哥……你怎么来了？"

薛青澜尚且不知道自己此刻形容如何凄惨，乍见闻衡，还如在梦中，又是思念，又忍不住忧心道："哪个混账把你放出来的？……"

当日他将闻衡迷倒带回了风蘋山庄，以此为诱饵将李直骗入了地牢，又命得力手下扮成李直的模样回到褚家为他传递消息。闻衡则被他喂了一粒"游仙散"，醉倒七日，按说今天应该才刚刚醒来。

他临行吩咐过留守山庄的手下，若他自己未能如期归来，等到蘅芜山试刀大会洗清了闻衡的污名，便可以将闻衡从地牢中提出来，送回湛川城鹿鸣镖局。

薛青澜替闻衡安排好了周全的退路，带着易容成闻衡的李直单刀赴会，直到那一掌之前，一切发展都还在他的计划之中。然而他唯独漏算了一点：当日在刑城时，连大内秘药"万象蛰罗散"也困不住的闻衡，又怎么会被"游仙散"醉倒七天七夜？而闻衡一旦清醒过来，仅凭一座地牢、几个手下，谁又拦得住他？

闻衡昼夜兼程地追上杜若峰，一路上听着各种传闻，早将薛青澜的意图摸了个七七八八，然而终究晚了一步。他气得恨不得把薛青澜绑起来抽一顿，可又心疼得连一句重话都说不出，只好举起衣袖慢慢抹去薛青澜唇边的血迹，轻声道："你等一等我，待我了结了此间事，就带你回去疗伤。"

薛青澜勉力去抓他的手，气若游丝地道："衡哥别去……好不容易才将你择干净……"

闻衡温声道："别操心我了，很快就好。"说罢小心地扶着薛青澜在台边靠稳，这才起身对范扬道："旁的都不必理会，给我看好他。"

范扬少见他如此盛怒，直觉后颈的汗毛都要竖起来了，连忙趁擦肩而过时急劝道："公子，救命要紧。"

闻衡没有接他的话，径自抬步走到高台当中，面对褚松正，冷冷道："闻某来迟，还望褚掌门勿怪。"

褚松正奉朝廷的命令，费尽心思攒出这么一台大戏，就是要让闻衡再也没有翻身重来的机会，却万万没想到先有李直反水，后有薛青澜搅局，待得真相反转，闻衡反而姗姗来迟。这三个人就像是轮番跳起来拿大耳刮子抽他的老脸，把他的一腔意气打得粉碎，更别说方才闻衡那一剑逼得他狼狈万分，竟是面子里子都漏了个底儿掉，堂堂褚家剑派家主，竟如同一个粉墨登场的跳梁小丑。

他勉力维持着风度仪态，挤出一个半酸不苦的假笑，道："闻少侠，闻公子，你真是好得很哪！不光各派弟子蒙受你的大恩大德，竟连魔宗护法都被你迷了眼睛，肯为你倒戈一击。"

闻衡淡淡答道："阁下自愿做伥鬼，被群起而攻之，又何必来怨我？"

"闻公子年纪轻轻，心计却如此老辣深沉，还很会装模作样，"褚松正阴鸷地盯着他，高声喝问道，"你靠着一点儿恩情邀买人心、博取侠名，当上了纯钧派的长老，难道不是为了日后向朝廷复仇？你从前是个半点儿武功也不会的废人，为什么突然间武功大增，又是从哪里学来的这一手神妙剑法？除了北斗浣骨神功，世上还有什么功法能叫一个废人一夕之间脱胎换骨？"

闻衡尚未回话，忽听半空中传来尖啸风声。褚松正蓦地向右疾退，只听"啪"的一声脆响，先前他站立的地方留下一道浅浅鞭痕。他果断擎剑在手，断喝道："什么人？！"

聂影大步走到闻衡身旁，将金鞭收回掌中，高声道："老子忍了半天，早就想上来打你了！老匹夫一口一个废人骂谁呢？生怕别人不知道你没用吗？！"

闻衡低声道："多谢聂兄。"

"自家兄弟，何须说这等外道话，"聂影拍了拍他的肩膀，道，"方才这老匹夫造谣时，我没来得及动手就让龙境摁住了，眼下再不站出来说道说道，恐怕以后连我也要变成他们口中狼心狗肺的玩意儿了。"

他转向众人，昂然高声道："当日我与闻兄弟结伴上司幽山，论剑大会出事后，也是我们二人一同追踪朝廷内卫，援救被困在刑城大狱中的人质，这些俱有许多人亲眼所见，赖不了账。褚家老匹夫硬说闻兄弟居心叵测，那我聂影岂不成了帮凶？谁要讨伐他，便连我的份一起算上，先来老子手底下走过二十招再说话！"

聂影贵为还雁门少主，江湖人称"金鞭拂雪"，声名远比闻衡响亮。他既如此表态，当日在场的众人亦纷纷附和，发誓绝不会听信谗言，恩将仇报。

这些话闻衡听了也就听了，知道大家泰半是看在聂影的面子上，因此并不十分动容，反而朝四方正色道："近来江湖上流言四起，多是关于在下的身世，以及一篇子虚乌有的神功秘籍的。原意清者自清，无须多言，谁知竟被有心人拿来大做文章，欲陷我于不义，乃至于为千夫所指，世所不容。

"我家人皆命丧于内卫之手，其中冤情至今尚未昭雪。我确实与内卫有不共戴天的血仇，但这是闻某的家事，与旁人无涉，诸位今日既然能明辨是非，没有偏听褚松正的一面之词，自然也不必担心来日被我煽动，枉做了别人手中的刀剑。"

他语气不甚激昂，言辞亦不花哨，然而句句真挚有力，远胜长篇大论，台下群侠一时间鸦雀无声，均在侧耳细听他说话。

闻衡内力深厚，虽不高声，但声音送得极远，在山谷间隐隐回荡："至于神功秘籍，根本是无稽之谈。在下从未听说，更未曾修习过什么《北斗神功》。这一身武艺，一是七年前拜入纯钧门下，先得尊师秦陵长老指点，后又得顾垂芳顾老前辈传功；二是四年前我离开师门，在外游历之时，机缘巧合之下认得一位前辈，蒙他老人家传授内功心法，终得打通经脉，一窥武学门径。

"在下所习内功，名为《凌霄真经》，传承自昆仑山步虚宫；至于剑法，则是在下在这四年间潜心参悟，自创的十八路剑招，诸位未曾见过，实属正常。"

有人按捺不住激动之情，径自开口大声问道："闻少侠，我在论剑大会上曾见识过你的剑法，着实精妙绝伦，敢问闻少侠，这套剑法叫什么名字？在下有心讨教几招，不知少侠是否愿意赐教？"

他问出这样的话，足以说明在场众人不管是真心还是情势所迫，都选择相信闻衡是清白的，不再纠缠于褚家的诬蔑构陷。闻衡低声对聂影说了一句"大哥退后"，又回头看了薛青澜一眼，复向那人答道："雕虫小技，不敢当阁下谬赞，今日情势亦非切磋之良机，不过我倒是可以比画几招，给诸位瞧个新鲜。"

他拉开长剑，徐徐道："当日我被困在与世隔绝的幽谷里，穷极无聊之际，常以舞剑自娱，由此琢磨出一套剑法。而这数年当中有一个人令我每每思及，因此取了他的名字，将这套剑法定名为'青澜'。"

闻衡在满山倒抽冷气声中举剑对准了褚松正，凛然道："我与薛护法是生死之交，褚掌门，你打伤他这笔账，我现在要向你讨回来。"

褚松正打从闻衡出现的那一刻起，就知道一场恶战在所难免，但打死他他也想不到闻衡动手的理由不是自证清白，也不是匡扶正义，竟然是因为薛青澜。

不光是他，除了范扬，在场所有人都蒙了。

台边的薛青澜被惊得咳吐了血，聂影差点儿被自己的鞭子绊个跟头，连一向镇定从容的廖长星都微微睁大了双眼，一时愕然无话。

褚松正在论剑大会上见识过闻衡的剑术，固然知其精妙，但也料想到他多少占了"新奇"的便宜。自己是一派之长，又是江湖上成名多年的高手，自然深得褚家绝学"风云剑诀"的精髓要义，又比闻衡多了几十年经验，因此并不十分忌惮闻衡，出手便抢攻上前，以快打快，要叫他尝尝挨打的滋味。

闻衡正要速战速决，见他如此配合，更不肯相让，两个人你来我挡，眨眼间便拆了十余招。褚松正施展开"云字诀"，但见剑影婆娑，缥缈如云，既变化不定，高低莫测，又连绵不断，处处暗藏杀机。此剑原是褚家剑派祖师在高山之巅观云海而有所得，取的是流云聚散往复，舒卷随心之意，剑招挥洒自如，变招繁复，往往是指东打西，看似欲刺喉头，实则直取双眼，叫人防不胜防。

闻衡命里跟褚家剑派犯冲，对他家剑法颇熟，早就不会被这些花哨招式唬住，只是拆挡简单，破招却难，他先前既承诺过要为众人演示两招，此刻再不留手。剑势陡转刚猛，"唰唰"几剑平刺出去，一剑快过一剑，脚下步法亦随之不断向前，整个人便似踏风而来，强势至极地破开了褚松正的剑路。褚松正暗道不好，忙举剑至前胸守住门户，精钢剑尖"当"的一声刺中剑身，按说此时应当再难寸进，闻衡掌中的长剑却蓦地转圈，划过一道满月似的弧光，自上而下，当空朝褚松正直劈下去！

众人眼前剑光尚未消失，忽听见褚松正"啊"的一声痛呼，身子向后跃开，落到离闻衡丈外之处，拖出一道长长的血痕，紧接着"咚"的一声闷响，一只断手随即从半空中坠下，正正砸在两个人中间的地面上。

杜若峰上，群豪无不骇然，褚松正左边袍袖被鲜血浸透，强忍剧痛封住肩周几处要穴给自己止血。褚家剑派其他弟子见状，连忙冲上前来为他包扎裹伤。然而褚松正今夜连遭打击，一腔筹谋落空，败于闻衡手下，又被人斩去了左手，此时纵然有神丹妙药，也难以医治他声名扫地、晚节不保的惨痛。

闻衡见了血，心头怒意方稍微平息，于是收剑归鞘，朝褚松正道："回去转告冯抱一，不必搞这些伎俩，我和他早晚有一场生死决战，到时他就是不来找我，我也会去见他。"

说罢他在无数目光的注视下走到台边，躬身扶起薛青澜，语调转为低柔，与先前的冷峻截然不同，低声道："我带你回去。"

薛青澜面无血色，身上冷得像刚从冰窟窿里捞出来的，呼吸间全是血气，只能模模糊糊地听个话音，却仍勉力应道："好。"

范扬极有眼色，抽刀护持在二人身前，道："公子带小薛公子先走，我留下断后。"

闻衡点了点头，正欲转身下高台，几十名褚家门人忽然从四面"呼啦啦"地拥上前来，将他团团围住，打头的乃是三名褚家剑派长老，其中一个白面长须的老者喝道："站住！你们二人重伤家主，毁谤本派声誉，还想就这么一走了之？"

闻衡脚步一顿，不待他回头答话，耳边倏然响起飒飒风声，又有两个人飞身上台，落在包围圈内，各自抽出长剑，与范扬一道挡在他身前。

龙境彬彬有礼地道："在下被困刑城大牢时，曾蒙闻公子搭救，一直没有机会报答；贵派倘若执意要如此咄咄逼人，是非不分，在下也只好当场报恩，替闻公子周旋一二了。"

廖长星亦肃然道："还望贵派自重，不要欺我纯钧派无人。"

聂影甩了甩手中的长鞭，不耐烦地"啧"了一声，道："褚家是彻底撕破脸皮了，你俩还跟他们废什么话？！闻兄弟的账算完了，我的账可没完，你们把大伙儿当猴耍，爷爷今天就教教你们怎么老实本分地当孙子！"

眼见三大门派的弟子都站出来替闻衡出头，其他人亦不甘落后，纷纷冲到台前，喊道："今日正宜报恩，算我一个！"

"也算我一个！"

廖长星抽空回头对闻衡道："你只管走，不必担心，这里有我们拦着，薛护法的伤要紧。"

闻衡双手抱着薛青澜，不便行全礼，只能朝众人欠了欠身，颔首郑重道："诸位朋友援手之义，在下铭感于心，来日定当报答。闻某先走一步，告辞。"

他纵身跃下高台，众人自发为他让开了一条路。蘅芜峰上泱泱百人，就这么沉默地目送着他的身影飘然远去，消失在深夜寂静的山林之中。

却说闻衡运起轻功，凭着来时记忆，在一片漆黑的山道上发足疾奔。不知过了多久，忽觉肩上一重，薛青澜抓着他的衣领的手软软地垂落了下来，竟是内伤甚重再难支撑，彻底昏厥过去。

闻衡因提着真气疾行，周身发热，一时不察，直到现在才发觉薛青澜的身体越来越凉。他连忙背起薛青澜拐入道路旁的树林中，靠着一棵粗壮古树将他轻轻放下。薛青澜昏迷之中亦觉痛楚，不由得呻吟一声。闻衡尚不知他伤势如何，稍有踌躇，但人命关天，还是横下心来解开了他的衣带，伸手拨开内衫，借着照入树林的一点儿微弱月光，只见薛青澜的胸口印着一个乌紫掌印，在冷白肤色映衬下显得尤为清晰。

闻衡心中重重一沉，情知不妙，将他的衣襟掩好，转过身来，一手扶肩，一手抵住他的后心，透过背上大穴将醇厚内力源源不断地输入他体内。约莫过了半刻，薛青澜的身体才逐渐回温，他低低地"嗯"了一声，苏醒过来。

闻衡右手搭在他的腕上，只觉脉搏虚弱，虽比刚才强点儿，但仍是枯败之象，显然伤势极重，并非靠输送真气便能自行疗愈的。他心底焦躁忧急，面上却不敢显露分毫，只能轻声问道："觉得哪里难受？胸口疼不疼？"

薛青澜眼睫颤动，勉力睁开双眼，凝眸注视他片刻，用极微弱的声音道："没有……"

"你啊，"闻衡知道他是怕自己忧心，不肯据实以告，越发心疼，"你放心，我们这就下山去找大夫，不论用什么法子，一定能治好你的伤。"

薛青澜"嗯"地应答了一声，又喘息片刻，才勉强攒足了一口气，断断续续地问道："衡哥，我自作主张地将你迷晕带走……还关在山庄里……你是不是……很生我的气？"

闻衡原想答"不是"，但见他目光殷殷，恐怕一味顺着他答话，反而叫他心中不安，于是道："我气的不是你自作主张，而是气你不顾惜自己，既然都绑了我，你为什么不叫我帮你对付褚松正？我们两个人联手，总好过你单打独斗——"

他说到一半蓦地反应过来，看向薛青澜，果然见他眼底盈满笑意："羞不羞……当初我也是这么劝你，你怎么不听？"

闻衡叹了一口气，拿他是一点儿办法也没有："都什么时候了，还惦记着这些事。"忽听他轻轻问道："衡哥，你方才在台上说的那话……究竟是什么意思？"

"如果'青澜剑法'都算隐晦，那你听到'生死之交'，难道还不明白我的意思？"闻衡道，"我将你视作手足至亲，哪怕要与中原武林为敌，也绝不会叫别人欺侮你。"

"衡哥……"薛青澜半闭着眼平复了好一阵，咽下了喉咙里的一口血，才低声问，"该不会是我要死了，你故意哄我的吧？"

闻衡立刻抬手在他的背上佯抽了一记，却舍不得用一点儿力，斥道："不许胡说。"

薛青澜轻轻地笑了起来，想伸手，可惜实在虚弱，手只抬了一半就无力地坠了下去。闻衡柔声道："没有哄你，那是我心中所想，所以便脱口而出。"

薛青澜眼中流下泪来，他微笑道："有你这句话，我便死而无憾了。"

闻衡见他声气衰微，似乎又要昏睡过去，心内大恸："你年纪轻轻的，不过受了一点儿小伤，很快就能治好，别胡思乱想。"

薛青澜昏昏沉沉的，自觉视线模糊，气力难支，却仍附和着他道："正是……我怎么能留下你一个人与那些豺狼虎豹周旋？……"话没说完，他身体忽然一软，再度晕了过去。

闻衡连忙探他的脉搏和鼻息，幸好还有生机，又抵住他的背心要穴输送内力，约过了一炷香的时间，薛青澜的呼吸才渐渐恢复，脸上稍现血色。

林中萧萧风过，吹得闻衡打了一个激灵，他护着人事不省的薛青澜，心中似被人浇了一瓢冷水，满是茫然空落的感觉。

仿佛是七年前的雪夜再度降临，哪怕他如今武功高强，剑术绝顶，可在生死无常与弄人造化面前，却仍旧如同一个稚弱少年般无能为力。

闻衡低头看了看薛青澜惨白的面容，又抬头打起了精神，心道：我自小看过的内功心法没有一百也有五十，凡疗伤之法都大同小异，无非是借他人内力打通自身经脉，青澜这伤比别人多了一道寒气，只要先压制住他体内的寒气，再辅以《凌霄真经》中的疗伤法门，以内力引导他自身真气循环运转，内伤便可自愈，到时候再慢慢寻访名医替他医治寒邪不迟。车到山前必有路，病人还躺在这儿，我万万不可先自乱了阵脚。

他主意已定，当下便背起薛青澜，继续向山下行去，赶了一个多时辰的路，待天色渐明，来到了蘅芜山下的一处市镇中。

闻衡在镇东寻到一家客栈，要了一间房住下，又额外给了店伙计一钱碎银，叫他请当地郎中来为薛青澜看诊。

那郎中只上手一搭脉，便连连摇头道"治不了"。闻衡早有心理准备，闻言并不气馁，问道："先生可知道哪家药堂有好人参？"

那郎中一听这话即知他的意思，摆手劝道："公子，别说这小镇里没几味好药，你就是有本事寻了千年老参来，也是徒劳，还是少花些冤枉钱，及早准备身后事吧。"

闻衡不愿再听他说这些丧气话，也不争辩，只道："我自理会得，有劳先生，这边请。"他送走了郎中，自己到镇上药铺里抓了些黄芪、当归之类的温补药材，没有人参，便以参片替代。回到客店后，他将药材交给伙计拿去炖鸡汤，又给薛青澜含服了参片，果然到中午时有了起色，薛青澜慢慢醒转，幽幽叫了一声"衡哥"。

闻衡侧坐在床沿上，将他扶起来靠着床头，柔声问："醒了？觉得身上如何，还难不难受？"

薛青澜摇头，勉力道："没别的，只是口苦得很……给我杯水。"

闻衡一手取过茶杯来喂他，薛青澜就着他的手喝了几口水，再开口时，声音听着倒比先前有力气一些了："这是哪儿？怎么天都亮了？"

闻衡道："是蘅芜山脚的一座镇子，咱们暂且落脚，等明天就往别处去。"

薛青澜抬手抚过他泛青的眼底，因中气不足，尾音直往下掉，听起来格外软和："不忙着走，衡哥，你奔波了一整晚，又损伤了不少内力，先躺下歇歇好不好？"

闻衡安慰他道："你还生着病，就少操些心吧，我好得很，并不累。"

薛青澜低低地道："我知道你一心想找大夫治好我的伤，但是我杀了薛慈，江湖上不会再有哪个名医肯替我瞧病，所以你不要着急了，生死有命，强求也求不来。"

"没关系，不强求。"闻衡温声答道，"不用他们，我自己也能治好你，你信不信我？"

薛青澜闭着眼点头道："自然……你说的哪一句话我没有信过？"

"那你就放宽心，只管养伤，别的事都交给我。"闻衡将他鬓边的乱发一一理顺，轻声道，"昨夜你亲口说过会好起来，绝不抛下我一个人对付那些人，你也要说话算话。"

第九章
阿雀

"还有一件事,"薛青澜心中不安,只怕许诺落空,所以并不应闻衡的话,故意拿别的话题岔开,"是褚家剑派和垂星宗之间的约定——"

闻衡却止住他的话,道:"先别想这些,免得劳心伤神,等你养好了身体再说。"

薛青澜是圣手传人,医术了得,哪里会不清楚眼下自己的身体状况?只怕他现在不说,往后就再没机会说了。但他不愿再说这些徒令闻衡伤心的实话,便强打起精神道:"不要紧,我睡了好久,想跟你说说话。"

闻衡叹了一口气,薛青澜慢慢地道:"我将你捉去风蘼山庄后,故意骗李直到地牢看你,叫手下扮成他的样子回到褚家,多亏了他,这些日子打探到了不少有用的消息。

"不久前褚松正送了一封信给方无咎,提出若垂星宗肯出手帮忙捉住你,他便将西极湖地宫和古剑背后的秘密告诉方无咎。这个秘密说来其实也很简单,我们早就知道的,这世上与奉月剑相同的剑还有两把,一把是纯钩派的纯钩剑,一把是上回我们在宫中看到的古剑。一把剑对应着一座地宫,地宫内有许多武功秘籍,上头的文字与剑铭同出一源。"

薛青澜精神很差,说不了几句话声气便渐渐弱了下去,他靠在床头歇了一会儿,偏头咳了两声,喘了一口气,又继续道:"衡哥,越影山有地宫,西极湖有地宫,那你觉得褚家剑派为什么会知道地宫的事情?"

闻衡心念电转,立刻明白过来:"你的意思是,司幽山可能也藏着一座地宫?"

"不错,"薛青澜道,"宫中那把名为'玄渊'的古剑,正是由褚家剑派主动进献给皇帝的,时间恰好是在七年之前。"

七年对闻衡来说是个非常敏感的日期,因此薛青澜一提,他脑海里某根神经立刻跟着颤了一下:"这件事与我家的案子有关系?"

"凭'李直'的身份,能探到的消息实在有限,我不敢断言。"薛青澜道,"但是衡哥,你还记不记得那晚在宫中,那个内卫说你父王是在拥粹斋被人用玄渊剑杀害?世上怎么会有这么巧的事情?这其中必然还有我们不知道的联系。"

闻衡搂着他的肩膀的手不自觉地收紧,薛青澜感觉到了痛意,却没有说破,若无其事地继续道:"除了这些,我还有个意外收获。四年前纯钩派玉阶长老继任典礼上,他们的镇派之宝,就是那把假剑——其实最后是被褚家的人盗走的。"

"褚家剑派?"闻衡倏然一怔,"可那晚在后山禁地同我交手的人,使的分明是垂星宗的武功路数,而且第二天在藏剑阁里还发现了我被他打碎的剑鞘。"

先前他们从顾垂芳那里知道真剑早已失窃,就没再费心想过假剑的事情,此时忽然翻出了旧事真相,两个人仿佛是拿着一团乱麻,分明找到了一根线头,却不知该从何解起。薛青澜猜测道:"会不会是两拨人马同时出手,结果被一方抢了先?"

闻衡沉思片刻，忽然问道："垂星宗中，知道地宫一事的都有谁？"

薛青澜："事涉机密，除了宗主和亲信护法，其余人一概不知。"

"这就怪了，"闻衡道，"褚家剑派那时候已经投靠了朝廷，真纯钧剑早在宫中，他们何必要大费周折地去偷一把假剑？越影山地宫除了朝廷、褚家、顾前辈外，连本派掌门尚且不知晓，垂星宗的人又从何得知的？"

"也许他们是从哪儿听说了纯钧派有一把古剑，因此推想它和奉月剑一样，是另一处地宫的钥匙。"薛青澜话锋一转道，"不过你也不要把事情想得都太巧合，就我所知，宗主以前从没打过纯钧剑的主意，更不曾令亲信护法特别注意这种事，或许那个人只是单纯地想盗走镇派之宝，打纯钧派的脸呢？"

闻衡沉吟道："有道理。不过要是这样说起来，那个人既然不是垂星宗的上层人物，就排除了他是自外面侵入的可能。当日受邀前来的宾客又都是名门正道，或是各峰长老的知交朋友，也就是说在这些'正派人物'里，有一个人隐瞒了自己的出身和武功传承。而且那一晚他是从玉泉峰后山抄小路进入临秋峰禁地的，说明他对越影山，特别是玉泉峰的地形很熟悉。考虑到各峰之间的距离，那一夜他很有可能就住在玉泉峰上，是秦陵长老的客人。青澜，薛慈曾向你透露过他的出身门派吗？"

薛青澜心脏猛地乱跳了两下，心神骤乱，立刻扯动内伤，他躬身剧咳起来。闻衡连忙抚着他的背叹道："好了，好了，不说这些，厨下有炖好的鸡汤，我去端一碗上来，你喝了再睡一会儿，好不好？"

薛青澜眼前阵阵发黑，耳边杂音纷乱，不大听得清他说什么，只好胡乱点了点头。闻衡便从床上起身，小心地扶着他躺好休息，仔细披好了被角，才转身出门去。不多时他就从楼下端回一盅热腾腾的黄芪鸡汤，哄着薛青澜勉强喝了小半碗。然而薛青澜连喘气都牵扯得胸口疼痛，喝不了几口就推开汤碗，道："够了，衡哥，你也还没吃饭休息，别尽顾着我了。"

闻衡将汤碗放好，回过身来道："我不顾着你还能去顾谁？等你养好了病，想怎么管我都行，眼下先尽着你自己的伤势，少操心多休养，听话。"

薛青澜心道：若有以后，当然是再好不过，可若没有，我能同你说话的机会或许只有这三五日了。

他自知伤重难愈，但不愿再让闻衡忧心，于是微微含笑答了一声"好"，又道："你被我急匆匆地从湛川城带出来，身上想必没带够银钱，我怀中还有几张银票，你拿去救急。"

"知道了。"闻衡抬手掩住他的眼睛，轻声道，"别说话了，你睡一会儿，我在这儿陪着你。"

薛青澜精神倦怠，此时实在撑到了极限，便依言闭眼，沉沉睡去。

闻衡见他睡下，虽梦中也因伤痛而微蹙着眉头，今日气色却比昨夜好了一些，总算松了半口气，有余裕分心去仔细推敲薛青澜透给他的几个消息。

先前他只把心思放在纯钧剑和越影山地宫上，最多是想到纯钧剑与昆仑步虚宫有些关联，却从没将纯钧剑、奉月剑和玄渊剑联系起来考虑。闻衡总觉得自己脑海中有个模模糊糊的念头，无来由地令他有种心惊肉跳的预感。方才他只不过提了一下薛慈，就把薛青澜吓成那样，因此没来得及往深处想，眼下再仔细一琢磨，那许多纷乱的线头却奇异地首尾相连，渐渐勾勒出一道往事的轮廓。

纯钧、奉月、玄渊形制大体相当，铭文又与步虚宫乌金令牌上的字迹一致，那么这三把剑的来历、用途，出身于步虚宫的冯抱一很有可能早就知晓，而他在叛逃步虚宫后投效了内卫，把这个秘密带入了皇宫。假设三十年前聂竺盗剑就是出自朝廷授意，冯抱一的目标是收集这三把宝剑的话，从拥粹斋的收藏来看，这件事的进展似乎并不顺利，在取得纯钧剑二十年之后，朝廷才终于得到了褚家献上的玄渊剑，至于奉月剑更是一直留在垂星宗里，朝廷至今仍未得手。

但叫人不解的是，七年前褚家已通过献剑投靠了朝廷，那么明知道纯钧剑就在宫中，为什么在三年后还要费力不讨好地再来偷一次假剑？

闻衡只端坐着不动，心跳却无缘无故地越跳越快。他像个一层层解开石皮的工匠，一边直冒冷汗，一边知道自己终于触到了最令他恐惧的内核。

如果这一切都是冯抱一在背后坐庄，褚家盗剑也是出自他授意，那他之所以做出这个判断，很可能是怀疑已经到手的纯钧剑是假货，才要拿纯钧派一直宣称没有丢的镇派之宝来验证真伪——可纯钧剑已经被聂竺盗走二十几年，冯抱一为什么以前没有发现，偏偏二十年后才蓦然察觉？是谁提醒了他？

不消闻衡细想，答案已自然而然地浮现在他的脑海中——

七年前，冯抱一的手中或许已经有一把"玄渊剑"了。

由于纯钧剑是真的，所以他深信不疑"玄渊剑"当然也是真的。可是等到褚家剑派拿出了真正的玄渊剑时，冯抱一才意识到，他一直以来都被一个人骗了。

这个日期很可能并不是巧合。

七年前，真假双剑的事情败露，最先被追究的一定是编造谎言的人；同样是在七年前，他的父亲、当今皇帝的胞弟、庆王闻克桢，因为"欺君罔上"而被冯抱一用玄渊剑诛杀于拥粹斋中。

或许当年其实有几个人分别去寻找这三把宝剑，所以找来的剑中，纯钧是真的，玄渊是假的；又或者……冥冥之中自有定数，因果轮回，报应不爽，当年聂竺亏欠纯钧派的，要由他唯一的骨血亲手补回。

闻衡从小就被人夸聪明，不但有过目不忘之能，还长于推断分析，要是当年庆王府不曾生变，说不定他如今早已入朝，正在大理寺混得风生水起。

可是他一生之中从未有一时如同此刻，怀疑自己是太累了脑袋出了问题，或是突发了失心风。

闻克桢怎么可能会是聂竺？

时间过去太久，许多年少时的记忆都已模糊，可闻衡一直清楚地记得闻克桢是个宽和慈爱的父亲，自己的母亲、亲朋故旧乃至家中的侍卫仆从，都对他尊敬有加，夸他磊落正直，"亦狂亦侠亦温文"。更何况他是先帝亲子、今上胞弟，这样一位天潢贵胄，除了当今皇帝没人支使得动他，他怎么可能甘愿隐姓埋名，处心积虑地混进武林门派，只为了去偷一把不知道有什么用途的古剑？

可如果他不是聂竺，"欺君罔上"的罪名又是从何而来？他的死为什么会与冯抱一和玄渊剑扯上关系？

闻衡怔怔地出了许久的神，越想越觉得心凉，直到薛青澜的手自床沿垂落，闻衡才蓦然回神，惊觉原来不是他"如坠冰窟"，而是薛青澜周身散发着寒气，面色苍白如雪，人已失去了知觉。

闻衡连忙将薛青澜托起来，单掌抵着他的背后送入一股精纯真气。待得薛青澜身体渐渐回温，闻衡高悬在喉咙口的心方落回肚子里，他暗暗后悔：薛青澜的伤势正在紧要关头，我却在这时候分心，日后有的是时间慢慢查清真相，眼下最要紧的是先治好他的伤，切不可再想东想西。

闻衡既是内疚于一时不察，也是要借此让自己专心一事，不再因那些猜测而混乱动摇。他将薛青澜扶回床榻上，下楼朝客店伙计要了热水，随便用了些饭菜充饥。饭毕回房，他先拧了手巾替薛青澜擦去身上的血污，自己随后洗漱了一番，在另一侧的小榻上休息。

薛青澜身上还是隐隐发寒，闻衡不敢离他太远，以备半夜薛青澜寒气发作好及时察觉。他连日奔波,劳心劳力,此刻疲倦感如潮水涌上,很快便就着这个姿势沉沉睡去。

俗话说"日有所思夜有所梦",闻衡白天被褚家剑派的事闹腾得心烦意乱,虽再三告诫自己不要乱想,睡着了果然还是做噩梦,一时梦到双亲惨死在自己面前,一时又恍惚身在逃亡路上,隆冬大雪冰寒彻骨,范扬负伤跪在他面前,而远处隐约透着冲天火光……他胸口传来一阵撕扯般的痛楚,猛一激灵从梦中惊醒,惊觉四下一片冰凉,是薛青澜的寒气又压不住了。

薛青澜体内的痼疾一到深夜就发作得厉害,闻衡起身,扳着薛青澜的肩让他翻身朝向自己,掌心自然落在薛青澜的背心处。闻衡一边输真气一边暗自盘算:这小镇中缺医少药,客栈每日人来人往,内伤又最忌外人搅扰,明日还是应当找个清静地方,做好长时间住下来的准备。

他正考虑着,薛青澜忽然挣动几下,迷迷糊糊地叫了一声"师兄"。

看样子薛青澜这是梦到了四年前越影山上的往事,闻衡不由得心头一软,温声应道:"嗯,我在。"

薛青澜抓着他的衣袖,喃喃道:"冷……"

"不怕,"闻衡拍了拍他散在背后的柔软长发,耐心安慰道,"师兄在这儿,一会儿就不冷了,睡吧。"

薛青澜从小到大都是那么好哄,没过一会儿便再度沉入深眠之中。

然而,许是前日里说话太多耗损了精神,再加上体内寒气发作次数变多,次日薛青澜伤势未见好转,反而有加重之势,天明时竟发起热来。闻衡一早叫店伙计雇了辆车,载他们到几十里外的武宁城去,刚行出小镇没多久,外面天色转阴,远方闷雷隐隐,片刻后便淅淅沥沥地下起雨来。

薛青澜烧得浑身骨头疼,胸口窒闷难言,四肢连动一下的力气也没有,昏昏沉沉地被闻衡护着,只觉得自己身上一会儿冷一会儿热,像在雪地里冻挺了又被扔进烈火中炙烤。他这些年被体内寒气锻炼得忍耐力极强,却也熬不住这种折磨,恨不得即刻挣脱这副沉重的躯壳,免得继续受病痛煎熬。然而心中又仿佛有根线始终牵着他的灵魂,叫他犹有不舍,他不忍即刻便脱身而去。

闻衡见他不断地动来动去,连晕都晕不安生,嘴唇是白的,脸颊却烧出飞红的血色,那皱眉苦忍的模样叫他心痛,自己却只能束手在旁边眼睁睁地看着,连替他分担一点儿病痛也不能够。

他本想干脆点了薛青澜的睡穴,使薛青澜免受这一时之苦,又怕事有万一,影响他及时发现问题,只能不断地耗费内力替薛青澜压制上泛的寒气。就这样忧心如焚地过了不知多久,薛青澜好像略微清醒了一些,双目似睁非睁,仰头看着闻衡,目光因高热而显得迷蒙。闻衡还当他是哪里不舒服,以手背贴了贴他滚烫的额头,轻声问:"怎么了?"

马车摇摇晃晃,薛青澜耳边都是风雨声,乍一听仿佛身处旷野之中,他用了很大的力气才勉强发出一点儿微弱的声音,道:"我们这是要去哪儿?"

他声音甚小,闻衡得稍稍躬身低头才能听清楚,答道:"是去武宁城。等咱们安顿下来,就开始为你治伤。"

他本以为薛青澜此刻神志清醒,孰料话音未落,薛青澜不知从何处生出一股力气,竟一把抓住了他的领口,惊慌道:"别去!"

这一声又哑又急,而他的神色中甚至带着一种少见的凄厉之意,闻衡吓了一跳,连忙安抚道:"别急,别急,慢慢说,怎么了?"

薛青澜死死地揪着他的衣服,纵然声气微弱,却仍能听出一点儿明显的、哀求般的哭腔:"别去汝宁……危险……"

闻衡道:"不是汝宁,是武宁——"

他蓦地住了口。

无数走马灯一般的旧事、种种他留意或未曾留意的细节、埋藏在心底的疑惑和不敢触碰的遗恨……万千碎片在这一刻终于拼凑成一幅完整的图景，七年前晦暗的雪夜与七年后的今天逐渐重合，破开迷雾的呼喊声从回忆一端远远传来，变成了此刻他胸膛中几乎脱缰的疯狂心跳声。

闻衡一开口，声音已颤抖得近乎失态，他像是怕惊碎了谁的美梦，轻而又轻地试探着叫道："阿雀？"

而薛青澜犹然深陷梦中，用他一直以来不曾改易的回答，贴着闻衡的耳畔喃喃道："公子……你不要怕。"

我一定会保护你。

古代传说中有一种幻术叫作"障眼法"，能令一个人或一件物变化成另外一种模样，足能以假乱真，可一旦被叫破看穿，就会立刻恢复成本来面貌。闻衡现在怀疑自己是不是也中了薛青澜的障眼法，他从前有多么疑惑，现在就有多么恍然，那些被他无意抓住又轻易溜走的细节，分明是揭开整张遮眼布的线索，他却一再错失机会，直到被神志不清的薛青澜亲自点醒，才终于拨开了雾障。

"为什么不告诉我呢？"闻衡凝视着他的面容，掌心拂过不安颤动的眼睫，巨大的震惊情绪散去之后，是一片难以言说的萧索感。他怔怔地心想：是我让你失望了吗？

薛青澜昏沉了数日，其间偶尔清醒，但都非常短暂，像是睡梦中被魇住了，眼皮也抬不起来，只能感觉到闻衡耐心地将米汤和药汤一点一点喂过来。有时身体突然发起冷，会有一股温热暖流从后心涌入，替他镇压作乱的寒气。不知闻衡用了什么法子，他体内寒气发作频率越来越低，而原本孱弱的真气积存下来，如水退后露出河底的岩石。暗伤和干涸的经脉起先是被闻衡强劲温厚的内力温养着，后来薛青澜自己的内力开始运转，他渐渐找回了对四肢百骸的控制，终于在某一天清醒过来,挣扎着睁开了双眼。

他醒来时恰是深夜,闻衡刚要熄灯睡下,被他一声"衡哥"惊得手抖,指风居然弹歪了,那蜡烛的光焰剧烈一晃,却并未就此熄灭。薛青澜只觉眼前一花,便看见闻衡飞快地起身过来,昏黄烛火给他的眉目镀了一层柔和光晕,他整个人好似一幅隔世经年的古画。

"醒了?感觉怎么样?"

薛青澜虽还是虚弱,但内伤渐愈,比刚受伤时好了很多,伸出手要他扶着坐起来,问道:"这又是哪里?"

他环顾四周,只见房间甚大,陈设却陌生,自己躺在床榻纱帐之中,穿着干净的白单中衣,身上搭着一条柔软锦被。屋里弥漫着淡淡药气,但因为闻衡也在,帐中有股若有若无的青竹香缭绕不散,像是他无言的陪伴。

"我在武宁城赁了一座小院子。"闻衡观察着他的神色,见他并无触动,大概是忘了自己在马车中的呓语,"你睡了将近五天,今日看着气色好些了,是不是伤势有起色了?胸口还痛吗?"

薛青澜低头拨开衣襟,看了一眼自己的胸口,见那乌紫掌印颜色浅淡,只剩一层淡淡的灰痕,摇头道:"不痛,我好多了,衡哥,多谢你。"

若在平常,闻衡必然会叫他把这个"谢"字当场吃回去,但今日听完这句话,居然好半天都没说出一句话,沉默片刻,方问道:"饿不饿?我去给你煮碗粥垫一垫饥。"

薛青澜连忙道:"我不饿,大晚上的别麻烦了。"

闻衡隔着一层单衣在他的腹部按了按,复又拢起长发,起身道:"不麻烦。你且等等我,很快就好。"

厨房里水米都是现成的,闻衡手脚麻利地支起锅烧上水,嫌味道单调,又剥了几个栗子扔进去与米同煮。灶膛里火光跃动,他手上慢慢地搅着粥,却明显心不在焉,眼里少见地透出一点儿茫然之色来。

这五天足够闻衡把七年来与薛青澜相关的点点滴滴都从头到尾想一遍，他很耐心，也非常慎重，因此过去某些令他不解的事都终于有了答案：比如为什么他见到薛青澜第一眼就觉得熟悉，再比如为什么薛青澜当年性格明明很孤僻，却肯为了他这个刚认识不久的人奋不顾身。

可他同时也意识到薛青澜是在刻意瞒着他这件事——瞒了七年之久。这背后固然有时运的原因，但更多的是无人可诉、隐秘而深刻的痛苦，一旦薛青澜问出了口，自己不可避免地要碰到这些伤口，甚至强行撕开被薛青澜隐藏起来的伤疤。

薛青澜从小到大都是一个性子特别"独"的人，往好了说是主意正，说难听点儿就是刚愎自用，一到大事必定一意孤行，不跟任何人商量，更不会听劝。而闻衡能意识到这一点，正是因为他自己也有差不多的特质。他是从风雪里逃出来的人，所以比谁都清楚，薛青澜的"独"并不是件坏事，恰恰相反，对他们这些刀口舐血的人来说，不独断专横一些，有时候是没办法在残酷的环境中生存下去的。

所以他拿不准应该用什么样的说法、以什么样的态度与薛青澜相认，才算足够小心，不会撼动薛青澜立身的根基，也不会伤害到薛青澜的一枝一叶。

闻衡正沉思间，背后门轴转动，传来"吱呀"声响，闻衡回头一看，发现是薛青澜披着外袍，正慢慢悠悠地扶着墙踱进来。他忙放下勺子，上前将人扶住："怎么自己溜达出来了？你才刚好一点儿，小心多劳伤神。粥要多煮一会儿，这里烟熏火燎的，我陪你回去躺着，好不好？"

薛青澜扶着他，低声笑道："衡哥，你也太过小心了，我难道是纸糊的吗，一碰就碎？"

他这话刚好戳中闻衡的心事，闻衡谴责地盯着他，那眼神就仿佛是在反问"不然呢？"。薛青澜不由得笑了一声，宽慰他道："我不乱跑，也不给你添乱，就在这儿看一会儿，毕竟这么多天没睁眼了。"

闻衡无奈地盯着他，拿他全无办法，只好道："看来果真是大好了，又有心情说笑话了——罢了，随你怎么高兴怎么来，厨房里气闷，我去把窗户打开。"

说着他回身推开了东墙上的木窗，初秋凉风飒飒，顷刻间冲淡了屋里闷热的烟气，薛青澜往窗外望去，只见庭院中栽着两棵茂盛的绿树，枝上硕果累累，煞是喜人，于是笑问道："院子里的是枣树吗？生得真好。"

闻衡给他理了理衣襟，把领口掖得严密些，以免被风扑了："我到武宁后托人替我找个小院子，当时太仓促，来不及多看几家，恰好看到了这两棵枣树，觉得很合眼缘，就租下了此处。"

薛青澜含笑点头，又向窗外望去，目光里似乎有一点儿悠远的怅然之意："原来如此，你很喜欢枣树吗？"

"说不上喜欢。"闻衡的手微微一顿，随即他像是闲话家常一样，语调从容地道，"只是想起当年你我结缘，也是在这么一棵枣树下。"

薛青澜猝然转头回视，心脏险些从嗓子眼里蹦出来，嗓音登时劈了叉："你——"

"嗯，我知道了。"闻衡轻轻按着他的心口，感觉他的心跳几乎是在"咚咚"地敲着自己的掌心，马上沉声道，"慢慢呼气，不要着急。别慌，你内伤才刚好，不能太激动。"

薛青澜眼前黑了片刻，后知后觉地意识到他方才心神激荡之下气血上涌，被闻衡带着顺了一会儿，剧烈心跳才慢慢平复下来。然而心不猛跳了，人还是慌的，他甚至不敢抬眼与闻衡对视，喉头泛起无边酸涩感："你是……怎么发现的？"

"前些天你昏迷的时候，自己说漏了嘴。"闻衡叹道，"也怪我有眼无珠，朝夕相处，竟没认出你来。"

薛青澜一想便明白了，他大概是烧得迷迷糊糊时，在梦呓时不小心露了痕迹，而闻衡何其聪明，只要有一点儿提醒，立刻就能顺藤摸瓜，猜出十之八九。

"你大概不知道自己有脸盲之症，以前还跟我说，你分得清我和阿雀，不会把我当成他。"薛青澜明明是想笑着打趣，可不知怎么回事，甫一开口，眼泪就滚珠一般"簌簌"地落下来，"连范总镖头都认出我了，只有你一直认不出。我原想守着这个秘密，等哪天突然告诉你，好吓你一跳……没想到反而被你唬住了……"

他低头抽泣的时候更像当年的阿雀了，心里藏着天大的委屈却说不出口，从来只会默默地吞下所有痛苦。那眼泪烫得闻衡心尖抽疼，他忍不住想做点儿什么哄一哄薛青澜，哪怕是喂一块糖，让薛青澜短暂地甜一下也好。

"是我不好，我应该早一点儿找到你的……阿雀。"

夜风吹过庭院，满树枝叶"沙沙"作响，间或传来闷闷一声，是熟透的枣子从枝头落地，惊醒在枝上搭窝的小麻雀，发出呓语般的啁啾——

烛光照着两个人，在地上映出模糊的剪影，一直延伸到枣树的树荫下，像是从冬雪中开始的跋涉，终于在秋风里落定了脚步。

往昔种种，皆得圆满。

"劳你久等了。"

"没关系。"薛青澜透过朦胧视线望着他的面容，微微笑起来，"只要等到了，多少年都不算久。"

七年来的对面不识，就在这一句话中散入氤氲雾气，化作了满室软糯的栗子甜香。

入夜后周遭十分安静，房间内一灯如豆，薛青澜坐在桌前慢慢喝着粥，闻衡在一旁陪着，思忖良久，还是问道："既然你在越影山见面时就认出了我，那时候为什么不告诉我？"

薛青澜吹开粥面上的热气，唇上难得有点儿血色，被烫得声音含含糊糊的："是我小心眼，在同你赌气。"

闻衡："嗯？"

薛青澜："我那时不知道你是脸盲，还以为你将我忘了，所以就想看看你什么时候才能认出我来。后来我才发现你还记得阿雀，只是不认人而已。"他说着笑了一下，"不过那时你在纯钧派已经很辛苦了，就算我告诉了你，也只是会给你平添麻烦而已，反正以后总有机会坦白，所以就没说——谁知道后来一别四年，再见面时，又不敢说了。"

闻衡轻轻问："为什么？"

"这可是你自己问的，我说了你别不爱听。"薛青澜自嘲道，"虽然薛慈不是什么好人，但外人不知道，弑师这个名声，说出去要被人踩上一万脚，更何况我还是魔宗护法，跟你记忆里的阿雀已经是完全不同的两个人了，万一你失望了怎么办？"

"傻话。"闻衡真恨不得晃一晃他的脑壳，看看里头到底装了多少糨糊，"你觉得我今晚像是失望的样子吗？"

薛青澜别过头去，虚咳两声，假装自己呛着了。

"慢点儿，"闻衡将茶杯推过去，善解人意地没有继续追究，"这么说来，当年追杀你的那个人，就是薛慈了？"

薛青澜纠正道："他不是追杀我，而是死缠烂打，非要收我当徒弟。我家本来住在京郊的卫营村，薛慈云游至此，到我家借宿，不知道怎么就相中了我，向爹娘讨孩子给他当药童。我记得那时家中尚算殷实，我又是家里的独子，爹娘无论如何不肯松口，薛慈一怒之下，便趁夜将我掳走，一把火把我家烧成了白地。

"我那时候不太懂事，只知道我爹娘被他杀了，家被他烧了，就是死也不能跟他一道走，所以趁薛慈睡觉的时候自己偷偷跑了。"

闻衡听到此处，不用薛青澜多说也知道下文，轻轻叹了一声。

薛慈那等老奸巨猾、心思狠毒之辈，区区稚儿怎么可能骗得了他？薛青澜自以为溜之大吉，其实还是猫抓老鼠的游戏。每当他逃到一处，觉得自己安全了，薛慈便紧随而至，毫不留情地再度摧毁他的全部希望，然后再一次放手，再一次任他奔逃，直到他精疲力竭，再施施然出现在他面前，叫他知道谁才是不可战胜的，从而彻底熄灭出逃的念头，薛慈的最终目的也就达成了。

只是薛慈千算万算，没想到他遇见的竟不是温顺的兔子，而是衔恨数载，永远也无法驯服的小狼崽子。

陈年旧事惨烈而伤痛，往昔的斑斑血泪犹在眼前，那苦意从心底泛上舌根，连清甜的栗子粥也压不住。

薛青澜放下了勺子，含糊地将保安寺之变一语带过："后来……我去汝宁城买药的时候，在街上遇到了薛慈，他知道我跟你在一起，指着酒楼上的人告诉我，那个人是'绣面豹子'黎七，专门来抓你的大内高手。我要是再回去找你，他一定会把黎七引到你的藏身之处，到时候大家谁也走不了。所以没办法我只能答应他，如果他能杀了黎七，我就心甘情愿地拜他为师，跟他回宜苏山。

"那夜薛慈在客栈刺杀黎七，两个人打得很激烈，你们捡到的东西应该就是那时我不小心落下的。后来薛慈一把火烧了客栈，我还是被他打晕带走了。"

"你身上的寒毒，也是拜他所赐？"

薛青澜沉默地点了点头。

闻衡心如刀绞，沉默片刻后道："我那时如果再坚决一点儿，掉头回去找你，或许就来得及把你从薛慈手里抢回来了。"

哪怕遍体鳞伤，哪怕之后不能拜入纯钧派，错过那三年的安稳生活，可他就能够护住阿雀，陪着阿雀磕磕绊绊地长大——他们会一直在一起，不必被时间的洪流裹挟，才刚刚照面，转眼间又散若浮萍。

薛青澜此刻心情大好，竟还能反过来安慰他："过去的事情何必介怀？反正薛慈连骨头渣都已经凉了。再说那时我好不容易从薛慈和黎七手里把你择出来，你要是转头自己送上门，我前面花的那些功夫，还有雪地里给你磕的三个头，不就都白费了？"

闻衡眼底微露笑意，低声道："都是过命的交情了，还惦记着磕头呢？"

薛青澜故意打趣道："当然了，虽然你没看到，但那三个头我可是实打实地磕下去了，怎么说闻公子身边也该有我的一席之地，不说比肩范总镖头，至少外人要见我们公子，得我点头同意才行。"

"在你眼里我是个手无缚鸡之力的病秧子吗？"闻衡顺着他的话问，"我怎么感觉你从第一次见我时，就一直想着保护我？"

薛青澜反问道："就算你是天潢贵胄、绝世高手，一生荣华富贵，所向披靡，这跟我要保护你有什么关系吗？"

"需不需要是你的事，"他说，"但这是我的承诺。"

闻衡一直以来都在充当"保护者"角色，先是命运使然——家破人亡之际，他不出来挑大梁，没有别人可以指望；后来是习惯使然，他剑术绝顶，又身怀绝世内功，不能坐视中原武林陷入动乱局面。他从头破血流里成长起来，变成无坚不摧的强者，遵从着约定俗成的规矩，无论是对师门、对朋友、对兄弟，还是对薛青澜，都是居高临下，永远只做付出的那一方，从不强求回应，甚至从不抱有期待。

但是蘅芜山那一战，以及此刻薛青澜的话，终于让他第一次认清了"承诺"的分量。

他像个已经过了吃糖的年纪，却莫名其妙地被塞了一捧糖的大人，心里骤然生出许多迷茫、尴尬和无措情绪来。

可这茫然之中，又分明潜藏着渴望——那是他早就抛在脑后，始终不愿回头正视的软弱。

可是谁说软弱就一定不会变成铠甲呢?

"衡哥,你看着我。"薛青澜望着闻衡的眼睛,斩钉截铁地说,"薛青澜等了你四年,阿雀等了你七年,我说了会保护你,那么只要还有一口气在,从地狱里也能爬回你身边。

"到一生尽处,你就知道我没有骗你了。"

第十章
姓氏

这一夜时光如流水般转眼即过，薛青澜睡了好几天，虽然身体还虚着，但已经不缺觉了，翌日清晨早早地就被院里的麻雀叫醒，闻衡却还在外间沉沉睡着。

薛青澜蹑手蹑脚地凑到近前，端详了一下，近日来闻衡日日劳心，消瘦了不少。瘦得下颌转折处棱角愈加分明，显得面相既冷峻，又透着不可攀折的俊美，然而那双凤眼睁开时颇有威仪，闭上后却会弯成两道柔和的弧度，长长的睫毛搭下来，出乎意料地沉静。

闻衡其实早在他翻身时便醒了，习武之人五感灵敏，虽沉睡，却也容易被惊动，只是那会儿还觉得困倦，就没有睁眼。闻衡能感觉到薛青澜的目光在自己脸上停驻了很久，过了一会儿身边传来细碎的动静，薛青澜轻手轻脚地梳洗去了。

闻衡被弄得怔了怔，旋即蓦然失笑。他睁开眼望着头顶淡青的纱帐，也不知道怎么回事，这几年沉淀下来的心绪好像一夜之间失了重，全都轻飘飘地浮在半空,像是有只小麻雀在他胸口里扑腾着飞,虽然乱,但乱得很愉悦,叫人有种手忙脚乱却又无可奈何的欢喜感。

他正出神,院外忽然传来薛青澜的轻喝声:"什么人?!"

闻衡立马翻身下床,披衣冲进院中,薛青澜和来人已动上了手。薛青澜身体才刚见起色,使不上太多内力,单以擒拿之术去抓那陌生人,那人站在院墙根,只用左手与薛青澜拆招,右臂衣袖却空荡荡地扎在腰间。两个人手掌动作极快,几成残影,这么会儿工夫已你来我往地过了十余招。闻衡右掌递出,顷刻间穿隙而过,极柔和地接下两边的招式,将二人分别拨开,同时道:"阿雀别怕,他不是坏人!"

薛青澜被他的掌心轻轻一握,在他身后收手站定,见闻衡转向那人,竟很客气地行了一礼,问:"师父怎么来了?"

宿游风还是老样子,邋遢得很,一看就像是在山沟里蹲了三月刚回到人间,一双眼睛精光四射,从乱发底下扫视着闻衡,意味深长地笑道:"乖徒儿,几个月不见,你的功夫又有进益了。"

闻衡淡淡颔首。

试刀大会举办时宿游风恰好在蘅芜山附近游荡,听说闻衡力克褚家剑派家主,救走垂星宗护法薛青澜,顿时好奇心大盛,想来顺路探望一下这位才刚出山不久就凭一己之力搅动了漫天风雨的徒弟。

从蘅芜山到武宁城这一路,这点儿八卦宿游风听人议论了八百遍。但他凭着与闻衡相处四年的经验,觉得闻衡好像不是那种冲动的人,因此并不是很相信传言。直到方才,从薛青澜出声到闻衡过来阻挡,时长不过短短几瞬,要分开打架的两个人,从上面一掌劈下来就行了,他们俩自然会感应到外力而收手,根本用不着沧浪分波掌这么精细的功夫,除非是闻衡怕有人会因骤然收势而受伤,才自己先接下一掌,再想办法将招式化去。

能在瞬息之间深思熟虑至此,闻衡足可称得上是情深义重了。

"这位就是当年传授我武功心法的恩师，宿老前辈，"闻衡给两个人介绍了一下，"这一位是垂星宗薛青澜薛护法。"

薛青澜一听是长辈，气焰顿收，朝宿游风点头致意："方才不知是前辈大驾，多有冒犯，万望海涵。"

宿游风不爱这些寒暄，摆了摆手道："小娃娃既然是徒弟的朋友，还说什么冒犯不冒犯的？都是自家人，别见外。"

闻衡对宿游风道："师父把他当我一样就行了。"又道，"早上风凉，青澜重伤初愈，咱们别干站着，进屋说话。"

三个人进了堂屋，闻衡下厨张罗早饭，薛青澜要去帮忙，被他按回凳子上，只好乖乖等着。宿游风冷眼旁观片刻，忽然对薛青澜道："手伸出来，我看看你的脉象。"

他是闻衡的师父，既然开了这个口，便是要出手施救的意思，薛青澜很领情，挽起左手衣袖递过腕去，低声道："多谢前辈。"

宿游风凝神诊了片刻，放下手道："你脉搏衰微，内伤颇重，是中了褚家剑派的晔云掌，所幸有一股醇厚真气替你护住了心脉，所以没有大碍，但除此之外，你五脏六腑内寒邪瘀滞，已入侵经脉百骸，这是陈年旧疾，我看不出来历，不过你自己心里应当有数，这寒邪如不尽快祛除，往后愈演愈烈，有损寿数，多则四年，少则两年，你会有性命之忧。"

"我明白，多谢前辈提点。"薛青澜点了点头，小声道，"此事我有办法，请您先不要告诉衡哥。"

宿游风瞥了他一眼，未置可否，却问道："四年前他要去见的人，是不是你？"

薛青澜被他问得怔了怔，随后才点头"嗯"了一声。

这件事闻衡一开始就解释过，薛青澜也早已释怀，可此刻从别人口中说出来，还是令他蓦然生出一丝异样的滋味，仿佛是隔着数载未见的光阴，忽然窥见了闻衡的背影。

"当年是我把他从湛川城掳走,在山谷里头关了四年,倘若那时候我放他去找你,或许今时今日,结果便不同了。"宿游风肃然道,"这是我欠你的一段人情。"

薛青澜连忙道:"前辈言重了,倘若不是您教他武功,也就没有我今日得救的结果,因果轮回,自有定数,没什么欠不欠的。"

宿游风难得正经一回,叹道:"薛公子,你身上的寒邪我没办法拔除,只能先帮你治好内伤。闻衡那小子……唉,等你想说,自己告诉他吧。"

薛青澜喉间微微发涩,应道:"前辈放心,我不会叫他等得太久。"

两个人一时无话,没过多久,闻衡将早饭端了过来,刚一进门就敏锐地察觉到屋里气氛似乎有点儿过于安静,笑道:"怎么,都饿得没力气了?"

薛青澜帮他一起布好碗筷,打起精神笑道:"正说起四年前的事,前辈自觉耽误了你的大好年华,所以要助我疗伤当作补偿,太劳烦了。"

闻衡狐疑地看了宿游风一眼:"愧疚之心这么珍贵的品格,他老人家真的有吗?既然知道耽误我了,怎么没早把我放了?"

宿游风:"……"

薛青澜没想到他们师徒之情原来这么不堪一击,干笑道:"大概是被最近江湖上流传的故事打动了,所以见了我才这么客气。"

"嗯?"闻衡目光流转,又落在他身上,疑惑道:"我不过做顿早饭的工夫,二位已经这么熟悉了吗?你还帮他解释?"

除了认脸,闻衡在别的方面实在是太敏锐了,薛青澜和宿游风完全不敢说话,全神贯注地低头喝粥,假装自己什么也没听清,什么也不知道。

饭毕,薛青澜喝了药,闻衡与宿游风各踞一边,以内力助他导引疗伤。以往闻衡一个人既要疏通经脉,又要压制寒气,每次都进行得十分艰难,体力透支都是轻的,稍有不慎就要反噬自身;现下有宿游风这个高手在旁协助，闻衡不必分心，疗伤功效大为显著，不到一个时辰便收功平复，他过去问薛青澜：“感觉怎么样？”

这次疗效大增，薛青澜胸口窒闷感已去了三四分，连面容都添了几许光彩，他微笑道：“当世两大绝顶高手都在这里坐镇，起死回生也容易，更何况这么一点儿小伤。”

闻衡见他脉搏有力，精神尚好，知道他的命终于从蛛丝上被拉了回来，心中久悬的巨石霎时落下一半，便真挚地朝宿游风道：“这回多谢师父，替我解了燃眉之急。”

宿游风笑道：“你小子，当年右手差点儿断了也没见你着急，怎么越大越沉不住气了？”

闻衡连忙给他使眼色，然而话已出口，往回收也来不及了。薛青澜立时抬眼瞥向闻衡，闻衡赶紧抬起手腕在他面前转了一圈：“都是好几年前的事了。看，早就好了。”

然而薛青澜哪里是那么好糊弄的，立刻想起前事，追问他道：“你后肩上那个疤，当初骗我说是树枝刮的，是不是？”

宿游风感觉自己好像无意间知道了点儿什么，默默地闭上了嘴。

闻衡无奈地笑了一下，垂头在薛青澜的耳畔悄声道：“当着师父的面，你稍微收敛点儿。”

薛青澜不但立时正色，连身体也坐直了，诚恳地道：“多谢前辈。”

"说了不用跟我客气，"宿游风摆手道，"我来这里，其实另有一件要事问你们。徒弟，近来江湖上流言四起，你和冯抱一交过手了？"

闻衡攒了一肚子疑惑，正愁无处下手，被宿游风这么一提醒，蓦然意识到这里有个现成的昆仑步虚宫门人，忙整理思绪，将他出山以来与内卫的几次交锋一一讲明，又理出了纯钧剑的前因后果，说得口都干了，才将这几个月里发生的事情讲完，最后问道：“我对步虚宫一无所知，还请师父赐教，这古剑和地宫里究竟藏着什么玄机？”

宿游风睨了他一眼，哼哼唧唧地道："门派机密，怎么能随便说给你们小孩家知道？"

闻衡温和却不容置疑地道："师父要我寻找的东西难道与这些毫无关联？又要马儿跑，又要马儿不吃草，天底下没有这样做事的道理。"

宿游风只是嘴欠，想端个高深的架子吓吓唬唬闻衡，没想到闻衡全然不吃他那一套，顿时大感无趣："唉，孩子没娘，说来话长，这件事要从很久前开始讲起……"

七百年前，那时的中原只有连州、天守、明州、博州、中庆五地。昆仑山巍峨入云，天险峭绝，以此为分界，往东是中原，往西属古师国，也就是如今的九曲、穆州以及拓州西部一带。师国与中原分隔两端，语言文字乃至风俗都大不相同，由于境内多山多岭，因此民风彪悍，尚武崇侠，能人高手辈出，大小门派林立，其中最为鼎盛者，便是一度成为师国国教的步虚宫。

昆仑山的另外一边，中原大地在百年战乱后逐渐走向统一，新兴的大齐帝国并不满足于只做中原雄主，从拓州开始，强悍的齐军开始试图越过这亘古的分界线。师国自然也不会任人宰割，两国交战拉锯足有数十年之久，各有胜负，但天命最终还是站在了齐国这一边——师国大败，而作为师国最重要的武力倚仗，步虚宫在这场旷日持久的战争中折损的精锐难计其数。

在亡国的阴影下，步虚宫内部分出了两股不同的声音：一派认为应当韬光养晦，暂避锋芒，为步虚宫留下传承，于是带着本教不传之秘《北斗神功》逃往昆仑山中；另一派则决心要与师国共存亡。越影山、司幽山、陆危山被称为"三圣之地"，余下的门人在三座圣山下分别修筑地宫，用来存放步虚宫百年以来积累的各种武功秘籍和财宝，并以圣山乌金铸造了三把神剑，交给了三个最得力的弟子，作为来日复国之望。

齐国一统天下后，为了报复师国，在境内大肆清剿江湖门派，颁布了严苛的禁武令。不光是步虚宫,连许多小门派都未能幸免,民间甚至不许私藏刀兵,大部分武学传承就此断绝,古时候的武功心法至今十不存一。

那三名弟子迫不得已,只能隐姓埋名四处流浪,设法寻找复国的希望。但没想到数年之后,他们竟然又遭到了来自昆仑步虚宫的追杀。

薛青澜匪夷所思地问:"为什么?"

宿游风冷笑道:"还能为什么?当然因为他们终于发现自己带走的《北斗神功》只有一半是真的,另一半被当年那些人偷偷昧下啦!"

薛青澜:"……"

昆仑一脉当然不甘心被这样糊弄,派人千里追杀昔年同门。但是在中原禁武令之下,行动毕竟受限,两方斗争最终没能分出胜负,步虚宫本来就不多的人折损大半,而传说中的古剑和地宫也都散佚世间,不知流落到了哪一处。师国与步虚宫旧事从此成为历史,再也无人问津。

世事变迁,当年的霸主齐国最终也衰败了。伴随着兴替战乱,中原武林再度复兴,机缘巧合下,三把剑竟然各自回到了三圣之地,封存了三四百年的地宫被重新开启。但是师国和步虚宫的传承已然断绝,留下的武功秘籍文字难以被破解,后人在研究过程中往往有谬误,或是加上了自己的心得,久而久之,便演化成了全新的流派,即如今的纯钧派、垂星宗和褚家剑派。

而步虚宫唯一一支正统传承人留在了昆仑之巅,其首领多年来从未踏足中原,也早就放弃了找全《北斗神功》的念头。

"不对。"闻衡忽然道,"师父,你上次说的是冯抱一从昆仑步虚宫偷走了《北斗神功》,现在又说那神功早已失传,怎么两个故事还带互相矛盾的?"

宿游风眼神飘忽:"啊?我说过吗?你是不是听错了?"

闻衡凉凉地道:"都过去八百年了,还有必要遮遮掩掩地'为尊者讳'

吗？"

宿游风："……"

有时候人太聪明了也不讨人喜欢，让别人想瞒点儿什么事都瞒不过去，还不肯直接戳破，非要拿张窗户纸在你眼前晃——我知道了，但是我不说，就要等你亲口承认。

"现在的步虚宫，的确已经没有争权夺利卷土重来的心思，但是当年……他们的确不甘心，也不是全无收获。他们得到了当年主持修造地宫之人的一份手稿，上头记载了用乌金剑开启地宫密室的方法。步虚宫的人怀疑，《北斗神功》全本被分成了三部分，分别藏在三座地宫内，只有将三处的密卷合为一体，才能得到完整的秘籍。"

他含糊地略过了当年残酷的血色和厮杀场景，同门相残，而且还是全然出于贪婪的算计，这种事听起来总归不是那么光彩。

"原来冯抱一偷走的并非神功正文，而是如何寻找神功的线索，"闻衡道，"你得知大内有《天河宝卷》，猜测冯抱一已经找到了真正的神功，所以才想借我的手，从他手中拿回《北斗神功》？"

宿游风讪讪道："给你师父留点儿面子，别说得这么直白啊。"

"不，我总觉得还是有哪里不对，"闻衡不知想到什么，忽然问道："冯抱一只凭那部手稿，能不能分辨出剑的真假？"

宿游风仔细想了想，不确定道："我知道的这些故事，还是从我太师父那里流传下来的，几百年的事口耳相传，不知还剩下多少真相。冯抱一知道得或许比我多些，但时间毕竟过去太久了，他肯定也不能一眼断真假，多少要靠猜的。"

闻衡点了点头，道："我以前就觉得奇怪，《天河宝卷》虽然号称大内密藏的神功，但我学过《凌霄真经》后再回想那些心法，总觉得它似乎与《凌霄真经》不是一个派别的，虽然有些地方呼应得上，但其要义与精髓跟《凌霄真经》并不相符。有没有可能……他还没有得到真正的《北斗神功》？"

"可是封住你的经脉的，确实是与《凌霄真经》同出一源的功法。"宿游风道，"除了冯抱一，还有谁有这等本事？"

闻衡的脑海中隐约有什么念头一闪而过，可是他听得太多，思绪纷乱，一时间也难以琢磨清楚。薛青澜见他眉头深锁，便主动开口道："今日说得也够多了，陈年旧事千头万绪，我看不如先到这里，衡哥需要点儿时间仔细想想，把事情理顺了，才好决定下一步该往哪里走。"

宿游风像个长寿的老猫，伸着懒腰打了个巨大的哈欠，附和道："极是，极是，要操心的事还是留给能干的人，春困秋乏夏打盹，为师也该休息休息了。"

闻衡："……"

薛青澜难得清醒了一整天，至晚间方觉疲惫，沐浴过后，便回到房中就寝。只是他虽然很困，睡得却不怎么沉，没过多久，模模糊糊地听见房门响了一声，烛火依次熄灭，紧接着轻得近于无声的脚步不紧不慢地走到床前。

薛青澜在睡梦之中本能地一惊，刚要睁眼，忽然闻见了一股熟悉的青竹香——闻衡人还没到，气息先至，瞬间就把薛青澜乍起的毛抚平下去。

以前薛青澜问过闻衡好几次，闻衡平时从不熏香，也没有佩荷包、香袋的习惯，但不知道为什么身上总有股似有若无的淡香。严格来说那不能叫"香气"，更像是风吹过大片竹林的草木气息，而且闻衡自己闻不到，旁人也从没提起过，好像全天下只有薛青澜能感觉这个味道，靠它认人比用眼看还准。

薛青澜半梦半醒、迷迷糊糊地问："出什么事了？"

闻衡低笑道："你又知道了？"

薛青澜困倦地半合着眼，应着声："嗯。你躲在外面偷偷吹风，是心里有事，想不明白。"

"我在想冯抱一究竟想干什么，但是想来想去，觉得这么猜太傻了，还不如到时候见了面直接问他。"闻衡安慰道，"好了，你该睡了，有什么话明天再说。"

半晌无声，闻衡没回来前薛青澜怎么睡都睡不踏实，现在只说了不到三句半，薛青澜就已沉沉睡去。

在宿游风和闻衡的合力相助下，不过四五天，薛青澜的内伤已去十之七八。他内功的底子驳杂，先是受教于薛慈，又得闻衡传授《天河宝卷》，可惜那时闻衡自己无法修习内功，单靠死记硬背，总不能精通，差了那么几分火候；后来薛青澜投入垂星宗，改用刀法，也学了些垂星宗的功夫，平时三家功法混用还对付得过去，一到高手搏命的场合，就显出了他内功的劣势。这次趁着他疗伤之际，闻衡带他重新梳理了一遍《天河宝卷》，又与《凌霄真经》相互参详印证，再加上宿游风偶尔点拨几句，薛青澜不但伤愈，内力比起他先前全盛之时亦更上了一层楼。

武宁城不大不小，也有些热闹去处，宿游风浪荡惯了，日常除了帮薛青澜疗伤外，一整天都见不到人影。薛青澜早先听闻衡提起他这位师父时，语气并不太郑重，如今亲眼一见，才知道老爷子这么跳脱。这一日薛青澜从早晨起来就没见到宿游风，随口问了一句，闻衡却会错了意，笑道："怎么，你也想出去玩？"

薛青澜失笑："我又不是小孩子，一天到晚就惦记着玩。"

闻衡正坐在那里默写心法，闻言搁笔叹道："你啊，也就刚认识时还有点儿小孩儿模样，年纪轻轻把自己弄得那么老成——当小孩子哪里不好？"

"无忧无虑"其实是种天大的幸运，闻衡与薛青澜显然没有此福分，不过薛青澜是那种"我没有，我也不强求"的心态，闻衡却总有一点儿遗憾。倘若当年他把阿雀好好地带在身边,哪怕以后颠沛流离地过日子,也好过让阿雀一个人在宜苏山、在薛慈的手下孤独又痛苦地长大。

薛青澜放下手中的剑谱,起身走过去,声音里有笑意,也有一点儿若有若无的叹息之意:"衡哥,普通人到了我这个年纪都已儿女绕膝了,你还拿我当小孩子吗?"

闻衡笑着认输:"咱们来到此地近半个月,还没在城里走过一圈,你伤势大好,现在出去也不怕了,改日带你去凑个热闹,好不好?"

薛青澜其实是好清静、不爱往人堆里扎的性子,但闻衡既然开了口,他说什么也不会拒绝:"好,什么热闹?"

闻衡前天抓药时听见药店伙计凑在一起议论,知道明天晚上武宁城有个"枫河灯会",本地枫树甚多,现在恰好是秋收结束,红叶正盛的时候,百姓有了余暇,都携家带口地出门游玩。友人或情侣或携手同游,或互寄相思,在红叶上题诗后将其放入河灯,令其顺水漂流,谁拿到了红叶,便是结下了一桩风雅又浪漫的缘分。

城镇虽小,但花灯枫叶、星河流水,想来还是值得一看的美景。

"明天你就知道了。"

翌日入夜,沿河街市果然热闹非凡,成百上千盏花灯随水漂流,像是人间的银河,夹岸遍植枫树,红叶纷纷飘落,在玉带般的灯火的映照下,恍如云蒸霞蔚,绚丽难言。到处是欢声笑语,薛青澜站在桥头随意一瞥,看见桥下河灯在水波中浮沉,红叶上墨痕若隐若现。

"看到什么了?"闻衡见他凝望着河水怔怔出神,于是伸手在他的侧脸上轻轻戳了一下,"这么入迷,要不要自己去放一盏?"

薛青澜回过神来,摇头道:"不用了。"

"我第一次看灯,还是那年元夕你带我下山,到湛川城去看元宵花灯。后来……从宜苏山出来后那两年,穆州陆危山附近的城里也有灯会,我每年都下山去等着,但每年都不敢进城,在城外山上能看到一点儿光,应该是很热闹。"

闻衡的心像被人拧了一把，泛起酸软的刺痛感，他低声问："为什么不进去？"

薛青澜笑了一下，避重就轻地答道："因为总觉得和你一起看，灯会才比较有意思。"

而一个人看灯，越是绮丽繁华，就越像一场醒不过来的梦，长街从头走到尾，可灯火阑珊处没有人在等他。

好在他踯躅多年，今夜终得圆满，上元旧梦被他好好地封存了起来，而新的梦境正在眼前徐徐铺展——

恰逢一阵夜风卷过河面，万千红叶漫天飞舞，美得不似人间，人群中蓦然爆发出一阵惊呼赞叹声。闻衡随手一夹，从半空中拈来一枚红叶，递到薛青澜手中，道："既然来了，索性入乡随俗，题一句诗吧。"

薛青澜莫名其妙地想起闻衡当年给自己买花灯的事，不由得失笑，感觉闻衡要是有弟弟妹妹或者自己的儿女，必然是那种溺爱孩子，会把"别的小孩子都有，我家的也要有"这句话贯彻到底的大家长。

薛青澜接过红叶，从桥头摊子上借了一支笔，侧头问闻衡："写什么？"

"你心里想写什么就写什么。"闻衡顿了一下，随即想起什么，压低了声音凑到他耳边小声警告，"不许写什么死啊活啊的。"

薛青澜笑得手都在抖，险些把墨点子甩到桥栏上。闻衡一派纵容，嘴上却数落道："不准笑，你严肃点儿。"

薛青澜思量片刻，才落笔写了两句话，回身将笔交还给摊主，道了声谢。那摊主是个卖荷花灯的，见薛青澜拿着红叶，很热情地招呼道："公子顺便买盏灯吧，小人这灯糊得又亮又结实，能在水上漂一个月，公子的红叶放进去，准保能送到有缘人手中！"

话音未落，那片红叶被闻衡劈手截走了。薛青澜和摊贩一起扭头看他，只听他一本正经地道："多谢，但是不必了。"

摊主："啊？"

薛青澜实在丢不起这个人，忍笑拉着闻衡往另一边走去。

闻衡走到亮处，借着灯火看手中的红叶，只见两行工整的蝇头小楷，写的是"天下人何限，慊慊独为君"。

"我没读过多少诗，这是明州民间流传的一首歌谣，全诗就这一句，'奈何许，天下人何限，慊慊独为君'。"深秋水边风凉，薛青澜望着茫茫天际，有些出神地道，"我那时听到这首歌谣，就会想起你。"

"所以衡哥，你也不用太心疼我，"薛青澜道，"芸芸众生，唯独我遇到了你，这还不够幸运吗？"

纵然经历过分别，可每一次分别之后他们都能迎来重逢，他这样一想，那些独自躲在黑暗中的日子，似乎也不是那么难熬了。

无数花灯载浮载沉，托着一寸丹心漂流向远方，而他的这一盏顺水而下，横渡了漫长的光阴，越过千重山峦、万丈惊澜，才终于靠岸停泊，回到了最初惊鸿一瞥之处。

"对了，"闻衡从怀中摸出一个巴掌大的月白锦囊，在薛青澜眼前晃了晃，"这个是红叶的回礼，打开看看？"

薛青澜本来以为红叶题诗是闻衡一时兴起，没想到闻衡居然还有后手。那锦囊入手有些分量，薛青澜拆开细绳，一见里头的东西，就忍不住笑了。

白银铸作竹节形，表面磨雾，中间镶嵌着一段剔透青玉，清雅朴拙，几无雕饰，却与薛青澜清瘦修长的手十分相称，和他现下腕上戴着的那对白玉红珊瑚银镯异趣。也不知道闻衡花了多少工夫才找到这么一对宝贝，只能说不愧是锦绣绮罗丛中长大的王侯贵子，眼光远超常人，凡经他手的，就没有不好看的东西。

"你怎么……"

闻衡一边帮他将手腕上的旧银镯褪下来，一边道："其实镯子在湛川城时就打好了，那时本来想给你，谁知你突然动手，把我劫走了。幸亏我一直贴身带着这对镯子，如今送出虽然晚了点儿，好在也不算太晚，还是到了你的手上。"

薛青澜像是被闻衡说愣了，怔怔地问："这一次刻的是什么字？"

闻衡将竹节镯慢慢推到他的腕间，尺寸是闻衡亲手量的，因此不宽不紧正合适。听见薛青澜问，闻衡倏地笑了笑，道："是很应景的一句话。"

上一对镯子上錾的是"百疾不侵，万寿康宁"，那是他对薛青澜最诚挚的祝愿；而这一对上刻的"中心藏之，无日或忘"，则是他终于奉上的承诺。

"枫河灯会"是秋天里的最后一个节日，因此这热闹要一直持续到半夜，不过薛青澜伤才刚好不久，不适合太过劳累，闻衡见他还有些意犹未尽，便在河边找了一个馄饨摊子，叫了两碗馄饨，等吃饱喝足了，就回去睡觉。

如今入秋已深，晚上风寒露重，很适合吃热腾腾的馄饨或者汤面。卖馄饨的老婆婆手脚麻利，面汤如线地注入大碗中，十几只薄皮小馄饨浮在热汤中，撒上一簇青蒜苗、一撮小虾米，再点上几滴香油，卖相、香气都十分诱人。那老婆婆分别将两碗馄饨端给闻衡和薛青澜，道声"慢用"，便转身回去继续守着锅。没过多久，听见闻衡那边叫会账，她拖着脚步慢吞吞地走过来，正欲伸手接过铜钱，手腕忽然被人捏住，闻衡淡淡道："阁下专程在此等候我二人，有什么见教？"

那老婆婆早听人说过闻衡是个极难对付的棘手角色，虽觉得一个年轻人不足为惧，行动上却还是加意小心，谁知竟然真被一眼看破，心中立时"咯噔"一下，脸上略微变色，压低了嗓子问："你如何得知？"

闻衡道："你既然是一个上了年纪的老人家，又佝偻着背，按理说行动应当有些不便,但是你方才无论是舀汤还是端碗,手都太稳了,比一般的年轻人还稳;而且看你手上这些茧疤,也不像个挑馄饨担子的。另外前几天药铺伙计说起'枫河灯会'时,我曾在街对面看见你一晃而过——你那块牌子上的'馄饨'少了一笔,我虽记不住人脸,但记得你这牌子——种种巧合凑在一处,可见今夜相见不是偶然。你找我有什么事,说来听听吧。"

那老婆婆听得此言,神色一肃,原本假装佝偻的背挺直了,朝闻衡一揖,再开口时,已换了低沉男声:"我从天守来,奉内卫九大人之命,请闻公子、薛护法明日午时到会仙楼一叙,事关重大,万望二位赏光。"

闻衡与薛青澜对视一眼,狐疑道:"好端端的,他怎么想起要见我们了?"

那人闻言只是摇头,道:"公子见谅,在下只是个传话的人,至于内情如何,并不知晓。但九大人说,只要公子肯来,必然能知道您想知道的答案。"

"我明白了。"闻衡略一思索,点头应承下来,"请你转告九大人,明日要见面可以,地方改在淮宾楼,我与薛公子在彼处恭候大驾。"

那人大概没料到他会突然提出改地点,犹豫了一瞬,但最后仍是道:"好,我这就回去禀告大人。"

等他再度扮成老婆婆,挑着馄饨担子消失在长街尽头的小巷里后,薛青澜才问:"衡哥,你明日果真要去见他?"

闻衡道:"大内高手轻易不能出京,他千里迢迢地跑到武宁城来,又特意派人等在这里,看样子确实有大事发生,不妨去听听他要说什么。"

薛青澜:"万一这是陷阱呢?"

"应该不会。"闻衡轻轻点着桌面,"要是他早有布置,地点理应定死在会仙楼里,但他的手下能做主同意改地点,看来是事先被叮嘱过,只要能见面,无论我们提什么条件他都会尽量配合;况且他不光只找我一个人,还要带上你,眼下你我的关系天下皆知,他得罪一个就等于得罪两个。这么小心,不太像是要害人,说不定他是有事相求。"

薛青澜一想也是,说道:"咱们这边有三个人,就是动起手来也不一定吃亏。"

闻衡笑了起来,道:"师父那么不靠谱的人,现在不知道躲在哪里鬼混,连人都找不到。明日要是真打起来,你指望他现身帮忙,还不如指望店伙计报官呢。"

薛青澜叹道:"强扭的瓜果然不甜,你们这对强凑的师徒到现在还没拆伙,真是人间奇事。"

闻衡被他揶揄,也只是笑了笑。两个人披着星光和夜色,沿河慢慢地走回家去。

次日正午,闻衡在淮宾楼包了个雅间,叫小二留意来人。午时刚过,楼梯上传来规律的脚步声,随后雅间门自外被人推开,一个高挑修长的身影走了进来。那人摘去了头上遮面的幂篱,不见外地在两个人对面坐下,颔首道:"久违了。"

闻衡上下打量他一番,道:"的确,我本以为这辈子都不用再和你打交道了,不知是什么风把大人吹来了?"

九大人比他们上次见面瘦了一点儿,脸色略显憔悴,像是没睡好的样子。他与闻衡交手两次,大致摸清了闻衡的性格,知道跟聪明人说话不必绕弯子,所以开门见山道:"我这次专程出京,是有一件事要请你出手相助。"

闻衡给了薛青澜一个"果然如此"的眼神,问道:"什么事?"

九大人道:"杀冯抱一。"

"……"

闻衡没料到他这么直接,忙喝了一口茶压惊:"我没听错吧?阁下堂堂大内第九高手，叫我去杀排行第一的冯抱一？你们同僚之间可真是'友爱'啊。"

九大人倒是不怕他下毒，给自己也倒了一杯茶，淡淡道："你没听错。冯抱一同后宫计贵妃勾结，欲挟新帝令天下，窃国乱政，不得不除。"

闻衡"哦"了一声，道："原来大内高手的手已经伸得这么长了，难怪冯抱一行事张狂——那你又是奉谁的命而来？"

这个问题令九大人沉默了一霎，然而片刻过后，他还是决定说实话："陛下病重不能理事，宫中一直瞒着此事不许外传，但眼看要不好了。冯抱一属意计贵妃所生的八皇子，不愿让太子即位，眼下太子生辰将近，在这个当口上，冯抱一恐怕要对太子不利。"

闻衡道："惭愧，我离开京城太久，竟不知陛下何时有了八皇子？"

九大人道："八皇子今年刚六岁，还是个无知稚儿，冯抱一看中他，无非是觉得他年幼好拿捏，而且计贵妃与冯抱一早已结为同盟，这几年每每暗中对太子出手。如今太子在陛下处圣眷不复以往，处境艰难，若再不铲除乱党，叫他们把持朝政，往后大家的日子都不会好过。"

闻衡嗤笑一声，摆手道："大人何必急着把我拉上船？在下区区一介江湖草莽，又不领朝廷的俸禄，那个位子是太子坐还是八皇子坐，同我有什么干系？"

九大人的脸色忽然变得很难看，他冷冷地问："敢问闻公子，你还记得你姓什么吗？"

闻衡亦冷冷地回道："敢问九大人，还记得我背的是什么罪名吗？"

"我记得，所以才来找你。"九大人直视着闻衡的双眼，笃定地道，"世子，如果你还在意当年庆王谋逆一案的真相，那你我就是一条船上的人。"

上次双方见面还是兵刃相向，恨不得一人一剑把对方捅死，这一次九大人却毫不犹豫地说出"我们是一条船上的人",世事就是这么奇诡无常。闻衡暗觉荒唐之余,又难免生出好奇心,想看看究竟是什么理由能让这位眼高于顶的九大人翻脸如翻书,主动来找他帮忙。

也许是他表情过于泰然自若,九大人忍不住问道:"看你的样子似乎并不惊讶,你已经知道什么了?"

闻衡不紧不慢地答道:"不知道,但是多少能猜到一点儿,你可以先说来听听,我要是猜错了,或许会更惊讶。"

九大人领教过他的聪明才智,也不绕弯子,直言道:"上次我告诉过你,庆王死于拥粹斋,是陛下命冯抱一亲手诛杀了庆王。所谓的'叛逆谋反'罪名当然不存在,但王爷这欺君之罪是实打实的铁案,也正是因为真相败露,王爷才招致杀身之祸。"

"怎么说?"

"四十年前,先帝在赤泉行宫避暑时,被一伙武功高强的江湖人行刺围困,当时情况十分危急,是冯抱一横空出世,救下了先帝,并且因此受到先帝信任,迅速跻身大内高手之首。虽说江湖中人鱼龙混杂,行事出格,这是大家早就知道的事,但因为行宫遇刺一案,先帝龙颜震怒,意识到这些会武功的人既不服管,又不受教,着实可怕,如果放任江湖帮派势力坐大,往后势必会动摇朝廷根基,威胁到闻家的万年江山。

"冯抱一觉察到先帝的忧虑,便私下里向先帝进言,说他知道步虚宫曾在几个地方埋藏了许多珍宝和秘籍,当今中原武林所有的武学流派,都传承自步虚宫遗留的武功秘籍。而他从步虚宫古时候的记载中得知,三把剑中藏着一部威力巨大的功法,朝廷必须赶在其他人发现这个秘密之前,把那部秘籍先弄到自己手中。"

闻衡道:"先帝信了?"

"差不多,"九大人道,"先帝按照冯抱一提供的线索,选了一个足堪信任的人,派他去冯抱一所说的步虚宫故地探查详情。一年后,这个人带回了一柄古剑,印证了冯抱一所言非虚,当地山头下确实藏着一座地宫。"

"越影山,纯钧剑,盗剑的人名叫聂竺,是纯钧派顾垂芳唯一的弟子。"闻衡道,"你说的那个人是我父王,对吗?"

薛青澜失声道:"什么?"

九大人眉头重重一跳,他万万没想到最该惊愕的人居然自己说出了答案。然而闻衡的语气相当平静,甚至有种奇特的、尘埃落定的解脱之意:"三十多年前,我父王化名聂竺,拜在纯钧派门下。临秋峰长老顾垂芳十分看重父王,不惜将地宫的秘密透露给他。次年中秋,趁着山上无人,父王潜入地宫偷走了纯钧剑。这件事我父王从未对任何人提起过,哪怕顾垂芳因为他的背叛,一生自封于地底,他也没有泄露过一个字。"

就连薛青澜也不知道,早在今日之前,这个结论已在闻衡心中推演了无数遍。这三十年来的恩怨纠缠,原来从他出生之前就落下了第一笔,可是斯人已逝,他没处去问一个答案,只好亲手揭开自己的陈年旧伤,近乎自虐般逐一检视,从中拼凑出这个叫他五味杂陈的结果。

然后闻衡发现,比起别人的一生,他的痛苦显得那么微不足道,甚至连说出口都是一种可笑的亵渎,所以他无处可诉,只好自己默默地将这些无用的情绪都掰开了揉碎了,再和着心血一点点地咽下去。

真相怎么会不令人动容?只是他已经没有更多的血可流了。

熟悉的挫败感再度席卷上心头,九大人看着闻衡平静的眉眼,有些自嘲地笑道:"你猜对了,看来今日是我失策,没带来能叫世子满意的消息。"

闻衡觉得背心处忽然一热,是薛青澜从后面拍了拍他,仿佛某种无声而坚定的安慰。闻衡心中发软,那过分冷峻的气势无声地收敛、软化,像是一泓结了冰的泉水忽然被春风扫过,他对九大人的态度居然都好了很多:"无妨。我猜到的真相不过十之一二,其中想必还有大把的内情,大人可以慢慢分说。"

九大人喝了一口茶继续道:"庆王奉先帝之命,得到纯钧剑后,继续出京寻找余下两柄古剑。又过了一年,他交回了玄渊剑。只是天意难料,王爷刚回京不久,先帝便突发重病,龙驭宾天。而当今陛下匆匆即位,对内卫不如先前那么倚重信赖,冯抱一进言不成,寻剑一事便暂时搁置,王爷得以稍做喘息,与孟风城万籁门独女柳氏结亲,顺利地离开了京城,到连州边境赴任。

"直到五年后,陛下重召庆王回京,正是在这一趟途中,世子在京郊保安寺降生。这五年之中,冯抱一重新得到了陛下的信任,寻找第三把古剑的重任又落回了王爷肩上,不过这一次没有先前两次那么顺利。"

他停顿了一下,薛青澜接口道:"二十三年前垂星宗内乱,建在陆危山东麓的总坛被人炸毁,宗门内数以万计的珍宝秘籍全部毁于山崩。"

闻衡侧头看了薛青澜一眼。

九大人点头道:"正是如此。垂星宗颠覆,古剑当然也不存在了,冯抱一不得已放弃了凑齐古剑的计划,转而专心在朝中经营。他帮助陛下整顿内卫,重排九大高手,在暗中处置了一批江湖门派——这十几年来中原武林看似兴盛,其实许多小门派已无声无息地消失了,只剩那几个树大根深的门派不好收拾,暂且放弃没动。不过这些人之中也有识时务的俊杰,早早地察觉到朝廷有意剪除江湖势力,与其等着被人清算,还不如他们主动一步,先和朝廷站到同一边。

"世子还记得东阳长公主宴会上的旧事吗?"九大人道,"从那时开始,褚家剑派就已经在尝试着接触朝廷,只可惜刚一冒头,竟被你叫一个侍卫打得抬不起头来,更令庆王殿下注意到了他们的小动作,因此褚家剑派只能撤回他们在京城的全部人手,暂时收起了入京的打算,不敢再轻举妄动。"

"这也说不通,"闻衡道,"褚家剑派有意投效,我父王为什么要阻拦他们？他不是和冯抱一是一伙的吗？"

"我今日来，就是想将这段故事告诉世子。"九大人抿了口茶润嗓子，徐徐地道，"司幽山地宫的古剑名为玄渊，是先帝在位时王爷亲手取回的，二十年来，从没有人怀疑过它的真假。直到七年之前的某一日，褚家剑派的家主褚松正进宫面圣，为表诚意，向陛下献上了褚家珍藏已久的玄渊剑——是那把真正的玄渊剑。"

"据褚松正所言，庆王第二次潜入司幽山盗剑时不慎失手，被时任褚家家主的褚广臣当场撞破。褚广臣是光风霁月的一代宗师，并未为难王爷，反而与他秘密地长谈了一番，不知道他们二人都说了些什么，总之最后王爷放弃了玄渊剑，只带走了剑上花纹的拓本。

"王爷最后交上去的是他对照着拓本，重新铸造的一把假剑，由于实在逼真，连冯抱一都没有发现其中的蹊跷之处。倘若褚家剑派不生别的心思，这秘密本来可以一直保守下去。"

站在后人的立场上看，庆王此举其实是搭救了褚家剑派。如果冯抱一早早得到三把古剑，针对中原武林的大清洗本该在二十年前开始，那时纯钧派、褚家剑派和垂星宗必然首当其冲，就算不至覆灭，也容易元气大伤。

可惜褚家剑派最终还是辜负了这偷来的二十年，拱手送上了玄渊剑，也亲手断送了庆王的性命。

玄渊剑是假的，那传说中"失去下落"的奉月剑自然也是假的，这个谎言甚至让冯抱一对纯钧剑的真伪都产生了怀疑，不惜冒着被发现的危险，叫褚家剑派的人再偷了一回纯钧剑。

真真假假，虚虚实实，在无数扑朔迷离的谎言之中，唯有庆王落下了血色分明的一笔。他曾辜负过旁人的深恩厚谊，最终丧命于盟友的背叛。他不算一个纯粹的江湖人，却以皇室贵胄之身，为一群毫不相干的江湖草莽担下了二十年的飘摇风雨。

不知道当他被玄渊一剑穿心之时,他是否曾有一刻为自己错付的"侠义"后悔过?当谎言破灭,屠刀落下,他心头闪过的是谁的影子?是将他推向今日境地的幕后黑手,还是被他庇护在羽翼之下的幸存者,抑或是本无冤仇,却被他踩在脚底、一辈子也没有再爬起来的踏脚石?

倘若他在天有灵,看到自己唯一的骨血再度站在相似的岔路口,面临着同样的抉择,心中又会作何感想?

事已至此,闻衡无处去问答案,也不必再问答案。

薛青澜忧心地望着他过分沉静的神色,忍不住轻轻地叫了他一声:"衡哥?"

"没事。"闻衡低声道,"早知如此,上回就不应该只砍褚松正的一只左手,便宜他了。"

深埋多年的血仇真相被一刀挑破,闻衡竟然还能保持镇定,没有被愤怒冲昏了头,也没有失态到冲动地做出决定,九大人几乎有点儿佩服他了。但九大人的目的还没达到,他必须再给闻衡添一把火,于是话锋一转,忽然又提起了一个毫不相干的话题:"世子,我身在内卫十几年,奉命监视勋贵宗室、文武百官,却两次都没有认出你,你知道是为什么吗?"

"为什么?"

"庆王武功高绝,王妃又是名门出身,这样一对夫妇生出的孩儿,想来应当天资过人,家学渊源,将来也必定能成为一代高手。皇上十分倚重内卫,然而冯抱一毕竟是外人,还是自家人用起来更放心,庆王世子本该是一个完美人选。"九大人笑了笑,意味深长地道,"可你偏偏是个经脉不通的病秧子,不值得内卫费心关注……哪怕后来你展露出了一些别的天赋,也不足以令上面的人对你多生一点儿忌惮之心。而你逃亡之后,陛下只派了陆清钟和黎七追捕,陆清钟败给了保安寺慧通住持,黎七死在'留仙圣手'薛慈手下,又都与你本人没什么关系。"

世子装得实在是太好，所以就连冯抱一也没有把你的生死放在心上。

"要是世子从小平安康健，恐怕活不到今日，这不能习武的根骨，恰恰是保住你的性命、使你远离危险的关键。可是看到如今的世子，我忽然觉得，说不定当初所有人都被骗了，就连世子自己也被蒙在鼓里。"

闻衡在桌下攥紧了薛青澜的手，眉梢一挑，问道："大人想说什么？"

九大人不紧不慢，悠悠地道："我今日来请世子出手，不知用什么才能打动你，名利富贵只怕世子看不上，同你叙旧情论旧交更是毫无用处，既然如此，我也只能赌一把，请世子看在王爷王妃拳拳慈爱之心的分上，随我进京诛杀冯抱一，报仇雪恨，告慰王爷王妃的在天之灵。"

这几句话背后潜藏的含义令闻衡骤然陷入了沉默之中。他沉思良久，久到薛青澜甚至以为他在考虑怎么弄死九大人，闻衡忽然没头没尾地问："那你呢？"

"什么？"

"你甘冒奇险为太子奔走，为的又是什么？"

九大人愣住了。

他与闻衡视线相接，那双眼眸沉静得像一汪寒潭，多的是他看不懂的情绪，但唯独没有好奇。

他蓦然意识到自己说得太多，竟忘了闻衡是个多么敏锐的人。当闻衡问出这个问题时，就意味着他心里早已经隐约猜到了答案，只等自己的态度进行印证，而自己方才下意识地愣了愣，差不多相当于把答案直接告诉闻衡了。

九大人问："我说错了哪一句？"

"你问我'还记不记得自己姓什么'。"闻衡淡淡地道，"我是个叛逆余孽，一般人不会这么问我，只有你，好像格外在意这个姓氏。另外你方才还说'冯抱一毕竟是外人，还是自家人用起来更放心'，所以我猜你和闻家有些别的关系，对吗？"

在他面前，九大人实在笑不出来，勉强勾了勾嘴角，佯装坦然地答道："对。"

"我是太子的亲兄，陛下所出的第二子，生母不详，若论辈分，该算是你的堂兄。"他垂下眼帘，平静地道，"这天下毕竟是闻家的，我虽然不会去抢那个位置，但也绝不能便宜姓冯的人。"

"难怪他们一直叫你九大人，"闻衡提起茶壶，给三个人的茶杯中续满水，"我父亲说起你时，也没有提过你的姓氏。"

闻九无意多提自己的身世，没有接话，不过坦白了真相之后，他们之间的气氛好像缓和了一些，大概是两个人都在对方身上看到了某些与自己相似的特质，意外产生了微妙的惺惺相惜之感。

闻衡问："如果我从小经脉完好，可以习武，如今的大内第九高手就该是我而不是你了，对吗？"

"那也未必，"九大人道，"比起你来，还是我更容易掌控，适合放在内卫里制衡冯抱一；而你作为庆王府的继承人，很有可能被推出去当明面上的靶子，替朝廷出面镇压中原武林，处境会危险得多。"

"我父王不想让我走他的老路，所以才亲自动手封住了我的经脉，"闻衡低声自语，"我娘也知道这件事……七年前她预感到东窗事发，提前把我支到了保安寺去，可惜躲得过初一躲不过十五，这浑水我注定要蹚进去。"

七年过去，很多画面在他的脑海中都已逐渐淡去，可是这一刻他忽然又清晰地想起了离开家的前一天，王妃柳氏扶着丫鬟来到他的房中，亲自盯着人给他收拾衣服，一会儿叫他多带些银钱，一会儿又支使侍女去给他拿风氅。闻衡被弄得一个头两个大，忍不住道："娘，你是要送我去保安寺出家吗？干脆把整座王府都一道搬走算了。"

柳氏在他的背上轻轻拍了一掌，嗔道："我这不是担心你吗？那边是山里，不比京城暖和，万一下雪了没有大衣裳，再把你冻出毛病来怎么办？！"

闻衡靠着熏笼，懒洋洋地翻了一页书："既然天冷路远，那今年干脆就别去上香了，等您身体好了，明年开春再去不行吗？"

"不行！"柳氏斩钉截铁地一口回绝，"保安寺是你平安降生的地方，与咱们家有缘分，你必须给我去烧香，诚心诚意地求佛祖保佑，不许躲懒！"

闻衡叹了一口气，敷衍道："好，好，一定诚心。"

柳氏这才粲然一笑。她虽已届中年，在灯影下仍是个端庄秀丽的大美人，温声对闻衡道："明日我派几个护卫随你同去，出门在外，你务必保护好自己，娘在家里等你回来。"

她言笑如常，不曾流露过分毫忧虑或是恐惧之色，仿佛是再平常不过地送他出门，殷殷叮咛，挥手道别，然后目送车马远去——

从此他再也没有归来。

闻衡哭过、消沉过、万念俱灰过，最终接受了这样一个无法改变的结局，然而今日他才意识到，真正刻骨的原来并非仇恨，而是记忆和痛苦，它深深地烙在三魂七魄里，时间也无法冲淡，无论他何时何地想起来，都永远鲜明如昨。

闻九低声道："父母爱子，则为之计深远，世子节哀。"

王府血案乃是扎在闻衡的心头的一根刺，碰一下就要牵动血肉，薛青澜此时甚至有些庆幸几天前闻衡认出了他，至少他曾与闻衡共同经历过那些天崩地裂的时刻，不至于叫闻衡孤零零地坐在此处，听着那些残忍的旧事，身边却连一个能明白他为什么痛苦的人都没有。

"九大人……不对，还是应该叫你闻大人，二位叙旧可以先缓一缓，容我问个问题。"薛青澜忽然出声，"你们闻家的烂摊子，自己收拾不了来找衡哥帮忙，勉强说得过去，为什么还要特意叫上我？"

他这么一打岔,闻衡的注意力果然被引了过来。闻九对上次薛青澜恐吓威胁他的场面还记忆犹新,其实很不想跟薛青澜打交道,但事出无奈,他不得不把薛青澜也拉上同一条船。由于闻衡在旁边看着,闻九对薛青澜的态度格外客气小心:"薛护法见谅,这件事中的确还有一处棘手的地方,要请护法帮忙。"

"什么?"

闻九道:"蘜芜山试刀大会后,垂星宗越过褚松正,与冯抱一搭上了线,宗主方无咎答应为冯抱一做帮手,条件是要知道三把古剑中藏着的秘密,而且要朝廷扶持垂星宗成为武林第一大门派。"

薛青澜一听这话便冷冷嗤道:"与虎谋皮,这个蠢货。"

闻九大概没想到他对自家宗主居然如此不尊敬,诧异地看了他一眼,又道:"不过这个想法其实比冯抱一直接荡平中原武林的打算更实际。朝廷视江湖帮派为心腹大患,无非是担心他们'以武犯禁',怕一方势力坐大不好控制;再则一个大门派动辄坐拥千顷良田、数城商户,对朝廷的钱粮税收也是不小的威胁。倘若能借垂星宗的手来控制江湖,不但能免去许多麻烦,而且万一将来垂星宗失控,收拾一个门派总比收拾八个门派容易。"

闻衡狐疑道:"方无咎也是江湖上赫赫有名的高手,把垂星宗经营到今日这个规模,想来当非泛泛之辈,怎么会连这点儿事情都想不到?"

"衡哥,方无咎跟你平常见到的那些人不一样。"薛青澜解释道,"她龟缩在陆危山里二十年,拼命地修炼武功,为的就是做天下第一高手,叫所有人都敬服她、畏惧她。她虽然武功高强,但论起心机,完全不是冯抱一的对手,给个饵就咬这种事她完全做得出来,不足为奇。"

方无咎是不足为奇,但闻衡总觉得他这番话奇奇怪怪,然而薛青澜没有给他继续追问的空隙,径自问闻九道:"方无咎现在何处?"

闻九道:"应当在京城,但不知确切位置。此人行踪成谜,我也只在宫中见过她一次。但太子生辰当日她必定会出现,这点毋庸置疑。"

薛青澜轻轻地咬着后槽牙:"好,她肯来就好。"

"等等!"闻衡眼见事态要往不可控的方向奔去,连忙出声叫停,"闻大人,这件事说穿了是杀头玩命的营生,我年纪轻轻,还没活得不耐烦,光讲一两个故事也不足以取信于人,大人还是另请高人吧。"

闻九也不勉强,起身道:"我这次匆忙出京,不能在此处多停,怕惹起冯抱一的疑心。太子生辰在下月初六,还有十天左右,世子若肯出手相助,请在十天里赶到京城,暂在此处落脚。"他从袖中拿出一张写着地址的白笺,破天荒地朝闻衡深深一揖,"倘若这次能一举铲除冯氏乱党,太子必定会尽力为庆王和王妃殿下洗去冤屈,还世子一个公道。"

闻衡侧过身去,淡淡道:"慢走,不送。"

闻九来去匆匆,闻衡坐在楼上,见他的身影风一般消失在人群之中,眉目才放松下来,但仍带着一点儿挥之不去的凝重之色。

薛青澜察言观色,低声道:"你其实信他,对不对?衡哥,那个人说得没错,这是唯一的机会。"

"你呢?"闻衡双眸在灯下仿佛两颗透亮的琥珀,凝视他人时有种温柔的意味,问出来的问题却不那么平和,"你相信他,是相信他的一片赤胆忠心,还是只因为他提到了……方无咎?"

薛青澜默然不语。闻衡耐心地等了片刻,见他始终不答,又问道:"你是不想说,还是不能说?"

"我……"薛青澜看了闻衡好几眼,似乎是想从他身上汲取勇气和决心,可一句话在胸腔内翻来覆去数遍,无论如何也不成字句,最后只得含糊地道,"不能说。"

闻衡点了点头,道:"我知道了。"

薛青澜像被针刺了一般,蓦地抬头惶然地看向他,闻衡却平静得好似经过了深思熟虑,不急不缓地道:"京城还是要去,不过不能全听他的安排，我们得自己带足人手，以防他背后捅刀。晚些时候我设法联络范扬，叫他带鹿鸣镖局的弟兄先过去准备。

"闻九早知道这次要对上方无咎，也知道你我的关系，却特意将你也拉进来，他这么做，一方面是怕你通过垂星宗向冯抱一告密，提前叫我警惕你；另一方面又想拉拢你，毕竟垂星宗的四个护法没一个是省油的灯，你哪怕不动手，只是站在我们这边，对他来说也省了一份力气。

"他要借我们的力，对你却未必有好心，所以安全起见，我希望你留在外面——"

薛青澜忽然按住了他，没有让他说下去。

"我的确有我自己的理由，"薛青澜抿了抿唇，顿了一下才继续说下去，"但是只要你决定了，我就必须跟着去。同生共死，这也是我的理由。"

第十一章
春风

九月初四,深夜,京城回南巷。

幂篱遮面的黑衣客人没走正门,身轻如燕地从墙头"飞"进了藏在小巷深处的院子。这屋子除了主人家不怕费灯油,大半夜还点着灯外,与周遭民居几无区别。客人的动作却非常小心,他无声地快步穿过庭院,推门关门落锁一气呵成,动作利索得令人眼花,仿佛他是从门缝里溜进来的。

房间内的木桌旁坐着一个年轻男人,男人侧对着他,正在垂眸端详桌上铺开的图卷,闻声抬头招呼道:"来了?"

男人身上有一种特别的沉静气质,形容俊美,独坐陋室也不显局促,反而令这间屋子莫名其妙地增色几许,虽然陈设老旧,完全称不上舒适,但就是让人忍不住想坐下来静一会儿。

闻九进屋的脚步都缓了缓,但话一出口,语气仍是难掩急迫之意:"你何时来的?情况有变,你带了多少人手?"

闻衡抬头道："刚到不久，出什么事了？"

闻九摘下斗笠，露出紧锁的眉头："陛下今日忽然传口谕，让太子明日启程，到慈寿山拜谒皇陵。从禁宫到慈寿山帝陵大约一日半的路程，夜宿乐清行宫，太子身边除了东宫侍卫，还有大内高手寇不二和韩三献随行。"

"嗯，"闻衡点了点头，问道，"所以呢，你希望我做什么？"

闻九说道："你我要留在京中对付冯抱一，太子那边就只能让薛护法——"

闻衡不待他说完，就抬手止住了他的话头："别指望他，他不在。"

闻九环顾周遭，这才意识到房间内一直只有闻衡一个人，不禁面露惊愕之色："他人呢？！"

"青澜有别的事要办，我也不知道他究竟是什么打算，"闻衡坦然答道，"你不用把他算进你的计划里。"

闻九简直如遭雷劈，登时眼前一黑，满脸写着"这你都不管"的表情。薛青澜在他眼里是个立场摇摆不定、疯起来天崩地裂的危险人物，天下只有闻衡还降得住薛青澜，一旦薛青澜倒向垂星宗，他们眼下筹谋的一切都是竹篮打水。出于警惕之心，先前他不惜冒着得罪薛青澜的风险提醒闻衡注意，然而现在看来即便是聪明如闻衡，也不过如此。

闻衡看懂了他的脸色，却没法跟他解释，只好一笑置之。

他平常管薛青澜吃饭睡觉，对琐碎小事上心得不行，在生死攸关的重大决定上反而相当克制，很少插手，全由着薛青澜自己做决定。就好像他明知道薛青澜还有不少事瞒着他，却没有追问到底，薛青澜说要分开行动，那他就送薛青澜一个人离去。这信任在外人眼中的确堪称盲目，却是他与薛青澜之间一种无言的默契体现。

闻九虽然是九大高手之一，但只有自己强，在冯抱一多年的压制之下，并没能培养出什么得用的手下，这才迫不得已地找闻衡帮忙。闻九满怀希望地来，却骤然得知闻衡这里也是单枪匹马指望不上，几乎生出了一点儿"命该如此"的凄凉感。仅凭他们两个，连单挑冯抱一都未必有十成胜算，更别说还要对付冯抱一的盟友垂星宗和豢养多年的爪牙了。

"现在该怎么办？"

"我也正想问你，"闻衡道，"好端端的，为什么突然让太子去祭陵，这是皇帝的意思，还是冯抱一的意思？"

闻九道："论理只有天子才能祭陵，太子代陛下前往，其实这是默认了太子的身份，除了陛下，没人能做这种决定。一旦太子平安归来，继承大位就是板上钉钉的事，到时候不管是冯抱一还是计贵妃，再想动手都会难上加难，所以这次太子出行对有心人来说是最后一个绝佳机会，他们必然不会放过这个机会。"

"照这么说，冯抱一必定会把最强的力量放在太子那头，确保让太子有去无回？"

"不错，我是这样想的，"闻九听他话中还隐有怀疑之意，问道，"你觉得哪里不对？"

"没有不对。"闻衡摇头，"合情合理。"

闻九狐疑地看着他："那你怎么是这副语气？"

闻衡收拾好桌上的图卷，另取了个杯子，倒了杯冷茶推给闻九，平静地反问道："九大人，你觉得冯抱一是一个会遵循常理、顺应人情的人吗？"

室内一时陷入静默状态。

闻九怔立半晌，忽然走过来一气干了那杯茶，动作狂放中透着几分自暴自弃意味，全然不复昔日骄矜的模样。他长长地叹了一声，认输一般对闻衡道："前几次败在你手下，确实不冤。"

"承让，运气好罢了，是你们那时没有提防我。"闻衡非常谦虚地跟他假客套了一句，复又正色道，"不过这一次不同，不管冯抱一要做什么，他都一定做好了被我出手打断的准备。"

闻九刚进门时还因为情势突变而心中焦躁，跟闻衡说了几句话后，虽然情况比他预想的还要糟，但他好像莫名其妙地就不着急了——可能是因为闻衡太冷静，哪怕心里其实没底，看起来也像是运筹帷幄、胸有成竹。

他怀着最后一点儿侥幸心理问闻衡："你是不是已经想到办法了？"

闻衡诚实地答道："惭愧，暂时还没有。"

闻九扶额呻吟道："世子，你就不能再想想吗？！"

闻衡只当他是无理取闹，不为所动地道："知道什么叫有的放矢吗大人？此前几次交手，都是你们先有动作，我才想办法解决问题；但现在冯抱一什么事也没干，我们除了让太子提高警惕，多给他派些护卫，还能怎么样呢？

"这就好比与人打架，对方不出招，又谈何拆招？除非你来抢先手，管他什么神功剑法，以力破巧，通通先打一顿再说。"

闻九慢慢回过味来："你的意思是……？"

闻衡就像在告诉他这壶茶是用什么茶叶泡的一样，轻巧而平淡地接话道："先下手为强，大人，只有千日做贼，可没有千日防贼的道理啊。"

承香殿地处后宫西南，北接御园，占地广阔，是帝王起居之所，一日十二个时辰都有禁军值守，烛火彻夜不熄。近来皇帝龙体欠安，每日里御医进出频繁，添水送药的宫人往来不绝，却听不见半点儿嘈杂声音。上上下下都绷紧了弦，十分小心谨慎，如无必要，绝不多行一步、多说一个字，直令这座华美宫殿在庄严肃穆之外，又平添了一分难以言喻的沉重气息。

入夜时分，万籁俱寂。

烛光再亮，也很难照彻整间宫室，而内殿之中既有屏风遮挡，又堆叠着层层纱幔，更显得昏暗朦胧。白日里围在床边侍奉的皇子嫔妃、医官宫人此刻都已离去，御榻之侧，只有一个鹤发老人垂手侍立，听那老迈衰弱的帝王声音微弱地问："太子祭陵的事……都安排好了？"

冯抱一轻声答道："回陛下，太子殿下业已启程，三日后回转，寇不二、韩三献随行，东宫侍卫和禁军也都跟着，陛下放心。"

皇帝要歇好一会儿才能攒足说一句话的力气，他微不可察地点了点头，又道："传位诏书已封入金匮，等太子回来，就让内阁宣旨。"

冯抱一面不改色，亦不多话，应了声"是"。皇帝闭目喘息片刻，复道："计氏贪愚，引外戚入朝，有干权乱政之心，不堪为皇子生母，待朕百年之后，你替朕除去此女，不得有违。"

皇帝卧病虽久，心里还是清楚明白的，计氏的小动作逃不过他的眼睛，他也猜得出计氏的野心。只可惜计氏苦心筹划良久，至今还在做当上太后的美梦，却不知道她已被皇帝一言定下生死，而她的盟友毫不动容，连眼睛都没多眨一下，更没有一句多余的话，只道："谨遵圣命。"

他答应得痛快，反倒出乎皇帝的意料，皇帝一时无言，陷入了沉默之中。

那对混浊的眼珠定定地注视了冯抱一片刻，三十年来相处的情景在心中走马灯似的闪过，然而到了生命的最后时刻，皇帝还是没有猜透冯抱一到底想要什么。

这位大内第一高手侍奉过两位帝王，潜居深宫三十年，获取财富、地位、名声这些旁人一生渴求的东西，对他来说如探囊取物般轻松，所以并不值得他多看一眼；他却又不同于那些心无旁骛的武学高手，把毕生精力都放在追寻玄而又玄的武学大道上，反而用了几十年的时间帮朝廷筹划如何清洗收服中原武林。

他是个非常矛盾的人，仿佛淡泊无所求，又偏要搅弄风雨。皇帝不能容忍计贵妃觊觎皇位，但对同样参与其中，甚至有可能是主谋的冯抱一，并没有多少忌惮痛恨的情绪，甚至表现出了不似帝王般的宽宏态度。

御榻上的皇帝仿佛是嘱托，又好似是安抚人心，叹息一般说道："你在朕身边快三十年了，勤勉尽忠，朕都看在眼里，视你为心腹臂膀，往后你也当尽心辅佐太子，有如事朕……太子仁德，必不会薄待老臣。"

行将就木的君王殷殷地望着他，到了这个时候，由不得人不看开，所以冯抱一能从他眼中找到日薄西山的仁慈、自以为看透的怜悯和无意识的乞求情绪。他知道皇帝这是在连消带打，先以计氏威慑，再动之以情，希望他看在这三十年"君臣相得"的情分上，不要背叛太子。

事到如今，好像所有人都觉得他蠢蠢欲动，打算在皇帝临终之时跳出来另立新主，做一个大逆不道的祸国奸佞。

冯抱一很满意，只是面上不显，平静地应答道："谢陛下厚爱。"

帐外几支烛火微微晃动，他躬身告退道："夜深了，陛下请安寝吧。"

皇帝精神不济，虚弱又倦怠地"嗯"了一声，许他退下。

冯抱一便无声地离开了内殿，穿过空荡荡的宫室，走到外面开阔的庭院当中。夜风卷着花香和水汽，冲淡了他从承香殿沾染的一身药味。

"都说女人心，海底针，敢情是他们没有见过冯大人。"一个讥诮的女声从蟠龙立柱后面飘来，"前脚把计贵妃哄得团团转，恨不得跪下来给你磕头，后脚就在皇帝面前把她卖了个一干二净——冯大人狠起来，那可真是没有女人什么事了。"

随着话音落地，那道款款身影也从柱子后面转了出来。来人身形高挑婀娜，梳着堆云髻，身着月华裙，浓妆靓容，有种雌雄莫辨的秀美感，只有走得近了，才能看清她眼角的淡淡细纹，原是个已近中年的美貌妇人。

冯抱一坦然地接受了她的讽刺话语，并不以为忤，朝她微微颔首："方宗主。"

方无咎勾了勾嫣红的嘴角,语气略带着点儿恶意似的问道:"不怕我把刚才的话都告诉计贵妃吗?"

冯抱一反问道:"告诉她又如何?"

一个深宫中的嫔妃,再得宠也是个手无缚鸡之力的弱女子,还能拿大内第一高手怎么样?冯抱一杀她都不用自己动手,只不过是一句话的事。皇帝有八个儿子,也并不是非她儿子不可。

方无咎未见得有多看重计贵妃,只是从她身上看到了自己的影子。冯抱一今天可以毫不犹豫地杀了计贵妃,明天换一个场合,说不定人头落地的就是她方无咎。所以她故意找碴,并非打算路见不平,给计贵妃讨一个说法,而是在隐晦地威慑冯抱一,提醒他不要背后捅刀。

"方宗主大可不必物伤其类,"冯抱一人老成精,当然听出了她的意思,锐利的视线在她面上一掠即离,他意味深长地道,"你与她当然不同。"

他蓦地侧头,避过黑暗中疾刺过来的一道寒光,掌风横扫出去,方无咎飘然急退数尺,穿花蝴蝶般落在游廊的栏杆上,声音不知为何有些发哑,她咬牙冷笑道:"你什么意思?"

冯抱一尚未答话,忽然另一个声音在两个人的头顶响起,打破了二人之间的剑拔弩张气氛。那人看热闹不嫌事大,饶有兴致地问:"怎么我这个外敌才刚到,你们自己人反倒先打起来了?"

方无咎与冯抱一同时抬头,只见承香殿的飞檐上垂下一片雪白衣角,闻衡抱剑坐在屋顶,背后夜空晴朗如洗,新月仿佛就挂在他的手边——这场面赏心悦目得几可入画,但对看的人来说,不啻一把利剑悄无声息地架在了脖子上。

当世两大高手在庭院中站了半天、打了一架,竟然谁也没发现他是何时来的!

闻衡的出现成功地中止了两个人之间的内讧,方无咎从栏杆上跃下,盈盈立在中庭中,仔细打量了闻衡几眼,摇头道:"除了一副好相貌,别无出奇之处,薛青澜竟然被你拐跑了,真是糊涂。"

闻衡不怎么在意她阴阳怪气的话语,反而很客气地道:"多谢方宗主夸奖。他现在很好,您大可以放宽心。"

方无咎冷漠地扫了他一眼,问:"薛青澜人呢?怎么不来见我?"

闻衡道:"恐怕要叫方宗主失望了,他没来,您有什么话要传达,对我说也是一样的。"

那两个人在蘅芜山闹出这么大的动静,方无咎本以为薛青澜是背弃了垂星宗,要与闻衡站在一处,原打算今日就地诛杀叛徒,以震慑宗内诸人。却没想到在这样危急的生死关头,薛青澜竟抛下闻衡不顾,任由闻衡单刀赴会,心中不由得有些动摇,凉凉地道:"不必了,我犯不着叫一个死人替我传话。"

冯抱一自闻衡出现起就没作声了,这时方开口厉声质问道:"闻少侠,你将大内宫禁当成了什么地方,想来就来想走就走,当真以为内卫奈何你不得吗?!"

"快得了吧,冯大人,"闻衡嗤笑道,"我为什么到宫中来,最清楚的莫过于阁下才是,你就不必说这些冠冕堂皇的话了。"

冯抱一长得还算周正,但面貌严厉,气质冷酷,还有一条很显凶的长疤,一看就不是个好相与的老头。在闻衡这句话音落地之后,方无咎清楚地看到冯抱一的眉头沉沉地压了下来,冯抱一双眼微眯,在夜色浓重的阴影下,竟无端显出一种狰狞阴鸷的神色来。

"不错。"

冯抱一忽然痛快地承认了:"蘅芜山大会之后,你带着薛青澜避到武宁城治病疗伤,闻九秘密出京去找你帮忙,这些事我都知道。他早早地投效了太子,看出我有扶持八皇子的意思,就忙不迭地跑出去请救兵了。

"他以陈年旧事为筹码，引你进京复仇，想要借你的手除掉我，是也不是？"

闻衡没顺着他的话接茬，只徐徐道："我早说过，你我之间迟早有一战，择日不如撞日，既然今天赶上了，那就来分说清楚吧。"

冯抱一忽然举起手，连击了三下掌。

霎时间周围庭院、屋顶、门窗外响起细碎急促的动静，无数黑衣甲士从深浓的夜色中现身，挽弓搭箭瞄准了闻衡，另有数名大内高手和垂星宗教众分踞八方，形成一个严密的包围圈，团团将闻衡、冯抱一、方无咎三个人围在了中央。

闻衡坐在屋檐上，居高临下看得十分清楚：在他的左前方，闻九披头散发，被一个愁苦书生似的白衣人抓在手中，看样子是被点了穴道，不能动弹亦不能出声，只能双目充血地注视着他，不知是让他快跑，还是想叫他奋力一搏。

可惜闻九没生一双会说话的眼睛，闻衡也不是会读心的神仙，他与闻九的眼神稍稍一碰便转开了目光，两个人像没有关系的陌生人。

月色下闻衡横剑膝头，衣袂翻飞，宛如仙人凭虚御风，一脚踩进网中也毫无慌乱之意，反而悠然问道："阁下拉来了好大的阵仗，看样子是早有准备，志在必得了？"

冯抱一森然回答道："以闻公子的聪明才智，你难道看不出今夜这出大戏是专门为你准备的？"

"嗯，现在看出来了，"闻衡道，"所以什么谋害太子、扶持幼主，都只是引我上钩的幌子罢了。闻九在你的眼皮子底下同太子殿下亲厚，你装作看不见，实际上早就心知肚明。京城皇宫都在你的掌控之中，而我的身份刚大白天下，你猜一旦你表现出威胁太子的意图，闻九无人可用，十有八九会设法找我帮忙，而你只需要设下埋伏，等着我主动走进陷阱就行了。"

冯抱一有些嘲讽地道:"太子殿下是一国储君,我无意弄权,更没有僭越之心,都是有心人从中挑拨,才令我见疑于太子。"

闻衡瞥了闻九一眼,笑了:"说得不错,只要你今夜诛杀了这群江湖草莽、奸邪小人,顺便再弄死贵妃母子,来日太子毫发无损地归京,看见这一片清净世界,自然会将你视作头等功臣。到时候阁下贵为三朝元老,这三十余年的荣宠还当延续,想做什么,都不过是一句话的事。"

冯抱一没有正面回应他的说法,显然是默认了:"有些人喜欢自作聪明,总觉得自己是在后的黄雀,迟早要一步登天,却从没想过它们就算飞起十丈,也永远变不成鹰隼金鹏,出头太快,只会白白送上去,成为别人的猎物。"

"我明白了,原来阁下是生了一副人似的皮囊,里头却盛着禽兽的心肠,"闻衡像煞有介事地点头,"还有一件事,我始终想不通透,还望阁下为我解惑。"

不待冯抱一答应,闻衡就径直问:"你为了引我现身,甚至不惜冒着得罪太子的危险,在下何德何能,值得你这么费尽心机地算计,如此迫不及待地要铲除我?"

这时方无咎忽而在旁边讥笑道:闻公子,闻少侠,你问出这种问题,简直就像是在打他的脸哪。"

"他为什么要杀你?当然是因为害怕你。"方无咎看也不看冯抱一,语气却极其嘲讽,"从论剑大会到如今,只不过短短几个月,你在江湖上已然声名鹊起,被人称一声'大侠'了。倘若这么放任下去,等你成了气候,冯抱一还怎么对中原武林下手?"

闻衡恍然道:"原来如此。"

"那方宗主既然知道他有这样的心思,又为什么要助纣为虐,宁愿与他站在同一条船上呢?"

方无咎笑容一滞，随即淡淡反问："垂星宗不与他站在一处，难道还和那些道貌岸然的名门正派站在一处吗？"

她说得倒是不错，就闻衡这几年来所见，武林之中，正邪门派泾渭分明，而八大门派与小门派乃至江湖游侠之间亦是壁垒层级森严，往来得少，更别提什么守望相助。

打个比方，中原武林就像是一棵树，冯抱一花了十几年的时间砍去了那些细小的枝杈，大树自觉不痛不痒，并不理会，到最后被砍得只剩几根粗枝，还勉强撑着个枝繁叶茂的假样子，实则内里已是空心，再也遮挡不住风雨了。

"够了。"

"闻公子，"冯抱一伫立在满庭树荫花影中，夜风卷着他的声音送上屋檐，里头似乎有些低回的叹息意味，"你的确是个难得一见的不世之才，才智武功兼备，又有一副光风霁月的侠义心肠……可你这样的人要是不死，俗世庸人们就没有活路了。"

闻衡不意居然会在他嘴里听到这么高的评价，一时忍俊不禁，谦虚道："谬赞，我也是俗人一个，遇事先想自保，惜命得紧，可当不起您这么生捧——"

话音未落，他蓦然拔剑侧身，闪避过五六道如发丝般纤细的精钢索。冯抱一掌风旋至，"呼"地击向闻衡的右肩。闻衡反手回护身前，两个人在半空中一沾即走，各自衣袂飘飘地立在屋脊一端。

闻衡脸上的笑意仍未收，他道："冯大人，我原以为你会更有耐心一些，给我讲讲你为什么这么仇恨中原武林，看来今日我是没有这个荣幸了。"

冯抱一平静地答道："今夜不是讲故事的好时机，待我百年之后，你我地下相见，再详细说与你听不迟。"

闻衡"哧"地笑了笑，似乎是觉得滑稽，摇了摇头，低声道："我就算是死了，要等的人也不是你。"

冯抱一见他分明已是死到临头，却夷然不惧，眉心不由得一跳，忽然有种说不出来的心慌之感。正在此时，冯抱一听见闻衡不急不缓地道："你假意要暗害太子，让所有人都上了你的当，骗闻九去找我求援。你笃定我们一定会把手中全部精锐力量押在行宫那里，保证太子万无一失；暗中监视的人也告诉你，我是孤身来到京城的，对不对？"

冯抱一敏锐地从他的语气里捉到一点儿猫捉老鼠般的戏谑之意，一个模糊的念头从脑海中闪过，短短瞬间不足以令他想通关窍，却足以叫他在这秋风寒凉的深夜里，掌心中渗出一层细汗。

"可是冯大人，你有没有想过，我答应了闻九要帮他，不代表不会防着他。"闻衡轻轻地道，"他姓闻又如何？他效忠太子又如何？我这半生被姓闻的人迫害得还少吗？

"我怎么会因为他姓闻，就忘了他是大内高手，是你的同伴呢？"

风声陡起，冯抱一仓促回身，只来得及接住天外飞来的一掌。他胸口一窒，五脏六腑俱被震得生疼，一口鲜血已涌至喉头，又被他生生咽了回去。

"是你！"

宿游风朗声笑道："不错！多年未见，不想你竟还记得我，可见人不能做亏心事，否则半夜容易撞见鬼。"

闻衡一剑斩开方无咎手中的精钢细索，两个人缠斗在一处，他还忙里偷闲地纠正道："师父慎言，哪里有人说自己是鬼的？"

当年被昆仑步虚宫追杀的经历简直是冯抱一毕生的噩梦，他久居大内，过了许多年风平浪静的日子，几乎以为步虚宫已经忘记了他，谁知此时骤然与宿游风撞了个脸对脸，所受的惊吓与冲击难以言表，再难维持平静表情，神色狰狞得近于恶鬼，嘶声问道："你怎么会在这里？！"

宿游风的内力排山倒海一般推了出去，那架势明显他是要将冯抱一立毙于掌下，嘴上却云淡风轻地答道："受人之托，拜你所赐。"

当初他奉命追缉冯抱一，叫冯抱一断去一臂，从此被逐出了步虚宫，流落江湖，成了个蓬头垢面的乞丐。

宿游风用了好几年才适应了只有左臂的生活，那时不是没动过报仇的念头，可惜冯抱一早已销声匿迹，无处可寻。

而等冯抱一再度露出行迹时，此人已摇身一变，成了深得皇帝信任的内卫，身边不乏武功高手。宿游风断臂后实力大不如前，单挑冯抱一尚且胜算不大，又怎么打得过九个大内高手？

他这人虽看起来不修边幅、疯疯癫癫，但心里其实很有数，并非一味冲动莽撞之辈。

于是宿游风此后便隐身于市井之中，一面监视冯抱一，一面韬光养晦，为自己挑选合适的徒弟，以冀血债血偿，能在有生之年亲手向冯抱一复仇。

谁知道他否极泰来，走了大运：徒弟收得太好了，不用他费一点儿心，闻衡就顺顺当当地把冯抱一推到了他眼前。

从冯抱一猝然发难到宿游风神兵天降，不过片刻，屋檐上那四个人已经两两捉对打了起来。月光再亮也终究有限，更别说这四个高手身法何其敏捷，拳风剑影往来飘忽，周边张弓待射的黑甲禁军实在难以分清敌我，脑袋跟着箭尖一起上下来回转动，终于把自己绕晕了。

四云平低声问身旁的同僚："咱们上不上？"

陆清钟负手伫立，不知想起了什么，正在走神，忽地被他这句问话拉回了现实，有点儿怅然地答道："上吧。"

当年他在保安寺下黑手杀了慧通住持，虽然不光彩，但也不会有人跳出来指责他。陆清钟一直当这件事已经过去了，但命运无常，该来的躲不掉，谁能想到时隔七年之久，闻衡竟还有卷土重来的一天呢？

四云平奇怪地看了他一眼，不明白他有什么好消沉的，正待开口，他们身后不那么寂静的夜色中忽然炸开一道破风清啸，柔韧长鞭横扫出去，当场将头一排禁军抽得人仰马翻；一记重拳裹着劲风袭来，直扑陆清钟的后脑。亏得他反应还算迅速，飞身向前扑出，令那拳风擦着他的头顶掠过，打了个空，同时他回手还了一掌"乱石穿空"，这一动一跃都在电光石火之间完成，勉强给他争取了一丝喘息之机，让他站稳后转过身来。

四云平骤见同僚遇袭，当即要上前相助，只是他尚未来得及拔剑，一道刺眼剑影便从半空中斩落，那剑势潇洒凌厉至极，"唰"地刺向他的右肩"肩井穴"，逼得他不得不后跳闪躲，与陆清钟拉开了数步的距离。

两大高手顷刻之间被人为地分割开来，别处亦不例外，这群人就像是黑夜里突然现形的鬼魅，来得悄无声息，人数不多，出手却极快极狠，仿佛早已演练过一遭，将内卫和垂星宗高手一一拖住。

禁军一是被这群忽然冲出的人吓蒙了，二也是冯抱一分身乏术，众人群龙无首，不敢贸然冲上前去乱砍，因此承香殿前看似是包围重重，实则众禁军已成了一盘散沙。

混战之中，挟持闻九的白衣书生被人无声无息地一剑掀开，闻九脚底趔趄，跌跌撞撞地向前栽倒，另一个人替他解开了被封的穴道，顺口感叹道："以德报怨，我可真是个大好人哪。"

闻九被制之前与冯抱一动了手，受了点儿内伤，乍一被解穴，血气止不住地上涌。他正阵阵发晕，听了这话，忍不住眯眼看向那人，借着不甚明亮的月光，居然真叫他从那副英俊相貌里端详出几分熟悉感来。

"是你？"

温长卿大度地搀了他一把，免得他站不稳，嘴上揶揄道："哟，大人居然还记得我这阶下囚？真是叫人受宠若惊。"

闻九听着觉得这不像什么好话，没有接茬。他深吸了一口气，压下喉间翻涌的血腥味，但闻金铁相交之声铮铮不绝，循声望去，只见不远处二人激战正酣，使剑的剑法沉稳古朴，看似钝拙，实藏机变，与那垂星宗的白衣书生斗得难分高下，各不相让。他心中大感惊异，不由得低声问道："那一位是……？"

温长卿答道："是我师兄，廖长星。"

闻九先前听闻衡说早有防备，还心有怀疑，当闻衡是虚虚实实地诈冯抱一，如今亲眼看见援兵，心中一块大石才终于稳稳当当地落了地，慢慢地长舒一口气。

他被冯抱一捉住时，曾真心实意地觉得他们要玩完了。他关心则乱，对冯抱一谋害太子这件事深信不疑，当时闻衡看起来也被他说动了，答应将身边得用的人手分派出去保护太子。是以今夜进宫，他以为闻衡顶多只会带两三个帮手，从闻衡往日的行事作风看，人选应当就是范扬和鹿鸣镖局的几个亲信。

若只来这么几个人，还不够禁军塞牙缝的，幸亏闻衡留了个心眼，没真中了冯抱一的圈套，否则他们两个今夜必然是凶多吉少，说不定得把小命交待在这里。

廖长星、温长卿、聂影、龙境这些人与闻衡共患难，肯在蘅芜山为他出头，又是各门派的精英翘楚，有他们在，战局立刻从一边倒变成了双方僵持不下。聂影甩开金鞭，鞭梢如灵蛇出洞，缠住了离他最近的一名禁军首领。那男人被勒得双眼暴突，口中"啊啊"乱喊，叫聂影活活从人堆里扯了出来。

聂影拿刀架着那人的脖子，在他耳边威胁道："叫他们放下弓箭，后退十步，快！"

那禁军首领是个颇富态的中年胖子，一看便知养尊处优，不是敢和聂影鱼死网破的硬骨头。他常年生活在冯抱一等人的威压之下，对这帮动辄大打出手的武疯子十分畏惧，听了这话，吓得眼一闭嘴一张，当即扯着嗓子痛号起来。冯抱一在宿游风密集如暴风骤雨般的攻势当中抽空往外瞥了一眼，见此情形，登时怒喝道："不许退！放箭！"

本来蠢蠢欲动准备后退的军士叫他这一喝，又有些犹豫，一时在原地停住了。

此时只听一旁有人道："你们是朝廷的禁军，还是他冯抱一一个人的手下？无令擅动已是泼天大罪，事到临头还不知悔改，今日冯抱一造反，来日你们也打算跟着他一起上断头台吗？！"

闻九挣开温长卿的搀扶，冷冷地扫视过诸人，厉声斥道："陛下尚在宫中，岂容尔等放肆？都给我退下！"

除却身陷缠斗无暇分神的几个人外，余者皆被他石破天惊的一吼给喝住了。按理说外面这么大动静，承香殿内的人早该被惊动，可不知为什么，一直没见有人出来通传，显然皇帝并不打算给冯抱一撑腰，说不定还隐隐有些坐山观虎斗的意思。而几个人刚才的交谈之中，又透露了闻九其实是太子的人，他既是内卫之一，又有这层身份，说出来的话竟也有几分管用，禁军果然偃旗息鼓，虽没有彻底退去，但也不举着弓箭瞄准，随时准备射杀这些深夜闯宫的刺客了。

这下庭院中的打斗彻底成了高手对决，冯抱一尚且沉得住气，只是面色凝重，眉宇间的皱纹仿佛又深了几分。他被宿游风逼得极紧，稍一分神就有性命之忧，已无暇再去发号施令、重整包围圈，不得不全神贯注地与宿游风拆招。

两个人交手过处，当真是天昏地暗、日月无光，瓦片乱飞，碎石能把所有来拉架的人都打成筛子。反观那边闻衡与方无咎，则又是另一个极端——两道身影轻盈得像是飞鸟竞逐，然而凶险程度绝不输于旁人。垂星宗功法向来以诡谲多变著称，由方无咎使出，又平添一分飘忽阴柔之感。她的武器非刀非剑，而是藏在袖中的数根极柔韧的弦刃，那弦刃比琴弦还细些，看起来仿佛脆弱易断，可是一旦被缠住，轻轻一扯就能把人的一条胳膊连骨带肉地切下来。

她这"柔丝千变"的功夫闻衡还是头一回见,应当是出自西极湖地宫,他顷刻之间也难以想出破解之法,只能耐着性子同方无咎周旋。黑夜之中,弦刃直如隐形,只偶尔闪过一道极细的寒光。

闻衡先时屏息注目,拿出十分的心神捕捉这些蛛丝般的凶器,可并没有多大用处,好几次还险些被划破相。这么强撑着与方无咎过了几十招后,他渐渐察觉双眼酸涩疲惫,眼眶蓄起了泪水,稍一眨动,便将视线蒙住,看什么都带着重影,几乎到了不能视物的地步。

闻衡心里暗道不妙,幸好他虽看不清,但感觉还在,能听出弦刃穿空时的细微声响,下意识地向左挥剑,一剑荡开了刺向他的眉心的细刃。

方无咎没留意到这个细节,闻衡却蓦地微微一怔,随即心念电转,猛然间悟得了破解之道。

既然无论如何都看不见,他干脆闭上眼睛,手中长剑挥舞如风,划出近似满月的弧度,刹那间四面八方激射而来的弦刃与剑身铮然相交,但听得"叮叮"之声不绝于耳,余音一浪接一浪地向周围铺开。方无咎被他剑上的内力震得五指发麻,飞散的弦刃将她自己的虎口豁开了一道小伤口,鲜血沿着掌纹一直流到掌缘,滴滴答答地落在她飞扬的裙摆上。

精致妆容也救不了她的狰狞神色,方无咎被一招逼退,显然怒极,"哧"地冷笑了一声,恨恨地道:"你这混账!"

话音未落,八条弦刃宛如一张大网,从左右两侧卷向闻衡,迫使他不得不回剑抵挡,同时方无咎右足的绣鞋尖上的宝石花中倏然闪出一枚三寸长的短刺,她趁着闻衡尚未睁眼,照着他的脖颈就是旋身一踢!

只听"嗡"的一声破风震颤声传来,青影乍现,寒刃当空劈落,某一瞬间,雪亮刀身上映出了那人含霜似的眉眼。

从天而降的第一刀截住了方无咎的攻势,第二刀回手上挑,"断水"不愧为削铁如泥的名刀,当场将那三寸短刺削掉半截。尖头打着旋儿飞出去,"铿"的一下钉进了承香殿廊下的立柱中。

方无咎凌空后跃,落在离二人几步开外之处,右腿还因方才那一刀而隐隐发麻,站立时有些不稳。她贵为一宗之主,罕逢敌手,许多年没有如此狼狈过,此时恨得眼里几乎要冒出火来,连说话都仿佛是从牙缝里一个字一个字地往外挤的。

"薛、青、澜。"

薛青澜挡在闻衡身前,出现得无声无息,时机却刚刚好。他朝方无咎点了下头算作致意,随后淡淡地对闻衡道:"衡哥,这里交给我。"

"你还敢出现在我眼前,看来是等不及要跟他一起死了。"

方无咎语气冰冷,听起来像是嘲讽,可任谁都不能忽视她话中那几欲喷薄而出的怒火。她抬高声音说道:"为了他,不惜背叛本座、背叛垂星宗,怪我当初看错了你,竟把一条养不熟的白眼狼留在了垂星宗。"

薛青澜非但不恼,还顺着她的话赞同道:"早年间引狼入室,你现在才想起后悔,可惜已经晚了。"

方无咎定定地注视着他,手按在腕间的弦刃上,杀气森然地道:"后悔是晚了……可是杀叛徒这种事,无论什么时候动手,永远都不嫌晚。"

忽然间,她身后传来一个声音,低低附和道:"不错。叛徒该杀,不但要将她千刀万剐,最好还叫她身败名裂,被天下人唾骂。"

那是个女人的声音,轻而沙哑,有种飘忽的意味,但它同时又含着极为浓烈的怨毒之意,仿佛午夜里前来索命的冤魂,冷不丁地伸手拍了拍方无咎的肩头。

方无咎猝然回首。

今夜从初见到交锋,闻衡见过这位方宗主讥嘲、轻蔑、愤怒等等神情,但不管是对冯抱一,还是对自己和薛青澜,她始终都是居高临下的姿态,并不真的把这些人视作威胁。然而就在刚刚,在她看清背后那个人的面容那一刻,却仿佛有什么东西从云端跌落下来,摔碎在她眼前。

方无咎瞳孔紧缩，无声地说了句什么，脸上竟然现出了极度恐惧的神色。

此时离他们较近的两方人士，听闻此言，都不免分心转头看来。那如鬼魅天降的女人身穿浅黛色长袍，周身毫无花哨装扮，唯独襟袖处露出的肤色苍白得惊人，且生着满头华发，从侧面看来，好像是一位上了年纪的老婆婆。

可当她抬起头时，登时便有人倒吸一口凉气：此女形容姣好，目光明亮若星，眼角眉梢虽有几丝细纹，却难掩姝色，绝非他们预想之中满面风霜的老妪，竟然是位与方无咎面容和年纪均相仿的美人。

她站在屋檐高处，身形瘦削，白发与衣袂翻飞不停，仿佛一缕月下幽魂，随时准备乘风归去，叫人光是看着都觉得凄清，忍不住屏息静气，等着她接下来的话。最先打破死寂气氛的却是方无咎，她失声道："你……是你！"

垂星宗宗主不知为何，竟被这女人吓得花容失色，冷静样子全无。方无咎蓦地转头，死死地瞪着薛青澜，厉声叫道："你骗我！薛青澜……你竟敢骗我！"

闻衡本来要去帮宿游风，闻声立刻回剑将薛青澜拨到身后。众人只听那华发女子冷笑了一声，声音嘶哑地道："最大的骗子应该是你才对，方淳。"

薛青澜从背后搭着闻衡的肩，一面轻轻将他往旁边推，一面凑在他耳畔低声道："衡哥，你去帮宿老前辈，她伤不到我，你放心。"

远处正与廖长星缠斗的白衣书生忽然住了手，示意认输。温长卿"咦"了一声，却见他毫不犹豫地收起兵刃，燕子点水一般飞身掠上另一边屋檐，遥遥站定，狐疑地问那女子："你方才叫她什么？"

垂星宗另外一位护法梅自寒也撤下场来，有他俩起头，其他不明所以的垂星宗门人都默默地住了手,自发地聚集到一处,十几双眼睛盯着容色惨白的方无咎。方无咎暴怒地一扬手,几根丝弦撕裂劲风,抽得那白衣书生颊边瞬间见血,她尖叫道:"住口!不许问她!司马秋,你想造反吗?!"

薛青澜悄声对闻衡道:"你看,她就是这么一个蠢人,武功高又怎么样?她心里有鬼,不需要旁人动手,自己就快把自己吓死了。"

闻衡见他把握甚笃,宿游风那边又确实苦战力乏,只得信了他这一回,低声道:"你多加小心,情况不对,立刻叫我,万万不许逞强。"直盯着薛青澜再三点头保证,闻衡才重重握了一下薛青澜的手,匆忙转身离去。

他们两个人喁喁私语的工夫,那女子已主动拢起飞散的白发,露出面容,好教众人看得更仔细些。她目光一刻也没离开过方无咎,一字一顿清晰地答道:"我叫他方淳——司马先生,你难道忘了?他就是那个被我爹收作义子的方淳哪。"

司马秋天生一副愁苦相,此刻愕然不已,那神情甚至显得有些滑稽。他双目圆睁,在方无咎和那女子之间来回扫视,蓦地全身一震,难以置信般喃喃地道:"他……你……你是大小姐?"

司马秋与梅自寒都是宗中老人,当年虽然不常驻陆危山总坛,但也曾见过前代宗主方承和大小姐方无咎,以及他收养的义子方淳。二十三年前,左护法罗斜叛教,炸毁了垂星宗总坛,以致陆危山半山崩塌,方承、方夫人都在此难中不幸身故,只有方无咎侥幸保住一命,却也受伤甚重,静养数月方恢复健康。据她事后回忆,总坛坍塌之际,是方淳舍命救她逃出地道,方淳自己却葬身于乱石之下。

为此她还神伤了好久。出事前方无咎是个活泼骄纵的大小姐,出事之后,就像是一夜之间长大了一样,再也不提任性要求,每日里只是把自己关在屋里练功。一年后右护法虞天行重整垂星宗,方无咎破关而出，凭着一手出神入化的"柔丝千变"力压诸人，顺理成章地继承父业，从此成了人人敬服的方宗主。

她执掌垂星宗二十余年，从未有人提出过怀疑，可是现在，这个来路不明的女人叫她"方淳"。

方淳可是个货真价实的男人！

温长卿长长地"噫"了一声，兴致勃勃地扭头问廖长星和闻九："我没听错吧？她刚才是不是说方无咎是前代宗主的义子？义子得是男的吧？还是说在穆州的风俗里，女孩儿也可以被叫作义子？"

廖长星道："偷梁换柱。"

闻九也道："李代桃僵。"

温长卿瞅瞅这个，又瞅瞅那个，感觉他俩都有点儿神神道道的，自己不能不合群，于是试探着接话道："男扮女装？"

闻九："……"

廖长星掩饰地咳了一声，略带歉意地对闻九道："见笑了。"

闻九客客气气地拱了拱手，答道："哪里的话，令师弟活泼爽朗、天真跳脱，不失为性情中人。"

不远处的高檐之上陡然爆出一声尖锐嘶吼，扎得人耳朵生疼："你还不明白吗？是他，当年是他方淳勾结罗斜，把叛徒放进了垂星宗总坛！是他害死我爹娘，又伪装成我的模样，骗了你们所有人！

"我才是方无咎，现在站在你们眼前的这个人，是背叛了垂星宗的叛徒方淳！他是个男人！"

司马秋与梅自寒对视一眼，都从对方眼中看到了动摇怀疑之色。司马秋慢慢转向方无咎，声音低沉而迟疑地问道："还望宗主见告，她说的是不是真的？这究竟是怎么一回事？"

方无咎厉声喝道："一派胡言！难道这个来历不明的疯女人随便嚷嚷几句，你们就信她的鬼话了？！"

那女子冷飕飕地睨了他一眼,道:"当日我被方淳种下剧毒'万蛛血',抛在废墟里等死,多亏薛慈救我出去,又想方设法地替我续命,才让我有了亲手报仇的机会。我若没有十足的把握,今日就不会站在这里!

"方淳,你夺走了我的一切。用着我的名字、我的身份,你在垂星宗耀武扬威的时候,我被活活困在地下二十年,靠别人的血苟延残喘,变成这副人不人鬼不鬼的模样……这一切都是拜你所赐,今日当着我的面,你还敢狡辩?!"

刹那间迷雾四散,犹如惊雷震破长夜,闻衡耳边"嗡"的一声,他蓦然扭头回望,却只看到了薛青澜的沉静侧影。

隔得太远,闻衡看不清他的表情,却能清楚地感觉到他似乎并不激动,也没有要暴起杀人的打算,只是沉默地站在飒飒秋风中,冷眼旁观着这场突如其来的闹剧。

薛青澜不像闻衡,也不是方无咎,今夜的混战对他来说并非报仇雪恨,而是一场持续了七年的漫长折磨终于到了尽头,所以谁输谁赢他并不在乎,谁生谁死也不会令他感到快意。他的一切苦心隐忍,蛰伏筹谋,全都只是为了终结这颠倒错乱的一切,为自己求得真正解脱。

"这二十三年来,我无时无刻不在想着如何将你抽筋扒皮、碎尸万段,可你就是死上一万遍,也难消我心头之恨——"

这话尾音尚未落地,那女子身形一闪,鬼魅般出手抓向方无咎的双眼。枯瘦十指弯曲如钩,方无咎大惊闪躲,只听"刺"的一声轻响,方无咎向后仰躲,却到底没有完全躲开,叫那女子在脖子上抓出了一道伤口。

梅自寒的视线落在方无咎脖颈处的伤口上,先是怔了怔,继而便僵住了。

那女子并不是要伤方无咎,而是要叫所有人都看个分明——女子的指尖钩着一块肉色的软皮,是刚从方无咎的颈间撕下来的,而方无咎的脖颈上别说伤口,连滴血都没流,只有因骤然受惊而显露出的一道极为明显的喉结印记。

二十余年来,一直以女子形容示人的垂星宗方宗主,居然是个不折不扣的男人!

从四面八方射来的视线像无情利剑洞穿了他的身体,方无咎伸手摸到自己的颈间,无须多看旁人的错愕表情,就知道事情已经败露,他再也瞒不下去了。

"你这贱人……"

他父亲是方承的得力下属,替方承挡刀而死,留下他们孤儿寡母相依为命。起初方承隔三岔五地来探望他们,他还管方承叫方伯伯,可后来有一天他不小心听见了母亲房中的动静,才知道方承那个禽兽其实早已与他母亲勾搭成奸,而他其实是方承的亲生骨血。

在他母亲病逝后,方承打着收养故人遗孤的旗号将他接回了身边。起初他并不觉得抗拒,因为亲生父亲是谁对他来说没有那么重要,真正重要的是他过够了苦日子,受够了看人眼色过活,如果他能够继承垂星宗,那就有一辈子受用不尽的荣华富贵。

可是方承膝下还有个玉雪聪明的女儿,方无咎小小年纪便展露出过人的武学天赋,被方承视为掌上明珠。方淳碍于义子这层身份,无论如何也争不过方无咎这个名正言顺的大小姐,所以他只能想办法除掉方无咎。适逢当年垂星宗两大护法对方承积怨甚深,密谋造反,方淳借身份之便,与左护法罗斜、右护法虞歌行一拍即合,约定帮他们里应外合。他还从一个中庆毒医手中弄来了一种名为"万蛛血"的剧毒,趁着总坛崩毁,方承被两大护法联手绞杀之时,抓住方无咎将毒药给她灌了下去。

"万蛛血"是一种用来折磨人的烈性毒药,中毒者不但要承受万蛛啮心之痛、活活挣扎三天才会咽气,而且死后一旦见到阳光,皮肉骨骷都会立刻化为飞灰,真正是毁尸灭迹,不留一丁点儿马脚。

方淳那时年纪小,虽然足够心狠手辣,但并没有长那么多心眼,这一次密谋基本都是罗斜和虞歌行给他指示,教他怎么做。然而他确实非常幸运,总坛崩塌之后,罗斜和虞歌行当场撕破脸面大打出手,竟然打成了两败俱伤,机缘巧合之下,本该被卸磨杀驴的方淳反倒成了最终决定生死的那个人。

他在天花乱坠的许诺中做出了抉择:杀掉罗斜,救虞歌行,并且按照虞歌行的建议假扮成方无咎,从此顶着她的模样,一步一步走上了原本该属于她的位置。

当然,没过多久,试图以这个秘密要挟他的虞歌行也被他杀掉了。

方无咎说她在地底过了不见天日的二十年,他又何尝不是一样生活在黑暗之中?他甚至已经快要忘记自己究竟是谁,究竟还算不算一个真正的男人……

"你为什么不死……?"

他一把撕开了脖颈上的伪装,喃喃地质问方无咎,可他好像已经忘了怎么用本声说话,发出的还是女人的声音。

人群里不知是谁笑了一声,方淳骤然发了狂,疯子一样朝方无咎扑了过去,狂吼道:"你为什么不去死?!"

"扑哧——"

他后知后觉地意识到自己的身体悬停在了半空中,再难前进分毫。方淳慢慢地低头看去,只见方无咎右手成爪,赫然贯穿了他的胸口,大股鲜血正顺着衣裳洇开,把罗裙染成了他最讨厌的鲜亮颜色。

那殷红血色映在彼此的眼底,倒像是一对故人久别重逢,红了眼眶。

二十余年了,他再一次与方无咎正面相对,竟然没有多少慌张和恐惧之色,因为知道自己马上要断气,所以方无咎就算把他烧成灰撒进海里,他也感觉不到疼痛了。现在想来,他这一辈子里最恐惧的一刻,反而是当初他杀害方无咎时，恐惧得几次手抖，险些把药瓶打翻在地。

那一刻所有传说故事都在他的脑海中飞掠而过，方淳甚至不敢看她的眼睛，生怕她会化作索命厉鬼，从此缠住他不放。

他也确实一辈子都没能挣脱"方无咎"这个阴影一般的名字。

"方……大小姐，我害你一生，也怕了你一生……落得今日，是我咎由自取。"他嘴角渗出了血，用尽胸腔里最后一丝力气，低声道："若有来世……"

方无咎猛地抽回手掌，迸溅的鲜血在半空中扬起一道猩红血线。方淳未完的话戛然而止，最终定格成一个死不瞑目的表情，整个人顺着她甩手的力道向后倒去，骨碌碌地从承香殿的房顶一路滚落。

下一秒，底下传来闷闷的"扑通"声响。

方无咎甩去指尖上的血珠，冷冷地道："畜生没有来世。"

垂星宗宗主原本是冯抱一的得力盟友，被他视为可堪克制闻衡的杀器，谁料真正的方无咎一出手，方淳竟死得那么利索，冯抱一都没来得及救上一救，方淳就已经彻底咽气了。

方淳一死，垂星宗与内卫之间的同盟关系自然破裂，而闻衡与宿游风联手，冯抱一这边重压陡增。他袍袖鼓荡，一面顶住排山倒海的攻势，一面在心中暗忖道：这小贼是有备而来，今夜硬拼不过，须想个办法尽快脱身。

他心中盘算方定，忽地向后跃开，抬高声音对闻衡道："世子！你是宗室贵胄出身，难道甘心就这么与皇家决裂，一辈子沉沦江湖吗？"

"哦？"闻衡长剑斜指他胸前的要穴，居然真就停手不打了，"冯先生有什么见教？"

冯抱一双颊至下颔一线紧绷出了分明的线条，他背对着月亮，半身都陷在阴影里，唯有一对眼睛精明慑人："我可以帮你。"

"陛下病重，太子尚未回朝，你在武林中威名赫赫，比起不知根底的皇帝，自然是你更得他们拥戴。眼下正是最好的时机，若世子入主紫宸殿，无论是当年的庆王旧案，还是往后的天下太平，尽在你翻手覆手之间——"

闻衡听到一半就笑了："前倨后恭，莫过如是。阁下想保命求饶，大可不必这样麻烦，我有几个问题，请冯先生替我解惑，解得好了，也不是不能放你一条生路。"

冯抱一道："你要问什么？"

闻衡道："问你为什么要寻找三把古剑，为什么仇恨中原武林，又为什么逃出昆仑步虚宫？"

冯抱一摇了摇头，叹道："世子，你心里已经认定了老夫是个什么样的人，哪怕我解释得再多，也是徒费口舌。"

闻衡却道："愿闻其详。"

宿游风眼看这两个人要聊上了，深知冯抱一善于用言语蛊惑人心，怕闻衡真叫冯抱一给说动了，连忙开口道："徒弟——"

闻衡摆手做了个下压的手势，示意他不要打岔，冯抱一见势正好，立刻见缝插针地道："世子应当知道，武林中的宗门派系错综复杂，树大根深，大门派往往盘踞一地，收拢小门派，势力极大，连官府也要看他们的脸色行事，更有甚者，连朝廷都不放在眼里。这样的痈疽如果不尽早拔除，来日必定酿成心腹大患。

"你以为陛下不知道对付中原武林会遭人诟病，会招惹上你们这群大麻烦？可如果不除掉这些以武犯禁的豪强势力，天下无数被他们肆意盘剥欺压的黎民百姓，又该找谁去说理？"

闻衡若有所思地道："照这么说，你逃离昆仑步虚宫是胸怀抱负，决定出山平定天下纷争；你寻找三把古剑，也是为了拼凑一张济世安民的药方？若中原武林真像你口口声声说的一样罪大恶极，那你这些年的作为，倒真可以算一桩千秋功业。"

宿游风快要急死了，恨不得给闻衡一巴掌叫他清醒清醒，别被冯抱一的花言巧语迷昏了头。只是手指头还没动，宿游风就听得闻衡继续说道："可是冯大人，既然中原武林没有一个好东西，你为什么偏偏留下了褚家剑派和垂星宗？难道是这两派素无劣迹，你要去芜存菁，不伤害无辜的好人？

"还是说，你嘴上喊的是公道正义，行的却是顺你者昌、逆你者亡之事，借褚家剑派和垂星宗之手，杀一些你不方便亲自动手杀的人，最后再把这一切祸乱动荡都归咎于中原武林自相残杀？"

冯抱一仿佛被戳中了痛处，眉头皱得死紧，沉声道："绝无此意！"

话音未落，他猛一抬手，上百枚银针自袖中激射而出，如暴雨骤至，直朝宿游风和闻衡刺来。闻衡长剑转手扫去，只见冯抱一足尖一点，双臂打开如鹰隼展翼，飞速后掠，眨眼已退到数丈开外！

宿游风喝道："这老贼要跑！"

所有被他这声大骂惊动的人同时举起了手中的刀剑，纵身追去。混乱之中，始终待命的禁军队伍里的一名小兵不知道是走神了还是被吓着了，竟然一下没能拉住弓弦，一支鹰羽箭脱手飞去，好巧不巧正朝着冯抱一逃跑的方向，"嗖"的一声扎向他的心口处。

这支突如其来的冷箭在冯抱一的预料之外，他去势受阻，立刻挥袖打落羽箭。这个动作令他的身形不可避免地在半空滞了一下，然而就在旁人几乎察觉不到、极微小的停顿间隙里，月光与冷光骤然交错闪烁，空气仿佛凝固，随即被外力撕裂震碎，一道青芒飒沓西来，动若风雷，"唰"地当胸横贯而过！

闻衡的剑到了。

冯抱一停住了。

他睁大了眼睛，那神情似乎是难以置信，又混杂着愤怒怨恨。短短一瞬过后，冯抱一蓦地怒吼一声，周身气劲狂泻，衣襟白发乱飞，像一头受伤的猛兽，双掌齐出，凶狠地朝闻衡直扑过来。

他就是拼着最后一口气，也要将闻衡毙于掌下！

宿游风叫了声"小心"！掌风旋至，正中冯抱一的胸口，"砰"的一声将冯抱一打得倒飞出去。长剑自冯抱一体内脱出，伤口失去堵塞，鲜血横流。他仰面摔在屋顶瓦片上，犹不肯认命，还颤巍巍地自救，试图封住自己胸前的穴道止血，只是他伤势太重，手已经不听使唤。薛青澜的断水尚未归鞘，刀尖在冯抱一的腕上轻轻一别，将其双手的筋络挑断，冷声警告道："老实点儿。"

宿游风走到近前，低头端详着冯抱一灰白的面容，低声道："你……"他腹内原本积攒了几十年的怒骂讽刺言语，打算把冯抱一骂个狗血淋头，此刻看见冯抱一的下场，却不知为何，忽然心生无限怆然之感，一句话也骂不出来了。

冯抱一喉中"嘀嘀"作响，喘息艰难，居然还朝着宿游风笑了两声，声气微弱地道："剑是假的……神功也是假的……什么都没有，你这半辈子都在想方设法地从我手中拿回神功，但你一定想不到，我从来就没有得到过什么狗屁神功，哈……"

宿游风愕然地问："什么叫你从来没得到过……那《天河宝卷》是怎么回事？！"

冯抱一定定地注视着他，目光由幽深渐至涣散，像两口不见底的深井，宿游风一开始几乎有点儿被慑住了，直到一缕夜风吹进他的颈间，他才轻轻一颤，猛地回过神来，意识到冯抱一快要不行了。

"二位。"

闻衡平静镇定的声音自夜风中幽幽传来："前几日我刚回到京城时，曾去拜访过保安寺，在寺院内挂着的供灯牌里，看见了一块署名'聂竺'的牌子。僧人带我去看了那盏长明灯，我在灯座里发现了这个，或许就是你们想要的东西。"

宿游风猛地扭头看去,只见他手中托着一块轻薄丝绢,借着月光依稀可见上面密密麻麻地绣满了蝇头小字,只有末端几句是以朱笔写就。

"我父王……他在司幽山和褚广臣长谈后,弄清了那三把剑上的花纹以特殊方式拓印重组之后,是一部前所未见的功法。他清楚你的野心,更清楚这把杀人刀不能交到你手中,所以与褚广臣达成一致,做了一把假玄渊剑给你,剑上花纹被他改动多处,所以你的《天河宝卷》残缺不全,还有很多错漏之处。

"《北斗神功》被我娘绣在这张丝绢上,当世只有我父王一个人学会了这门神功。但是他只用了这门功夫来封住我的经脉,让我得以平安长大,不至于像他和闻九一样,成为别人手中的利器。后来他在修建保安寺时,就把这张丝绢封存了起来,谁也没告诉,再也没有取出来过。"

闻衡一开始想不通闻克桢究竟为什么要留下"聂竺"的木牌,到底是想让人找到还是不想让人找到,后来看到佛前的长明灯才恍然明白,那永不熄灭的灯火是他至死难消的遗憾,他既希望有一天这个名字背后的真相能大白于天下,却又怕见故人,无法面对曾被他欺骗、辜负的师门。

冯抱一全身是血,却仍旧不甘地伸出青筋暴突的枯瘦双手,试图去够那夜风中飘飞的丝绢。宿游风望了望闻衡,又望了望冯抱一的癫狂之态,深深地叹了一声,终于转过身去,不忍再看。

闻衡低头看了冯抱一一眼,继续道:"今日你见到此物真容,应当已无遗憾,这种烫手的宝贝,反正如今已经没人认得上面的字,留着也是惹火烧身,还不如就随陈年旧事一道朽烂了,从此大家恩怨了断,下辈子谁也别惦记谁了。"说罢,他右掌运力一攥,"呼"地一阵风起,那丝绢便被他碾为齑粉,随风飘散于深宫之中。

"天命难违……"

冯抱一高举的手颓然垂落，砸出了一声闷响，他口中的喃喃自语之声也渐渐低了下去，终至不闻。

"天命难违啊……"

头顶寥落的夜空和新月落进他扩散的瞳孔中。京城的月亮总是很高很远，不像昆仑山那么大而透亮，仿佛永远悬在触手可及之处。

他这一生有很长一段时间，每夜都对着玉盘似的月亮和璀璨银河发呆，想着缥缈云雾之下，人间到底是个什么样子。

步虚宫坐落在常年积雪的昆仑山巅，冯抱一长到二十七岁，从未踏足过山下一步。他被步虚宫丹元楼主亲手带大，传授武艺，又继承其师衣钵，总领丹元楼，统管步虚宫一应秘籍珍藏。

这听起来是个威风的位置，可其实他也就是看着一屋子书罢了。

冯抱一有时候觉得步虚宫很奇怪，他们明明有数不清的武功秘籍，有独步天下的武艺绝技，却从来不肯入世，只知道一味固守昆仑，把满宫奇珍都守成了无用废纸，守得一代又一代人在雪山上无声地化为枯槁。他还未及而立，就已经清晰地看到自己后半生是什么样子。

冯抱一感激步虚宫对他的养育之恩，但也渐渐明白自己并不是步虚宫期望的那种人。他想去人间，想纵横武林、快意江湖，而不是为了一个除了他们没人记得的誓约，在雪山上空耗一辈子。

终于有一天，毫无预兆地，冯抱一偷走了丹元楼中几本珍贵的武林秘籍，从步虚宫叛逃，彻底抛弃了这个他生活了近三十年的地方。

步虚宫派了以宿游风为首的十几个人来抓他。这一战是冯抱一离死亡最近的一次，不过幸好这次天意站在他背后，他一个人挑了步虚宫的十几名好手，断去了宿游风的一臂，成功脱身。不幸的是他自己也身负重伤，几乎失去了全部内力，没逃出多远就栽倒在路边，再也站不起来了。

博山北麓是博山派的地界，那时恰好有两个剑客途经此地，听到了冯抱一的求援声，犹豫片刻，将他救了起来。

冯抱一毕竟初次出山，纵然精明，也不是老江湖的对手。那两个人一看他周身浴血的模样就知道他是被仇家一路追杀至此，之所以救他，是猜测他身上有贵重之物，想杀人夺宝。冯抱一几句话就被人套出了老底，当晚他熟睡之际，那两个剑客一剑扎穿了他的胸口，偷走了他怀中的几部秘籍，随后将他抛入山溪，趁着夜深人静无人知晓，神不知鬼不觉地逃之夭夭。

这回冯抱一是真正命悬一线，可异乎寻常地命硬。他虽被一剑穿胸，却奇迹般并未伤到真正的要害处，反叫湍急溪流一路冲到下游，被当地的一个猎户发现，救回了自己家里。

未下山时，冯抱一对江湖充满向往，可当他真正见识了江湖险恶，他才意识到自己把"人间"想得太简单了。这一次他长足了记性，没有再贸然透露自己的真实来历，谨慎小心地在猎户家养了三个月的伤，并在离开时杀光了村里的所有人家，随后一把火将整个村子夷为平地。

冯抱一沿着博山一路东行，随时留意着不被步虚宫的追兵发现踪迹。谁知缘分有时来了挡不住，有一天他在路边凉亭里避雨时，竟然遇上了那两个杀人越货的剑客。

这两个人自然不是全盛时期的冯抱一的对手，可他们两个同样也不是什么寂寂无闻之辈，而是博山派不争道人的弟子。

博山派这种百年名门，几乎就是博山一地的土皇帝，冯抱一在他们的地界上杀了他们的两名弟子，此举无异于登门挑衅，严重激怒了博山派上下。他还没走出博山地界，就遭到了密不透风的围攻追杀。仅凭一人之力，再横也横不过一个门派，冯抱一只能拼命逃跑，沿途无数次九死一生，最后来到了天守。恰逢先帝在行宫消夏，冯抱一躲在山林间，将刺客的密谋听得一清二楚，蓦然意识到这是一个绝佳的机会，于是神兵天降一般挺身而出，救下圣驾，也由此抓住了自己一生权势荣宠的起点。

逃亡的日子令他彻底失望,也令他终于醒悟,他深知先帝也在为这些不受管束的武林门派烦心,而他恰好可以借着为君分忧的机会,一举荡平这些金玉其外败絮其中的名门正派。

圣人抱一为天下式,天注定了他冯抱一要将中原武林收入掌中,重铸一个最合他的心意的江湖。

闻克桢、宿游风、冯抱一,乃至几十年之后的闻衡,还有许多人的命运,就在这一刻变换、纠缠延展,最终织出了今日的结局。

造化难测,天意难违,可谁又能说,这浩荡岁月里,没有任何因一念之差而扭转乾坤的可能呢?

不知从何时开始,所有打斗都停住了。寂静气氛像一口沉重的铜钟,笼罩在庭院上方,上千人马就这样悄无声息地伫立原地。片刻后,宫殿门轴发出沉闷悠长的"吱呀"声响,一个蓝衣内侍轻手轻脚地走出门,缩头团肩地站在檐下,拉长了调子唱道:"何人深夜喧哗?"

闻衡与闻九互看一眼,闻九飞身跃下屋檐,落在庭院当中,四平八稳地道:"启禀陛下,叛党作乱,贼首冯抱一业已伏诛。"

那内侍朝他点了点头,返身进殿,片刻后复又出门,细声细气地道:"陛下口谕,宣庆王世子觐见——"

风声忽起,闻九倏然抬头,却见闻衡已携着薛青澜双双飘然远去,其余宿游风、范扬、廖长星等人亦紧随其后。

一众武林高手来去如风,转眼间便消失在深红宫墙尽头。

城南小院里,十几个人高马大的前辈少侠挤挤挨挨地凑在正屋里,人多得没有下脚的地方。闻衡和薛青澜各自被一群人团团围住,离得虽近,却总也没机会说上话,只好在视线里留出一丝余光,始终默默地注意着对方。

纯钧派的廖长星、温长卿、余均尘和龙境、聂影等人都站在一处，各自叙过别来之情，闻衡又再三多谢众人相助。聂影笑道："咱们早是过命的交情，经此一战，只有更加亲近的道理，兄弟何须再说这些见外的客气话？再说大伙儿今夜来此，也不光是为你，更是为了中原武林的大义。"

廖长星亦道："聂兄说得在理，覆巢之下焉有完卵？我们与其说是帮你，又何尝不是自救？否则掌门也不会亲自出手，接下保护太子这桩差事。"

当初闻衡猜测冯抱一打算声东击西，以闻九来引他入彀，故而表面上假装中计，实则暗地联络范扬，叫他带人来增援，又请廖长星与龙境从中周旋，说动了纯钧派和招摇山庄两派掌门，带人一路上暗中护送太子前往皇陵。如此两手准备齐全，纵然他真错怪了闻九，冯抱一要加害太子也不会轻易得逞。

龙境问道："听你们方才对答，那三把古剑究竟是何物，引得褚松正、方淳、冯抱一这些人个个走火入魔？"

闻衡看了宿游风一眼，叹道："这可就说来话长了。"

宿游风很有眼色地主动讲起了故事，把廖长星等人的注意力吸引了过去，闻衡这才得以脱身，悄悄溜到庭院里等薛青澜。此时天色已近微明，新月西坠，启明星遥遥地缀在清寒深蓝的天幕中央。一场惊心动魄的恶战终结了他深藏数年的血仇，可想象中释去重负的感觉并没有到来——仍有一桩沉甸甸的心事压在他的胸口，如同万仞深渊之上悬着一道钢索，他站在一头，而另一头站着薛青澜。

"衡哥。"

薛青澜负手立在他身后一步开外处，似乎有话要说，却迟迟没有开口。他注视着闻衡的面容，先前那股杀伐果决的气势退了下去，忽然踌躇起来。照理说他没有做错什么事，用不着心虚，可薛青澜自己心中也明白,他三番五次地隐瞒闻衡,让一个关心自己的人从别人嘴里听到真相,道理上讲得通,却实在辜负了闻衡对他的信任。

闻衡见他沉默不语,目光飘忽,就差把心事全写在脸上了,不必猜都知道薛青澜脑子里转的是什么念头。本来就稀薄的一点儿负气情绪撑不过片刻,飞快地烟消云散,闻衡朝薛青澜伸出一只手,叹道:"过来吧。"

薛青澜怔怔地向前走了两步,心有万语千言,可话到嘴边,最终出口的还是只有一声"衡哥"。

"嗯,我知道。"闻衡低声道,"阿雀受苦了。"

"这不算苦。"薛青澜终于找回了自己的声音,低声答道,"这是我回到你身边必须付出的代价。"

当年方无咎被方淳设计陷害,身中剧毒,却并未就此死去。当时垂星宗有个年轻男子恋慕她已久,动乱发生时,他并没有随众人逃命,而是执意回去寻找方无咎。

幸而天无绝人之路,方无咎被发现时离死只差一口气,那男人带着她逃离了陆危山,回到了已成空山的旷雪湖无色谷,寻找可以救她的办法。

闻衡听到此处便明白了,问道:"那个男人是薛慈?"

这样就说得通了,四年前越影山纯钧剑被盗当晚,闻衡在后山与黑衣人交手,对方用的是垂星宗功夫,那黑衣人果然就是薛慈。

薛青澜道:"薛慈这个人虽然丧心病狂,但对方无咎可谓用情至深。'万蛛血'是种天下罕见的剧毒,薛慈翻遍了家传医书也没找到解毒的方子,最后只能破罐子破摔,用了一个以毒攻毒的办法。

"旷雪湖湖底生有一种罕见的冰翅虫,能捕食比它大数倍的蜘蛛,它的毒液对蜘蛛毒有克制之效。不过'万蛛血'不同于寻常的蛛毒,直接用冰翅虫入药反而是毒上加毒,所以薛慈想办法令冰翅虫寄生在自己的血脉中，用自身血肉来温养它，等每年七月冰翅虫完全醒来，再用一种金线蛭吸出体内鲜血，送入方无咎的体内，这样就能够克制住'万蛛血'，令它一整年都不再发作。

"他靠这个办法救回了方无咎，但冰翅虫以人的鲜血为养料，被吸血的人最多只有十年寿命，所以薛慈不得不到处寻找适合的人来做冰翅虫的下一任宿主。我上头的几个'前辈'没有一个撑过五年，所以薛慈才找到了我。"

薛慈第一次接触薛青澜，就觉得这孩子根骨绝佳，是个练武的好苗子。他走了大半个中原，还从没有见过比薛青澜更有天赋的人。而这样的美玉正藏在石坯中，尚且无人发觉，他当然要用尽一切手段把薛青澜抓回去做药材。

只是薛慈没有预料到，他看中的并非宝剑，而是一把噬主的妖刀。

"我那时候想，早晚都是死，那何不让薛慈跟我一道去死算了，免得他再去祸害别人，所以就砍了那老东西。"

闻衡默不作声地听他说着。

"等我提着刀摸到地下石室，想顺便带着方无咎一起解脱时，她却告诉我，只要我肯帮她找方淳报仇，她愿意用自己的血帮我把体内寄生的冰翅虫引出来。"

薛青澜当时已经抱定了必死之心，方无咎的话无异于绝境中的一线生机。

"现在想想，杀薛慈还真是杀对了。"薛青澜故作轻松地道，"杀了他之后否极泰来，我在垂星宗站稳了脚，还找回了你，到如今冯抱一、方淳都死干净了，方无咎复仇大计已成，只剩下最后一步——"

"你们有几成把握能成功？"闻衡简直不敢细想他说过的每一句话，只囫囵听个大概，沉声问道，"这里呢？这里又是怎么回事？"

薛青澜故意略去前一个问题，只回答了后面一个，轻描淡写地道：

"不是什么大伤,以前也说过,薛慈不是为秦陵配制了一服可以增强内力的灵药吗?我的血也是其中的一味药材。"

闻衡稳重了这么多年,头一次生出想刨了别人的坟头、将死人锉骨扬灰的念头。他收紧了手臂,一句话像是从嗓子眼里生挤出来的:"如果失败了……会怎么样?"

相比于闻衡的焦灼心情,薛青澜此刻反而有种尘埃落定的释怀感。他怨恨过、挣扎过、自暴自弃过,最终选择蛰伏隐忍,咬牙拼尽了全力。走到了这一步,谁也不敢保证一定会成功,天意难测,对谁来说都一样,薛青澜也只能放手,将命运交回给命运裁断。

可他不能对闻衡这样说。

"不会怎么样,"薛青澜双手微微使力,按住闻衡的肩头,不容置疑地道,"衡哥,方无咎离死只差一步,也被薛慈救了回来,我这毒纵使不治,也还有三年可活。你当初许诺过要带我遍寻天下名医,咱们的运气再差,难道还能差过薛慈吗?"

闻衡平生从未生出如此迫切的恐惧感,他恨不得立刻带着薛青澜逃离一切苦难。可薛青澜的话又把他死死钉在了原地。但无论是稚拙的阿雀还是坚决的薛青澜,这份信任始终未曾改易,像一根骨头,总能在最关键的时刻撑起他摇摇欲坠的理智。

"我——"

恰在此时,司马秋推门而出,客客气气地道:"薛护法,宗……大小姐有请。"

闻衡陡然打了一个激灵,一把攥住了薛青澜,皱着眉说道:"我陪你去。"

司马秋还是那副愁苦相,好像很为难似的道:"闻少侠见谅,此乃垂星宗家事,还请外人回避。"

"没事,"薛青澜示意闻衡一起走,道,"他不是外人。"

两个人人得室内，方无咎已毫不见外地占据一边侧间，作为垂星宗临时议事之所。也许她是与人世隔绝太久，目光非常冷漠，在闻、薛两个人身上扫视了一遭，但并没有要将闻衡排斥在外的意思。等人都来齐站定后，她淡淡地开腔道："今日叛徒方淳伏诛，诸位拨乱反正，有功于本宗，待回到陆危山后，宗主当论功行赏。"

她是前任宗主的亲女儿，又亲手了结了方淳，由她来接任垂星宗宗主，于情于理都说得过去。众护法默认了她自立宗主，皆躬身齐声道："多谢宗主。"

方无咎又道："当日我身中剧毒，几乎命在旦夕，多亏薛护法相救，才等到真相大白的一天。他于我有救命之恩，又为本宗扫平叛逆，此役之中当居首功。"

司马秋等人听闻此言，心中均是重重一沉，已经能预料到方无咎接下来要说什么。但没等方无咎开口，薛青澜却先出了声："属下所求，自始至终只有一件事，待此间事了，便随闻公子浪迹江湖，不再插手中原武林纷争。"

方无咎抬眼瞥向闻衡，似乎在向他求证。闻衡点了点头，方无咎矜持地颔首，道："那也罢了。终究是我亏欠你太多，如今又有闻公子在，只怕我强求也强求不得。"

司马秋他们不晓得两个人在打什么哑谜，闻衡的脸色却如霜雪一般，越来越凝重。

方无咎又交代了几句别的事，随后遣散垂星宗诸人，只留下薛青澜和闻衡在房内。

她独踞床榻一侧，盘膝坐定，举手招呼薛青澜过来："我从前答应过你，只要大仇得报，就帮你引出体内的冰翅虫。"

她又对闻衡道："既然他信任你，就请你留在此处护法，不要叫外人闯进来。"

闻衡右手握剑，拇指搭在护手处，是随时准备出手的架势，他低声道："你有几成把握？会不会有危险？"

"把握不大，危险挺多，但如果不这么做，只有死路一条。"方无咎淡淡地瞥了闻衡一眼，对薛青澜道："别管他，别分神。"

她用奇长的指甲在自己的右手腕上一划，鲜血迅速自伤口涌出，流进微合的掌心之中。她的血色跟别人不同，泛着不祥的黑紫色。薛青澜亦如法炮制，将手腕划开一道伤口，平伸过去，虚悬在方无咎的手掌上方一寸之处。

他们两个动作一个比一个快，闻衡还没完全做好准备，血已经涌出来了。很快，薛青澜的额角开始渗出细密冷汗，脸色渐转苍白，那冰翅虫被万蛛血强行唤醒，开始沿着血脉朝手腕伤口处游去。

它寄居在薛青澜的心脉里，随便一动对薛青澜而言都是钻心剜骨的剧痛，但为了不惊扰那倒霉虫子，薛青澜必须一动不动，闻衡更不敢上手去扶，只能焦灼地站在一旁看着薛青澜的头上冷汗和腕上鲜血几乎以同样的速度流淌下来，两个人手腕相交之处，一大摊血迹正飞快地漫延开来。

冰翅虫细小透明，混在血里落下来的时候闻衡完全没注意到。他只看见薛青澜仿佛一下子被抽干了力气，双目紧闭，直挺挺地向后栽倒。闻衡一个箭步冲上去接住了他，飞快地撕下一条衣襟将他的手腕上的伤口裹住，缠绕间不免要碰到薛青澜的手，那温度凉得甚至不像个活人。

闻衡试着叫了一声他的名字，没有回应。

许是看出了他的失措，方无咎在旁边幽幽地道："他体内尚有些余毒未清，不过不要紧，这孩子根骨底子好，将养几天自会醒来。"

闻衡这才有空抬头看了她一眼，方无咎却专心地盯着掌心的冰翅虫。它吸饱了毒血，从晶莹透明变成了一种流光溢彩的银色，方无咎蓦地用力一攥，一声极细微的爆裂声从掌中传出。她摊开五指，那虫子已经碎成了一堆看不出原样的银色粉末。

早在她托付垂星宗众人时，闻衡就有了预感，眼下见她亲手捏爆冰翅虫，那点儿猜想终于得到验证。他起先对方无咎并无好感，毕竟是为了救她薛慈才抓了薛青澜去做药人，但方无咎先是引血救人，又亲手毁掉可以救她性命的灵药，倒让闻衡对她有了些改观，他低声致谢道："多谢前辈高义。"

"不必谢我。我这条命原本就是薛慈从别人身上偷来的，"方无咎轻轻地道，"你小时候没看过话本子吗？了却执念却还贪恋人间的孤魂野鬼，妄图改命还阳，最后都是要遭天谴的。"

她做了二十多年无知无觉的游魂，总算可以解脱了。

毕竟她的一生，早在她看话本吃点心、呼朋引伴间或向爹娘撒娇的青春年华时，就该结束了。

一月时光匆匆而过。

庆王府重新修缮清扫过后，恢复了几分昔日光彩。前些日子每天都有人进进出出，多是些年轻的江湖侠士，偶尔还有宫中出来的轻骑。没过多久，庆王冤案平反的消息传遍京城，登门拜访的人马骤然增多，把王府门前的大路堵得水泄不通，可庆王府好像并没有重新在京城立足的打算，最终各路贵戚谁也没能踏进王府的大门，甚至连个传话的家将、门房都没能见着。

再后来，又过了半个月，新年将至，王府门前渐渐冷落下来，好像又回到了当初无人问津时的样子。

不过府内大有不同——虽然只有两个主人住在这里，其中一个还不知道什么时候会醒来，但另一位主人已经买空了一条街的彩绸，将王府内装饰得艳丽，寂静中也透着一股喜气洋洋的气息。

闻衡还在等薛青澜醒过来。

薛青澜像是要把他一辈子欠的觉都补回来，方无咎说他养几天就会好，然而一个月过去，闻衡请遍了京城名医，来看诊的人都说除了体虚没什么大毛病，可闻衡就是无论如何也叫不醒薛青澜。

闻衡从最初恐慌焦急，到后来被迫习以为常，一生的耐心全用在了此处。他守着这一屋子的彩绸，有时会感觉自己好像织了一个巨大的茧，在这个茧里，时光永远凝固不前，只有当沉睡的人睁开双眼时，这一方天地才会重新活过来。

腊月过去，新年过去，等到元夕时，庭院里的树梢上缠的彩绸已经被一场接一场的大雪洗得略微褪色，不复鲜亮。

闻衡仔细地把一盏花灯挂在窗子上，一边理顺四角流苏，一边对榻上的薛青澜絮叨："原本想等你醒过来，就带你去看京城的花灯，错过今夜，看来只能等明年了。"

夜风送来隐约的欢歌笑语，鲜红流苏在风里四散飞扬，闻衡侧耳听了一会儿，心里说不出地怅然，继续自言自语道："看在过节的分上，让你听一会儿热闹，不过只有一会儿，小心吹风着凉，等你醒了，再——"

"衡哥？"

一个比风声还低的虚弱声音在他身后响起，却比震耳欲聋的鞭炮还灵，炸得闻衡手下陡然失去分寸，"咔嚓"掰断了一块窗棂。

他愕然回身，对上了一双弯起的笑眼。

"衡哥，"薛青澜望着他憔悴的脸，轻轻地说，"我把阿雀带回来……还给你了。"

闻衡被他哽得半天没说出一个完整的字来，凝视了他许久，才哑声问道："那青澜呢？"

虽然已经过去了很多年，薛青澜却像是刚从那场风雪里走出来，目光里有一点儿近乡情怯的犹豫之意，缓缓地走向他："我也回来了。"

对闻衡而言,这原本是个他以为永远也等不来的答案,可是命运的无常与圆满往往不期而至,除了抱紧不放,他也没有更好的应对之道。

"回来就好。"

彩绸飞舞,花灯明灭,树梢上的积雪"簌簌"落下,新年的第一缕春风,吹开了这无声又温存的夜色。

番外一
《此生长》

经此一番遭际,薛青澜体内的冰翅虫总算被连根拔除,他不致再有性命之危。不过他中毒日久,体内仍有一两分余毒未清,这是个急也没用的事情,他只能慢慢将养,养上个一年半载,才能完全恢复如初。

他刚醒来那几天十分虚弱,闻衡在他身边,半夜往往要惊醒一两次,看他有没有哪里不舒服。

好在薛青澜年轻,又是习武之人,熬过了最凶险的阶段,后面便肉眼可见地好转起来,闻衡也总算能踏实地睡一宿了。

某日中午吃完饭,闻衡拉着薛青澜满王府转悠消食,路过一个院子时,闻衡忽然停步问道:"要进去看看吗?"

薛青澜不明所以:"这是……?"

闻衡轻声道:"是佛堂,里头供着我父母的灵位……要进去吗?"

薛青澜再不懂人情世故,也知道拜见父母是多么慎重的事情。

他在门外仔细整理了仪容,直到周身一丝不乱,才敢抬步走进这间清静院落。

整座王府被封禁多年,还是闻衡回来这一个月里才刚打扫干净的。佛堂里明灯长燃,红木莲位坐落在高台上,蒙着一层淡淡的光,其庄严肃穆自不必说。薛青澜站在幢幢灯影下,却忽然有些恍惚,好似隔世回首,看着自己走过的路,油然生出一股无端的怅然感。

闻衡见他目光游移,神色怔然,在旁边低声问:"怎么了?临到阵前,忽然想打退堂鼓了不成?"

薛青澜回神看他,微笑着摇了摇头,眼中光彩流转,莹然无翳,轻轻答道:"怎么会?"

许是前尘如梦,虽然是个不怎么样的噩梦,但终归还是醒了。

堂上供着闻克桢、柳飞霜夫妻的灵位,烛影明灭,如同凝视着二人的身影。闻衡与薛青澜并肩在蒲团上跪下,拜了三拜,闻衡低声祝道:"王府昔年旧案业已平反,冤情昭雪,前缘往事,尘埃落定。父王、母妃泉下有知,可以安心瞑目了。"

烛光摇曳,在他脸上映出明灭不定的光影,闻衡侧头看了薛青澜一眼,继续道:"自双亲去后,孩儿在世上苟且偷生,所思所念,唯有报仇而已。幸而上苍垂怜,终能得偿所愿。孩儿虽无嫡亲的兄弟姐妹,却有可堪托付性命的挚友知交,此生虽投身江湖,难返庙堂,亦了无遗憾。

"父王、母妃,如果不是那场变故,早在七年前,我就该带他来见你们的。"

"我想把青澜带在身边,好好地陪他长大。"

薛青澜眼眶发热,俯下身去,就像是第一次到王府登门拜访一般:"薛青澜拜见王爷、王妃。"

他虔诚地拜了一拜,被闻衡托着手臂带了起来。

二人并肩出了祠堂,但见白日西斜,春风融融,远处巍峨宫城镀满灿烂金光，长空一碧如洗，北归群雁振翅远去，正是万物复苏、生机萌发之时。算来这已是他们相识的第八年，薛青澜瞧着闻衡的面容，心中便生出绵延不绝的暖意与无限欢喜情绪来，晃了晃他的手，问道：

"皇帝答应将王府还给你，从今往后，你要留在京城做王爷吗？"

闻衡回望一眼庄严佛堂，目光柔和地落回薛青澜身上，不答反问道："你呢？你希望我留下来吗？"

"京城是你的家，留下来自是应当的。"薛青澜道，"做王爷也很好，只是比起行侠江湖时要多些拘束。"

闻衡问："你不喜欢？"

薛青澜摇头，坦然答道："没什么喜不喜欢的。"

闻衡没忍住笑了一声，道："你还不明白吗？莫说一个王府，就是给我个皇位又能如何？京城不是我的家。"

"可我身无长物，我们往后就只有浪迹江湖了。"薛青澜说道，"这样也行？"

闻衡变戏法一般从袖中掊出一封缎面帖子，在他眼前晃了晃："先别忙着自谦，喏，方无咎特地派人送来的帖子，如今垂星宗正是动荡之时，她根基不稳，希望你回去帮她一把。"

薛青澜接过帖子来打开一看，见是垂星宗遍告江湖英豪，将叛徒方淳及其党羽逐出门墙，拨乱反正。他叹了一口气，道："方无咎替我拔除了冰翅虫，她自己恐怕坚持不了太久，现在召我回去，必然有个难以收拾的烂摊子等着我。可惜我欠着她一个大人情，不得不还，难办也只得认了。"

闻衡不以为意，道："怕什么，这不是还有我吗？"

薛青澜却皱起了眉头："衡哥，这不是小事，你要是插手了垂星宗的家务事，半生清名可就再也洗不白了。"

闻衡就不爱听他说这个，冷嗤一声道："要不然你现在出门上街，拉个人打听打听，看谁不知道我与垂星宗薛护法是什么关系。"

薛青澜低声道："那倒也是……"

闻衡笑了起来，转身向外，洒然道："那便走吧！"

天地远大，江湖辽阔。

这一生的令名无须谁来首肯，光阴岁月，自可永为明证。

番外二
《同载酒》

又一年春至，沉寂了一冬的越影山再度热闹起来。

这次是为了向武林宣告纯钧派弟子廖长星正式接任玉泉峰长老而举办的庆典，从三天前开始，就有五湖四海的英雄豪杰陆续前来道贺观礼，礼物流水般源源不断地送上山，玉泉峰上上下下忙碌得人仰马翻，还未到庆典正日，已经连山道都堵得水泄不通了。

动静太大，别的长老门下的弟子不免眼红，有的悄悄躲在一旁议论："不过是接任长老罢了，就弄出这般架势，未免太张狂了，不知道的人还以为他是要接任掌门呢。"

旁人道："你以为这些人都是冲着他来的？这里面起码有一半人是为了临秋峰的闻长老。天底下谁不知道跟他亲近的除了那位就是玉泉峰一脉，不趁此时打好关系，难道要他们跑去垂星宗送礼？"

当日皇宫一战，闻衡等人力退大内高手，当场诛杀冯抱一，除去了中原武林头上最大的祸患，又因太子承情，即位后为庆王翻案，扫清了冯抱一余党,如此一来,朝廷与武林之间达成了暂时的和平局面,而闻衡正是二者之间至为重要的枢纽。

虽然他既没有承袭王爵,在纯钧派也只是个有名无实的长老,论及武功声望,却是年轻一辈乃至当世豪杰之中的翘楚;且因为他,纯钧派、还雁门、招摇山庄的年轻弟子纷纷崭露头角,更别说还有薛青澜那个在垂星宗分量十足的人物,这些人凑在一起,已然成为一股不可小觑的力量。

如今无论是各大门派还是江湖豪客,都想与闻衡结交一番,而闻衡又是个萍踪浪影、神龙见首不见尾的人,能见到他的机会只此一遭,故而大家都借着庆典的时机拥上山来,弄得声势浩大,纯钧派一夕之间竟实现了前所未有之煊赫声名,只是掌门等人观感如何微妙,就不得而知了。

松壑堂后厅,温长卿扒着门框探了个头,用气声叫道:"师兄!"

廖长星正在和韩南甫说话,闻声匆匆向后瞥了一眼,只将手背在身后摇了摇。温长卿会意,闪身躲进门后,只听韩南甫讶然道:"他不来?这么多人都等他……不是,他把越影山搅和成了一锅粥,说不来就不来了?"

廖长星温言安抚道:"他原本就没有说过要来,如今四方豪杰都拥向越影山,以长老的为人,想必他不愿与这些势力牵扯太多,万一再引得朝廷猜忌,反倒不美。再者闻长老也是为本派着想,若他出面,一人风头压倒全派,岂不是令纯钧上下颜面无光?"

韩南甫倒是没想到闻衡还有这样的胸怀,怔了一刻,渐渐回过味来,点头道:"还是你思量周全。既然如此,那就……那就这么着吧,咱们就当什么都不知道。这几天你多辛苦些,好生招待来客,不要辜负了这场盛会。"

廖长星躬身道:"谨遵掌门吩咐。"

待送走了掌门，温长卿趁机溜了进来，假装殷勤地给廖长星捶了捶肩膀，关怀道："师兄连日忙碌辛苦了，我听刚才的意思，闻长老是不打算来了？"

廖长星睨了他一眼，没作声，算是默认。温长卿长吁短叹地抱怨："闻长老好生薄情，今日毕竟是师兄你大喜的日子，就算是有俗人相扰，他也该现身一见才是，怎么连句话都没有呢？"

这样重要的时候闻衡竟然不肯出面，旁人固然难以理解，但对廖、温二人而言，这在意料之中。廖长星用指甲盖想也知道温长卿憋着坏，淡淡道："没人搭台，你自己倒先唱上了。把戏瘾收一收，说吧，又在打什么鬼主意？"

温长卿格外无辜："我这不是来看看师兄有什么需要帮忙的地方，想为你分忧解难嘛。"

廖长星奇道："你平日里不踹一脚都不动弹一下，今天怎么突然转性了？是终于想起来我要变成你的顶头上司，决定来讨好师兄了？"

"……"温长卿陡然惊醒，期期艾艾地说，"师兄、不，长老，其实我是专程来向您禀告的，我刚刚发现有人在咱们后山乱涂乱画，实在可恨，师兄要不要跟我一道去捉拿这群宵小之徒？"

"什……"

廖长星乍一听这话险些没反应过来，片刻后脑海中忽地灵光一闪，一个难以置信的念头涌了上来。他深深地看了一眼温长卿跃跃欲试又强忍着得意的神情，点头道："好，那就去看看。"

玉泉峰后山曾是闻衡住过的地方，他走后这片院落就一直空置着。然而当两个人走到近前时，赫然看见屋外不知何时支起了一张小桌，桌上放着一个银壶、四只酒盏。

"闻长老和薛护法……他们两个来了？"

温长卿笑道："或许是吧。"

廖长星蓦然回首，草庐旁有一段天然形成的断崖，此际夕阳西下，漫天霞光照着深灰石壁上的四行字迹，每一笔皆深入岩石寸许，足见刻字之人内力深厚，字字如银钩铁画，笔走龙蛇，一笔一画之间，似有森然剑气破空流泻。

壁上石刻显然为两个人所书，笔迹略有不同，前者细瘦，应当是薛青澜所书，写的是"明镜无尘，自照肝胆"；后者遒劲，是闻衡执笔，写的是"相逢一笑，可尽千钟"。

廖长星凝视着壁上痕迹，良久之后，终于忍不住笑了起来。温长卿端着两只酒杯，从他背后伸手递过去，懒洋洋地明知故问："师兄何故发笑？"

廖长星鲜少饮酒，这一次却格外利索，仰头将杯中醇酒一饮而尽，道："没什么。"

温长卿没有戳穿他，只是意味深长地"哦"了一声。

"走了。"片刻后廖长星放下酒杯，把一旁贼笑的师弟拎了起来，从容而平静地说道，"明天庆典还有一大堆事等着安排，方才不是哭着喊着要为师兄排忧解难吗？你大显身手的时候到了。"

温长卿："啊……？"

他竟然破天荒地没有哼哼唧唧，也没有废话连篇，廖长星颇不适应地看了他两眼，温长卿一整衣襟，在他的目光里挺直了腰背，与他肩并肩，朝着远处的玉泉峰走去。

山风拂起连天松涛，呼啸着穿过临秋峰上并立的墓碑，在悬崖石刻的字迹间流连，最终化作闪烁着夕阳金辉的轻暖春风，扬起了二人同色的衣摆与剑穗。

"好吧，谁让你是我师兄，我是你师弟呢？"